KB132434

낮술

2

LUNCH ZAKE OKAWARI BIYORI
by HIKA HARADA

Copyright © Hika Harada, 2019
All rights reserved.

Original Japanese edition published by Shodensha Publishing Co., Ltd., 2019
Korean translation copyright © MUNHAKDONGNE Publishing Corp., 2022
Korean translation rights arranged with Shodensha Publishing Co., Ltd.
through The English Agency (Japan) Ltd. and Danny Hong Agency, Korea.

이 책의 한국어판 저작권은 대니홍 에이전시를 통해
저작권자와 독점 계약한 (주)문학동네에 있습니다.
저작권법에 의해 한국 내에서 보호를 받는 저작물이므로
무단 전재 및 무단 복제를 금합니다.

2

한 잔 더 생각나는 날

ランチ酒 おかわり日和
原田ひ香

낮
술

하라다 히카 소설 ─ 김영주 옮김

문학동네

차례

첫번째 술

닭꼬치덮밥

오모레산도

일러두기

1. 주석은 모두 옮긴이주다.
2. 장편 문학작품은 『 』, TV 방송명 등은 〈 〉로 구분했다.

오전 6시, 오모테산도의 공기는 맑고 깨끗했다.

택시가 지하철역 근처에 도착했다. 아직 문을 열지 않은 거대한 애플스토어가 요새처럼 우뚝 서 있다.

이누모리 쇼코는 다바타 후미에의 손을 잡아주며 차에서 내리게 했다. 후미에는 직접 만든 것으로 보이는 끈 달린 주머니 가방에서 작은 지갑을 꺼내 택시비를 계산했다. 영수증도 빼먹지 않고 받아 주머니에 넣는다. 연말에 확정신고*를 한다고 한다.

"자, 저쪽이에요."

쇼코도 미리 병원 위치를 확인해뒀는데 후미에가 먼저 앞장서

---

* 연말에 소득과 지출액을 신고하는 일본의 제도.

서 안내했다. 후미에는 체구가 작은데다 등이 굽어 키가 쇼코의 가슴께만하지만 병원을 가리키는 손끝은 안정적이었다. 모든 동작이 여유롭고 분명했다.

'굉장히 야무진 할머니구나, 신체 말고는.'

아무리 오모테산도라도 이 시간에는 지나다니는 사람이 없다. 고급 명품 매장의 문도 전부 굳게 닫혀 있다. 그 때문일까. 며칠 전부터 기온이 껑충 오른 6월의 후덥지근함이 잠시 사그라든 것처럼 보였다.

이 시간에는 아무도 없을 줄 알았는데, 자동문이 열린 순간 병원에는 사람들이 가득했고 대기실은 이미 만석이었다.

'와, 다들 어디서 나타난 거지? 이러니 오전 6시에 와야 한다는 거구나.'

"꼭, 6시에 가세요. 꼭이요."

후미에의 딸 도키에가 집요할 정도로 몇 번이나 확인했다.

"그 시간에 안 갈 거면 당신한테 의뢰하는 의미가 없거든요."

영상통화 화면 속에서 그녀가 큼직한 안경을 밀어올리며 말했다. 해외에 오래 거주한 사람 특유의 직설적인 투였다.

"알겠습니다."

"병원에 관한 건 엄마가 알고 있을 테지만 쇼코 씨도 잘 알아봐주세요."

"물론이죠."

"병원 이름에 '예약'이나 '진찰'을 붙여서 검색하면 거기 다니는 사람들이 블로그에 올려둔 게 있어요. 도움이 될 테니 꼼꼼히 읽어주세요. 그 병원은 워낙 사람이 많아 조금이라도 늦게 접수하면 몇 시간이고 기다려야 해서 결국 병원 대기실에서 하루를 다 보내게 되거든요. 그럼 엄마가 너무 지쳐요. 저번에는 병원에 다녀와서 며칠을 못 일어나시더라고요. 그러니 아침 일찍 움직이는 게 힘들어도 결국은 제일 편한 길이에요. 어차피 어르신들은 아침잠이 없으니까."

"네."

"역에서 병원에 제일 가까운 출구에는 계단뿐이니 시부야까지는 지하철로 가고 그다음에 택시를 타세요."

쇼코가 메모하는 걸 확인하고 도키에는 '좋아'라고 하듯 고개를 끄덕이더니 겨우 안심한 것 같았다.

기치조지의 공원 근처 단독주택에 사는 다바타 후미에는 갑상선에 이상이 생겨서, 현재는 큰 문제가 없지만 육 개월에 한 번병원 검진이 필요한 모양이다. 갑상선 전문병원은 일본에서도몇 안 되기 때문에 자연히 환자가 몰린다고 한다.

지금까지는 파리에 사는 딸 도키에가 때맞춰 귀국해서 모셨는데(그 때문에 귀국했다기보다 딸이 귀국하는 시기에 내원했다는 쪽이 맞을 듯하다) 이번에는 의붓딸의 출산이 임박해 올 수 없다고 한다.

"남편과 전처 사이에서 난 딸이에요. 하지만 어릴 적부터 한 달에 한 번은 꼭 와서 자고 갈 만큼 가깝게 지냈기 때문에 나한테도 딸이나 마찬가지거든요. 그애도 나한테 '도키에, 꼭 옆에 있어줘'라고 했고."

외국에서는 새엄마도 이름으로 부르는구나, 하고 쇼코는 속으로 이해했다. 그 얘기를 하는 화면 속 도키에의 얼굴에서는 기쁨보다는 자랑스러움이 엿보였다.

"여기선 그런 부분이 꽤 엄격해요. 이혼했더라도 아버지 역할을 제대로 하지 않으면 출세에 영향을 끼칠 정도죠."

"좋네요."

그 말에는 진심으로 감탄이 나왔다. 일본도 그렇게 되면 좋을 텐데. 그 정도 강제성이 있으면 많은 곤란이 해소될 수 있을 것이다. 쇼코 자신처럼, 전남편과 그의 아내를 대하기 껄끄러워 좀처럼 딸을 보고 싶다는 말을 꺼내지 못하는 사람에게는 특히.

"그애가 열네 살일 때, 한동안 전처…… 그러니까 친엄마랑 사이가 안 좋을 때가 있었는데요. 사춘기 특유의 반항기였죠. 그때 내가 이런저런 상담을 많이 해줬어요. 그애도 나를 나이 차

많이 나는 언니처럼 잘 따라줬고. 그러니 우리는 진짜 가족이에요."

쇼코가 진심으로 귀기울이고 있다는 게 느껴졌는지 도키에는 사적인 얘기까지 털어놓았다.

문득 자기 딸 아카리가 사춘기가 되면 어떤 태도를 보일까 하는 생각이 들었다. 친엄마한테 가고 싶다고 할지 모른다. 아니면 반대로 보고 싶지 않다고 할지도 모르고……

"……뭐, 그런 게 이번에 못 가게 된 이유이기도 하고요."

"알겠습니다. 기치조지의 댁에서 전날 밤부터 후미에 씨를 지켜봐드리고, 오전 6시에 병원으로 모시고 가는 걸로요."

"엄마는 혼자서 갈 수 있다고 하는데, 요즘 들어 걸음걸이가 불안해서 넘어지기라도 하면 큰일이니까요."

"알겠습니다."

"그렇게 이른 시간에는 간병인이나 도우미에게 부탁할 수도 없고 어떻게 해야 하나 싶었는데, 누가 이런 서비스가 있다고 가르쳐줘서요."

도키에를 소개해준 것은 쇼코와 중학교 시절부터 친하게 지내는 사치에다. 외국계 기업의 비서인 사치에의 친구의 친구라고 한다. 참고로 쇼코가 일하는 사무실의 사장인 가메야마 다이치까지 해서 세 사람은 동창이었다.

도키에의 말대로 정확히 오전 6시에 오기를 잘했다고 생각하고 있는데, 후미에가 익숙한 동작으로 접수기에 진찰권을 찍고 예약번호표를 받았다.

"자, 이제 어떻게 할까요?"

번호표를 주머니에 넣고 조금 여유로워진 얼굴로 후미에가 말했다.

"진료가 시작되는 9시까지 세 시간 남았는데."

"보통 여기서 기다리시나요?"

대기실이 붐볐지만 각자 떨어져 앉으면 자리를 찾을 수 있을 듯했다.

"아니요, 병원 공기를 계속 마시다보면 기분이 우울해지잖아요. 여긴 다른 데보다 병원 냄새가 덜하긴 하지만."

아직 진료가 시작되지 않아선지, 아니면 보통 병원과 치료 방식이 달라선지 특유의 냄새가 별로 나지 않았다. 병원이라기보다 은행 대기실 같다. 그럼에도 같은 병을 앓는 환자들이 들어차 있다는 것만으로 어딘가 답답한 분위기가 감도는 건 사실이다.

"그럼 카페라도 갈까요?"

쇼코는 이른 아침부터 문을 여는 근처의 카페를 이미 검색해뒀다. 그 정도는 도키에가 굳이 당부하지 않아도 할 수 있는 일이다.

"그래주면 고맙죠."

후미에의 얼굴에 웃음꽃이 활짝 피었다.

쇼코는 전문대를 졸업하고 도쿄에 와서 직장생활을 했다. 그때 만난 남자와 아이가 생기는 바람에 얼떨결에 결혼했지만 2세대주택*에서 함께 살던 시부모와 갈등이 커져 이혼했다.

그후 직장도 살 집도 없는 쇼코를 고향 친구인 다이치가 고용해줬다. 그는 장관을 역임한 할아버지와 사업가 아버지 밑에서 자랐고, 자신도 '나카노 심부름센터'라는 업체를 운영하고 있다. 겉보기에는 무슨 의뢰든 받을 것 같은 이름이지만, 실제로는 심야에 의뢰인의 집에 찾아가 함께 시간을 보내주는 '지킴이' 일을 주로 한다.

밤 10시경부터 다음날 오전 8시까지, 고객의 요청에 따라 잠을 자지 않고 밤새 지켜봐주는 것이 지킴이의 주 업무다. 다만 시간이나 일의 내용은 유동적으로 바뀔 수 있다. 치매 증상이 있는 개를 지켜봐주거나, 여자랑 한 공간에 같이 있는 분위기를 즐기고 싶다는 성격 고약한 부자 남자의 자랑을 들어줄 때도 있다. 어지간한 일은 대부분 수락하지만 성적인 서비스는 어떠한 경우

---

* 주거 공간을 분리해 두 가정이 독립적으로 생활할 수 있도록 설계한 주택.

라도 거절한다(라고, 사장 다이치가 노년 커플의 섹스 장면을 지켜봐달라는 의뢰를 받았을 때 곧바로 정해버렸다).

반년 전쯤, 전남편 스기모토 요시노리가 재혼했다. 상대는 같은 회사의 후배 직원이었다.

그는 재혼과 동시에 2세대주택에서 분가해 옆 동네에 새로 집을 지었다.

그건 쇼코와의 결혼생활을 교훈삼아 똑같은 전철을 밟고 싶지 않다는 요시노리의 뜻일 수도 있고, 새 아내가 적극적으로 원한 것일 수도 있다. 어찌됐든 초등학교 3학년이 된 딸 아카리의 안정적인 생활을 위해서라도 전남편과 그의 아내가 행복하기를 쇼코도 바라고 있었다. 자기처럼 시부모와 함께 살면서 마음고생을 하지 않았으면 하는 바람은 진심이다. 하지만 자신과 살던 시절에도 그가 한번쯤 분가를 고려해줬으면 좋았을 텐데, 하는 불만이 마음속을 스치는 건 어쩔 수 없었다.

새 가정은 화목하게 돌아가는 모양이다. 가끔 통화하는 아카리의 목소리로도 알 수 있었고, 전남편이 전해주는 근황에서도 느껴졌다.

그런데 새로운 생활이 안정될 때까지 당분간 자제해줬으면 한다는 이유로, 한 달에 한 번으로 정한 아카리와의 만남을 못하게 하는 건 도무지 이해할 수 없었다. 재혼 직후에 딱 한 번 만난 뒤로 줄곧 거절당하고 있다.

좀더 강하게 면접권을 주장하라고 사치에가 말했고, 다이치는 할아버지 사무실 변호사를 소개해주겠다며 쇼코에게 조언했다.

"딸의 친모로서 전남편과의 관계를 원만히 유지하고픈 마음과 자신의 권리를 주장하는 건 완전히 별개의 문제야. 주장할 건 해야지."

때 이른 야외 맥줏집에서 사치에가 한 손에 생맥주를 들고 하는 얘기를 평소에는 수다스러운 다이치가 그저 듣고 있었다.

둘은 중학교 시절부터 멀어졌다 가까워졌다를 거듭했다. 최근에는 쇼코의 일로 다시 관계가 깊어진 모양이다.

그 관계가 어디까지인지 잘 모르겠지만 쇼코도 굳이 묻지 않는다.

친구들이 하는 말도 이해는 된다. 하지만 실제로 '권리는 권리, 관계는 관계'라고 딱 선을 그을 수 없는 것이 일본인…… 아니, 인간이라는 존재가 아닐까.

"네가 직접 말하기 어려우면 변호사에게 맡기면 돼."

어릴 때부터 변호사를 지척에 둔 환경에서 자란 다이치도 가볍게 말했다. 느닷없이 변호사라니…… 뭐, 그건 차치하고라도…… 쇼코는 속으로 중얼거렸다.

변호사를 쓰려면, 비싸지 않나?

다이치에게는 가족 사업의 고문 변호사이니 약간 도움을 받아도 된다고 생각하겠지만 쇼코의 입장은 그렇지 않다.

갑자기 변호사에게 연락을 받는다면 전남편 쪽 태도가 경직될지도 모르고.

그래도 타인의 눈으로 보았을 때 원래는 그만큼 강경하게 나가도 되는 사안이구나 싶어 친구들이 그렇게 말해주는 게 든든했다. 다만 자신의 존재 때문에 딸의 새로운 가정에 풍파를 일으키고 싶지 않다, 나 한 사람만 참으면 되는데, 하는 마음에 망설여진다.

'이런 점들이 결국 나의 현상황을 이렇게 만든 거겠지.'

쇼코는 어째선지 남의 일처럼 생각한다.

이런 점, 이런 상황…… 요컨대 하고픈 말을 분명히 하지 않고 어영부영 삼켜버리거나 상대방의 마음을 제멋대로 해석하고는 뒤로 빠져버린다. 그리고 정신을 차려보면 정말로 소중한 것은 전부 없어져버리고 만다.

'어떻게 하면 좋을까.'

쇼코는 매일 밤 생각한다. 하지만 결론은 나지 않고, 결국 이달은 참자고 마음먹는다. 그러다보니 어느새 반년이 지났다.

쇼코가 검색해둔 카페는 햄버거 프랜차이즈에서 운영하는 곳이었다. 오모테산도에 있다고 특별히 세련된 것도 아니다. 그저 간소한 테이블과 의자가 놓여 있을 뿐이지만 전체적으로 조명이 밝아 병원 대기실보다는 훨씬 나았다.

후미에는 모닝 토스트 세트, 쇼코는 햄버거 번에 토마토와 햄을 넣은 BLT 세트를 주문했다. 음료는 둘 다 카페오레로 정했다. 메뉴에 하트랜드 병맥주가 있었다. 이거면 조조 음주도 가능한데, 쇼코는 속으로만 생각했다.

쇼코가 쟁반을 들고 오는 사이, 후미에는 신기한 듯 두리번거리며 매장 안을 둘러보고 있었다. 이 시간에도 손님이 제법 있다. 후미에와 같은 병원에 다니는 듯 보이는 중년 여성과, 테이블에 책을 펴놓고 열심히 공부하는 여학생. 아침의 사람들은 모두 산뜻해 보였다.

"이런 곳이 있군요."

"네. 지금까지는 병원에서 기다리셨나요?"

"거의 그랬죠. 아니면 오모테산도 거리를 좀더 걸어서 스타벅스까지 가기도 했고."

"하긴 스타벅스도 있지만, 아무래도 조금 멀어서요."

"여기서는 아침도 먹을 수 있겠네요. 다음에도 여기로 와야겠어요. 딸아이한테 알려줘야지."

"도키에 씨한테 이메일로 위치를 보내놓을게요."

어젯밤 쇼코가 후미에의 집에 도착했을 때, 인터폰을 눌러도 좀처럼 문이 열리지 않았다.

집안에 인기척은 있었다. 그런데 어째선지 문을 열지 않는다. 몇 번을 소리쳐 불러봐도 응답이 없기에 혹시 안에서 쓰러진 건 아닌가 걱정스러워진 찰나에 간신히 문이 살짝 열렸다. 오 센티미터쯤 되는 틈으로 노년의 여성이 쇼코를 내다보았다.

"실례합니다. 저, 이누모리 쇼코예요. 도키에 씨한테 의뢰를 받고 왔습니다. 오늘밤부터 후미에 씨와 함께 있다가 내일 아침에 병원으로……"

쇼코가 설명했지만 아무 대답이 없다. 귀가 잘 안 들리나 싶어 다시 한번 같은 말을 크게 반복했다.

"……그렇게 크게 말 안 해도 다 들려요."

"아, 죄송합니다."

드디어 문이 활짝 열렸다. 그때 쇼코는 후미에가 현관문 외시경으로 빤히 자신을 관찰하고 있었다는 걸 알아챘다.

지금껏 각양각색의 고객을 상대해왔지만 이토록 경계가 심한 사람은 처음이었다.

그후에도 후미에는 거의 말을 하지 않았다. 그저 응접실(로 보이는 소파가 놓인 공간)에서 마주앉아 꼼짝없이 숨 막힐 듯한 시간을 보냈다.

"이제 슬슬 주무셔야죠. 내일 아침 일찍 나서야 하니까요."

그렇게 말하자 후미에가 쇼코를 노려보았다. '내가 자는 동안 뭘 하려고?'라고 말하고 싶어하는 눈빛이었다.

"……아니, 좀더 계셔도 괜찮지만, 내일 오전 5시에는 집에서 나가야 해서요."

"당신은?"

"저는 깨어 있어야죠. 지킴이잖아요."

아니나 다를까 밤 11시를 넘어가자 후미에는 흠, 하는 콧소리를 내며 "그럼, 이 방에서 한 발짝도 나오지 마요" 하고는 방을 나갔다.

"저, 화장실 써도 될까요?"

쇼코가 묻자 후미에는 "그 정도는 괜찮아요. 알아서 하세요" 라고 대꾸했다.

그런 식으로 줄곧 굳은 표정이던 후미에가 마침내 마음을 열어준 듯한 기분이 들어 쇼코는 기뻤다.

"쇼코 씨도 이혼했다면서요."

후미에의 느닷없는 말에 쓸쓸하게 웃고 말았다.

"네, 뭐."

"이런, 내가 무례한 질문을 했나?"

"아니에요, 괜찮습니다. 사실인걸요."

"실은 도키에가 당신한테 의뢰했다고 했을 때, 모르는 사람한테 의붓딸이 애를 낳는 데 간다는 둥 그런 얘기를 하면 놀라지 않겠느냐고 내가 물었어요. 그랬더니 도키에가, 괜찮아 그 사람도 사정이 있어, 하더라고요."

그래서 사정이 있다는 게 무슨 뜻이냐고 후미에가 물어본 모양이다. 이혼해서 딸이랑 따로 사는 사람이라는 설명이 돌아왔고.

"그 말을 듣고는, 미안한 말이지만 마음이 한결 편해졌어요."

그런 것치고는 어젯밤에 경계가 꽤 심하시던데요, 쇼코는 속으로 중얼거렸다.

"아닙니다. 제 그런 이력으로 마음이 편해지셨다니 다행이네요. 그래도 도키에 씨가 직접 이혼한 건 아니잖아요. 이혼한 분과 결혼했을 뿐이지."

"뭐, 그렇죠. 하지만 우리 친척 중에는 그런 사람이 별로 없어요. 그래서 도키에의 남편이 프랑스인인데다 재혼자라는 것만으로 다들 놀라서……"

후미에는 조용히 한숨을 쉬었다.

"아무도 이혼을 안 하셨나봐요?"

"네. 아무도."

"요즘은 오히려 그런 집안이 드문 것 같은데요."

"그런가요?"

"그래도 다행이잖아요. 전처의 딸과 그렇게 잘 지낸다면."

"그건."

후미에가 갑자기 입술을 오므렸다. 그렇게 하니 입가에 잔주름이 생겨 갑자기 나이보다 늙어 보였다.

후미에는 잠시 말없이 토스트를 작게 베어물고 카페오레를 마셨다. 모든 동작이 작고 느긋했다.

"무리하고 있는 거예요, 그애는."

후미에가 빵을 반 정도 먹더니 갑자기 고개를 들고 단호한 어조로 딱 잘라 말했다.

"네?"

"누가 의붓자식의 출산을 진심으로 기뻐할 수 있겠어요?"

"하지만 도키에 씨는 무척 기뻐하시는 것 같던걸요."

"그렇죠, 그애는 늘 그러니까. 그런 식으로 사람들에게 말해요. 아주 기쁘고 행복하다고. 뭐든지 다 말해버려요. 그런 걸 뭐라더라. 아, 오픈이라고 하죠. 뭐든지 오픈, 오픈마인드. 그 결혼에 대해 이러쿵저러쿵 뒷말을 하던 친척들한테도 제 입으로 다 말해버리는 거예요. 이번에는 의붓할머니가 되게 생겼다고. 가만있으면 아무도 모를 일을."

"그렇군요."

"도키에는 아직 마흔다섯 살이에요. 남편 폴이 열 살이나 많으니 어쩔 수 없지만. 그런데 그렇게 어린…… 카뮈가, 아, 이번에 출산한다는 딸의 이름이에요. 스무 살 언저리 나이에 애를 낳아 엄마가 되는 거예요. 애가 애를 낳는 거지."

왠지 후미에는 사방을 향해 화를 내는 것 같았다. 도키에를 후처라고 무시하는 친척들, 나이 차가 많이 나는 남편, 그의 전처, 어린 나이에 엄마가 되는 여자애…… 그리고 무엇보다 외국으로 시집가버린 딸에게.

"그애는요, 카뮈가 중학교 시절에 엇나가 자기들 집에 눌러앉았을 때도 진심으로 좋아하면서, 가족이 느는 건 웰컴이라느니 어쩌느니…… 실은 도키에도 아이를 갖고 싶어했어요. 그런데 마침 그 시기가 가임기 끄트머리와 겹쳐서…… 남편이 지금은 카뮈를 자극하고 싶지 않다고 말하는 바람에 가엾게도 자기 아이를 가질 기회를 포기한 거예요."

거기까지 말하고 후미에는 입을 다물었다.

"그래도 저는 부러운걸요."

쇼코가 식은 빵을 다시 작게 뜯고 있는 후미에에게 말했다.

"뭐가요?"

"제 딸아이의 새엄마도 도키에 씨 같은 분이면 얼마나 좋을까 싶어서요."

"……그런가요."

"그럼요, 얼마나 안심이 되겠어요. 저도 딸을 좀더 자주 만날 수 있을 테고요."

후미에는 뭐라고 말하려다 너무 깊숙이 들어가는 건가 싶었는지 입을 다물었다.

"아이를 요즘 만나지 못하거든요."

그래서 쇼코가 먼저 설명했다.

"새엄마하고 친해질 때까지 조금 자제해달라고 전남편이 말해서요."

"너무하네."

"그래서 도키에 씨가 정말 대단한 분이라고 생각해요."

미안해요, 하고 잠시 뒤 후미에가 말했다.

"후미에 씨가 사과하실 일은 아니죠. 저야말로 죄송해요."

쇼코가 허둥지둥 고개를 숙였다.

"아, 뭐 따뜻한 거라도 시킬까요?"

둘의 잔이 차갑게 식어 있었다. 홍차를 주문하기로 했다.

"그런데 말이에요."

쇼코가 홍차를 가져오자 후미에가 말했다.

"자기 아이를 원했는데 손주가 생긴 셈이니."

"그렇네요."

"그래도 그애는 남들한테 이렇게 말할 거예요. 기대되고 기쁘다고. 그럼 다들 대단하다고, 기특하다고 도키에를 칭찬하겠죠."

"저도 대단하다고 생각해요."

"실은 그애, 사실혼 상태예요. 혼인신고도 안 했다고요."

후미에는 중대한 비밀을 털어놓기라도 하듯 목소리를 낮췄다.

"프랑스에는 그런 경우가 많다고 들었는데요."

"그래도 전처와는 정식으로 결혼했어요. 하지만 이혼 과정이 무척 힘들었는지 이젠 결혼 하면 학을 뗀다더라고요. 제대로 된 혼인도 할 수 없는 그런 남자라면 도키에와 동거도 하지 말아야죠, 안 그래요?"

쇼코는 저도 모르게 살짝 웃고 말았다.

"웃을 일이 아니에요."

"죄송합니다."

"전처와는 정식으로 결혼했으면서 도키에와는 못한다니, 무슨 소린지."

후미에는 화가 치미는지 잠시 침묵했다. 쇼코도 한동안 아무 말 하지 않았고, 후미에가 진정된 것을 살피고서야 입을 열었다.

"도키에 씨는 진심으로 기뻐하시는 거라고 생각해요. 제가 만난 도키에 씨는, 물론 영상통화로 대화한 것뿐이지만, 결코 거짓말이나 허울 좋은 말을 하지 않았어요. 정말 좋은 사람이에요.

따뜻하고 야무지고요."

"그렇죠, 나도 알아요."

후미에는 홍차 잔을 들어올리려 했지만 카페오레 잔보다 훨씬 크고 두툼한 도자기라 쉽지 않았다. 근육이 빠진 손목은 부러질 듯 가늘었다. 하필 잡은 위치도 좋지 않아 가느다란 손가락에 힘이 들어가지 않은 듯 도로 잔을 내려놓았다.

쇼코가 손을 뻗어 살그머니 잔의 위치를 바로잡았고, 후미에는 그 모습을 가만히 보고 있었다.

"그래도 나 하나 정도는 의심해줘야지, 안 그럼 그애가 물러날 곳이 없잖아요. 그렇게 대단한 사람일 필요가 없는데. 애초에 그럴 만한 사람이 아니에요, 그애는. 평범한 여자고 평범한 딸이지. 예전에는 좋은 일이 있으면 기뻐하고, 싫은 일이 있으면 울었어요. 학교나 회사에서 느낀 불만도 실컷 털어놓고 때로 친구들 험담도 하고…… 그런데 언제부터 그렇게 됐는지."

후미에는 다시 잔을 잡았다. 이번에는 수월하게 들어올린 채 시선을 위로 향했다.

"파리에 가고 싶다는 말을 꺼내고 내가 그걸 반대했을 무렵부터 갑자기 기특한 아이가 됐어요. 항상 즐거워 보이고 다른 사람들을 배려하고, 마치 성인聖人 같아졌죠."

쇼코는 후미에와 도키에가 보냈을 이후의 시간을 생각했다.

엄마가 반대하니 도키에는 더 행복하고 즐거운 척할 수밖에 없었던 게 아닐까. 파리와 일본의 물리적 거리도 한몫했을 것이다. 일 년에 고작 몇 번 만나서는 좀처럼 속내를 꺼내기가 어렵다.

어떤 건지 잘 안다. 쇼코도 홋카이도에 있는 아버지에게 그런 마음이니까.

"나는 그애가 무리해서 억지로 참고 있는 거라고 생각해요. 만약 그렇다면 우는소리나 푸념을 하고 싶을 때 아무한테도 말할 수 없잖아요. 그래서 내가 의심해주는 거예요. 실은 그 말이 거짓이지 않을까? 실은 안 기쁜 게 아닐까? 그 모습은 내가 아는 도키에가 아니니까요. 그런 모습은 진짜 도키에가 아니에요."

"하긴, 그럴지도 모르죠."

"나는 그렇게 말해요. 영상통화로 대화할 때마다 도키에가 '엄마, 나 행복해요' 하면 '거짓말이지? 아니지?' 하고. 그애는 그저 웃지만, 그게 내 역할인 거예요."

"역시 부럽네요."

"네?"

"저한테는 넋두리할 수 있는 엄마가 안 계시거든요. 그런 존재가 있다는 것만으로 도키에 씨는 힘이 날 거예요."

"어머나, 어머님이……"

"중학교 때 돌아가셨어요. 암으로."

"저런, 미안해요."

"괜찮아요. 아무튼 양쪽 다 진짜이지 않을까요?"

"네?"

"시시콜콜한 푸념을 늘어놓던 도키에 씨도, 강한 척하는 도키에 씨도. 둘 다 원래 도키에 씨가 가진 모습이고, 때와 장소에 따라 어느 한쪽이 드러나거나 감춰지는 것 아닐까요?"

드러나거나 감춰지거나, 후미에는 중얼거렸다.

"그리고 아마 카뮈 씨는…… 적어도 그분은 행복할 거라고 생각해요. 분만실에 들어와 함께 있어달라는 건 어지간히 마음을 허락한 상대한테가 아니면 할 수 없는 말이잖아요. 그렇지 않나요? 그러니 그것만으로도 괜찮지 않나 싶어요. 자신이 이 세상 누군가를 행복하게 해준다는 사실만으로도요."

"정말 그럴까요?"

"물러날 곳을 마련해주는 후미에 씨도 멋지다고 생각해요. 하지만 자꾸 엄마한테 부정적인 말을 듣다보면 언젠가 도키에 씨도 지쳐버릴지 모르잖아요."

후미에는 말없이 뭔가를 생각하고 있었다. 내심 말이 지나쳤나 싶어 쇼코가 후회하던 찰나, "언젠가는 편하게 푸념을 늘어놓는 도키에를 보고 싶지만 지금은 좀 참을까" 하는 작은 목소리가 들려왔다.

이런저런 검사와 진찰을 끝내고 진료비를 낸 다음 약국에서 약을 받았다. 그때마다 순서를 기다려야 했다.

오전 11시쯤 모든 게 끝나자 후미에의 표정에서 피로가 느껴졌다.

"댁까지 모셔다드릴까요?"

"아뇨. 택시로 가니까 괜찮아요."

"댁까지 가는 택시에 제가 같이 타도 돼요."

요금은 신경쓰지 마세요, 쇼코는 덧붙였다.

"그게, 택시 안에서 잠들 것 같아서요."

오히려 혼자서 가는 게 마음 편할지도 모른다. 쇼코는 후미에의 기분을 헤아리고 큰길에서 택시를 잡으려 손을 들었다.

"혹시 필요하시면 다음 진료 때는 제가 렌터카로 모셔다드릴 수 있어요. 저 운전 잘하거든요. 아, 물론 도키에 씨가 못 오는 경우예요."

후미에를 뒷좌석에 태우며 쇼코는 무심코 그런 말이 나왔다. 다음에는 도키에가 오리라는 걸 알고 있었는데도.

"……고마워요. 도키에가 얘기했을 때는 이런 일을 다른 사람한테 부탁한다는 게 좀 그랬는데, 오늘 같이 있어줘서 큰 도움이 됐어요."

후미에가 살짝 웃으며 손을 흔들었다.

택시가 사라지는 모습을 보고 나자 몸 안쪽에서부터 큰 한숨이 나왔다.

'아, 피곤하다. 배고파.'

도움이 됐다는 말을 들어서 기뻤고 후미에도 좋은 고객이었지만, 이 시점에서 피로가 몰려오는 건 또다른 문제다.

쇼코는 어슬렁어슬렁 오모테산도 거리를 걸어갔다.

이른 아침과는 완전히 딴 세상이 되어 머리 위에서 태양빛이 지글지글 내리쬐었다. 거대한 애플스토어는 한참 전에 문을 열었고, 한눈에도 관광객임을 알 수 있는 알록달록한 여행가방을 든 외국인들이 드문드문 보였다.

'뭘 먹을까.'

몸도 마음도 지칠 대로 지쳤다. 눈이 아픈 동시에 머리도 지끈지끈했다.

'곧장 집으로 가도 좋겠지만 이런 날은 한잔하고 싶단 말이지.'

어젯밤 10시부터 일했으니 벌써 열세 시간째다.

오모테산도에는 감각과 구성이 좋은 브랜드숍이 즐비하고, 그 사이를 메우듯 음식점이 촘촘히 채워져 있었다.

'어떤 음식이든 맛집이든 다 있을 듯한 동네라 오히려 고르기

가 어려워. 하지만 그런 만큼 더더욱 지금 정말로 먹고 싶은 걸 찾고 싶어.'

눈을 살짝 감고 머릿속을 훑어본다. 다양한 점심 메뉴가 떠올랐다가 사라진다.

이누모리 쇼코가 점심을 고르는 기준은 단 한 가지. 술과 궁합이 맞느냐 안 맞느냐.

'카레? 라멘? 쇼가야키?* 오므라이스? 크로켓? 초밥? 만두? 마파두부…… 아, 고기야. 고기를 먹고 싶어. 스테이크? 햄버그스테이크? 야키니쿠? 닭꼬치?'

거기까지 생각하고 자연스레 눈이 번쩍 뜨였다.

'그래, 그거야. 닭꼬치덮밥. 얼마 전부터 계속 먹고 싶었잖아. 닭고기를 꼬치에서 이로 쏙 빼서 먹고 생맥주를 꿀꺽꿀꺽 마시고 싶다. 그런데 혼자 꼬치구이집에 가긴 좀 어렵단 말이지. 집에서 그럴싸하게 만들기도 어렵고. 하지만 점심 메뉴로 파는 닭꼬치덮밥이라면 혼자서도 먹을 수 있으니까.'

쇼코는 오모테산도 한가운데서 두리번두리번 주위를 둘러보았다.

'그렇다고 여기서 무턱대고 돌아다닌다고 맛집을 찾을 수 있

---

* 돼지고기를 생강 양념에 절여 구운 요리.

을지 모르겠네. 오모테산도에서 식당 한 곳을 찾는 건 돗토리 모 래언덕에서 떨어진 단추를 찾는 격이지. 가본 적은 없지만.'

쇼코는 스마트폰을 꺼냈다.

'이런 때는 문명의 이기에 기대자.'

곧장 검색한다. '도쿄, 점심, 닭꼬치덮밥.'

위장이 맛있는 닭꼬치를 원하고 있었다. 전자레인지로 조리하 는 냉동제품이나 외국산 닭고기를 사용하지 않는 곳. 가능하면 아침에 손질한 닭을 그날 바로 소비하는 집을.

만약 괜찮은 가게가 다른 동네에 있다면, 어느 정도 먼 거리도 마다하지 않을 기분이었다.

순식간에 주르륵 상호명들이 떴다. 무려 제일 위에 오모테산 도에 있는 가게가 보였다.

'이건 운명일지도 몰라. 여기서 걸어갈 수 있구나! 좋아, 결 정!'

다행히 가게는 오전 11시 반에 문을 열었다. 걸어가면 딱 열자 마자 들어갈 수 있을 듯했다.

오모테산도 교차로 부근의 좁은 길에 들어서자마자 그 가게가 있었다. 큰길에서 안쪽으로 10미터쯤 들어갔을 뿐인데, 보기 좋 게 가지를 뻗은 나무 화분이 어느 시골집 같은 분위기를 자아내 는 입구가 보였다.

문 열기 오 분 전에 도착했는데 이미 안에 손님들이 있었다. 쇼코는 부랴부랴 안으로 들어갔다.

'꽤 인기 있는 곳이구나.'

곧장 카운터석으로 안내를 받았다. 마침 맨 끝에 딱 한 자리가 남아 있어서 앉을 수 있었다.

동남아시아인으로 보이는 여자 점원이 주문을 받으러 온다. 쇼코는 무심코 주위를 둘러보았다. 카운터석 앞에 '네기마'* '가슴살' '간' 등 점심이 아닌 밤의 메뉴다워 보이는 나무판이 걸려 있는데 점심용 메뉴판은 따로 없는 듯했다.

"닭꼬치덮밥, 정식, 라멘, 어떤 거?"

점원이 빠르게 설명했다.

라멘?! 쇼코는 갑자기 그 말에 당황스러웠다. 게다가 점심에는 주류를 판매하지 않는 건가. "닭꼬치덮밥 주세요." 쇼코는 약간 초조한 마음으로 주문했다. 그리고 점원이 돌아서서 가려는 찰나에 용기 내서 덧붙였다.

"저기, 맥주는 없나요?"

"생?"

"네."

---

* 닭고기와 파를 꼬치에 꽂아 구운 것.

"있어요. 생맥 하나요."

'다행이다. 생맥주가 있었구나! 여기까지 와서 맥주가 없다면 슬프지.'

점원이 먼저 생맥주와 물을 가져다줬다. 둘 다 잔에 완벽하게 성에가 껴 있다. 일부러 맥주잔을 차갑게 준비해두는 모양이다.

'물잔이 엄청 크네. 맥주잔이랑 비슷하잖아. 이것만으로 벌써 기분좋다. 물을 실컷 마실 수 있는 것만으로도 환영받는 느낌이 들어.'

조금 뒤에 오이절임이 담긴 작은 접시가 나왔다. 기본 안주가 아니라 점심 메뉴의 반찬인 것 같았다. 쇼코는 오이를 아삭아삭 씹으며 맥주를 마셨다.

'아, 덥다. 그래도 걸어온 보람이 있네. 맥주가 온몸으로 스며드는걸.'

맥주잔을 삼분의 일 정도 비웠을 때 오늘의 주인공 닭꼬치덮밥이 나왔다. 큼직하고 약간 평평한 덮밥용 그릇이다. 점원이 쇼코 앞에 그릇을 내려놓자 '두둥' 하는 소리가 나는 듯했다. 작은 사발에 든 미역국도 같이 놓였다.

'와, 크다. 그릇도 그렇고, 닭고기 한 점 한 점이 다 크네.'

꼬치는 이미 빼놓았다. 이건 이것대로 먹기 편해 보인다. 네기마, 닭고기와 꽈리고추, 고추냉이를 올린 닭가슴살, 간, 완자. 고기와 밥 사이에는 잘게 자른 김이 깔려 있다. 그릇 바닥이 얕은 만큼 밥이 많지는 않다. 밥에 소스가 골고루 뿌려져 있지만 과하지는 않다. 매콤달콤한 소스가 밴 부분과 흰밥이 알맞게 섞였다.

'이거 좋네. 이만큼 그릇 지름이 큰데 바닥까지 깊다면 밥이 너무 많이 들어가겠지. 이 정도면 충분히 닭꼬치를 즐길 수 있겠어.'

제일 먼저 꽈리고추 옆에 있는 고기를 한 조각 집는다. 한입에 다 먹을 수 없을 만큼 큼직한 닭고기. 베어물자 감칠맛이 입안 가득 퍼진다. 고기의 식감이 쫄깃했다.

'맛있다. 이곳으로 오길 정말 잘했어.'

그리고 맥주 한 모금. 어울리지 않을 수 없다.

'이거면 밤에 꼬치구이집에 못 가도 섭섭하지 않겠는걸. 혼자 먹어도 외롭지 않고.'

마음속으로 중얼거린 순간, 쇼코는 문득 깨달았다.

나는 외로운 걸까?

지금껏 줄곧 혼자였다.

이혼하면서 전남편의 집에 딸을 두고 온 일을 얼마나 뼈저리게 후회했던지.

그때는 일자리도 집도 없는 처지라 혼자 먹고살기도 빠듯했고, 무엇보다 오랜 기간 이어진 남편과 시부모와의 언쟁과 이혼 합의 과정에 지칠 대로 지쳐 있었다.

전남편 쪽에서는 쇼코만 나가면 딸 아카리는 지금껏 자신을 돌봐주던 사람들, 즉 부모와 조부모 네 명 중 세 명과는 변함없 는 생활을 이어갈 수 있다고 쇼코를 설득했다. 또한 그런 합의가 계속되는 상황임에도 아카리 앞에서는 항상 평상심을 유지하며 결코 다투는 분위기를 눈치채지 못하게 했던 시어머니에게 조금 감탄한 부분도 있었기에, 쇼코는 결국 혼자서 집을 나온다는 결 단을 내렸다.

얼마나 울었는지 모른다.

그래도 눈물을 닦고 자신의 작은 집을 둘러보며, 이런 곳에 딸 을 데려올 순 없다고 스스로를 타이를 수밖에 없었다.

전남편이 재혼할 즈음 다시 한번 아카리가 어느 쪽에서 살지 논의할 수 있을 줄 알았는데, 쇼코의 상황이 아직 자리잡히기 전 이었고 아카리가 새엄마를 잘 따른다고 했다. 실제로 아카리도 새엄마가 마음에 든다고 분명히 말한 적이 있었다.

하지만.

'이제 슬슬 만나도 되지 않을까.'

쇼코는 덮밥 위의 닭고기를 물끄러미 바라본다. 큼직하게 자 른 대파 흰 부분의 단면을 얇게 저민 닭고기로 감은 네기마는 제법 공을 들인 모양새였다.

가게 밖을 보니 내리쬐는 햇볕 속에 몇 사람이 차례를 기다리고 있다. 손수건으로 이마의 땀을 닦는 모습도 보였다. 이렇게 인기 있는 곳에서는 아무리 술을 주문했어도 장시간 앉아 있을 수 없다.

쇼코는 또 한번 큼직한 네기마 한 조각을 젓가락으로 집어 입 안 가득 넣었다. 우걱우걱 입을 크게 움직이고 맥주를 삼킨다.

'역시 맛있네. 슬플 때나 외로울 때나 맛있는 건 맛있는 거야. 닭고기의 진한 풍미를 보니 분명 좋은 닭을 사용했겠는데. 모처럼 먹는 닭꼬치니 제대로 음미해야지.'

밥에 뿌린 소스는 매콤달콤하지만 닭꼬치 자체는 담백하다. 고기 본래의 감칠맛을 살리기 위해 깔끔하게 간장 양념만 두른 것 같았다. 아무 무늬 없는 여름용 기모노를 두른 미인처럼.

'이 밸런스가 좋은걸.'

닭가슴살 또한 좋다. 소금 양념으로 구운 가슴살에 듬뿍 올린 고추냉이. 맛이 달라지니 다시 식욕이 돋는다. 구운 닭고기, 맥주, 닭가슴살, 또 닭고기, 맥주, 중간에 달달한 밥, 그리고 또 맥주. 어느 구간을 어떻게 잘라내도 만족할 수 있다.

'여기는 덮밥도 맛있지만 나 같은 낮술인에게도 잘 맞는 곳 같아. 뭐, 나 같은 사람이 얼마나 있을지는 모르겠지만.'

다음으로 닭고기 완자에 젓가락을 뻗었다. 조그만 완자 세 개가 깜찍하게 줄지어 있다. 이것도 끈적하고 단 소스가 아니라 깔끔하게 간장만 살짝 바른 맛이라 저렴한 선술집에서 파는 닭꼬치와는 확실히 구별된다. 닭고기가 신선하고 잡내가 없어야 가능한 기술일 테다. 바삭바삭하고 고소하게 구워진 껍질도 훌륭하다.

'아, 여기는 밤에도 와보고 싶다. 다음에 다이치와 사치에를 꼬셔볼까.'

그런 생각을 하자마자 다시금 현실이 쇼코를 덮쳤다.

'큰맘 먹고 변호사한테 상담을 받아볼까.'

다시 그런 생각을 하고는 곧바로 지워버린다.

'아냐, 아냐. 아무래도 좀 그래. 일단 내 감정을 전남편 부부에게 제대로 얘기해보고 난 다음에도 늦지 않을 거야. 변호사 얘기를 꺼냈다간 오히려 상대방을 자극할지도 모르니까.'

일단은 대화다. 쇼코는 밥과 닭고기로 입안을 가득 채운 채 고개를 끄덕인다.

하루라도 빨리 연락해야지. 아이는 금방 자란다. 분명 반년이면 훌쩍 성장했을 것이다.

그때 띠링, 하는 소리와 함께 메시지가 도착했다.

서둘러 확인했더니 파리에 있는 도키에가 보낸 것이었다.

엄마와 연락했어요. 무사히 병원에 다녀오고 쇼코 씨와도 즐거운 시간을 보내서 기분이 좋아 보였어요. 정말 감사합니다!

저야말로 감사합니다, 하고 답장을 쓰고 있는데 두번째 메시지가 왔다.

조금 까다로운 구석이 있는 저희 엄마를 어떻게 공략(︿︿)하셨는지, 프로는 다르구나, 감탄했습니다. 아, 감탄했다는 말이 거만해 보이나요. 어쨌든 정말 감사합니다.

오히려 쇼코가 기쁘고 간질간질한 기분이 드는 메시지였다. 어쩌면 예상보다 후미에가 더 만족했는지 모르겠다.

그리고 실례지만.

또 한번 뒤를 쫓듯 메시지가 왔다.

여기서부터는 사적인 얘기니 혹시 불쾌하시다면 무시해주세요. 쇼코 씨, 이혼 후에 따님 일로 고민하고 있다면서요? 엄마한테 들었습니다.

아, 하는 소리가 새어나왔다. 후미에에게 무슨 말을 했더라, 새삼 떠올려보았다.

무례하게 들렸다면 미안해요. 저는 입장이 다르고 사는 나라도 달라서 어떨지 잘 모르겠지만, 만약 의논하고 싶은 일이 있다면 부담 없이 저한테 연락하세요. 뭔가 할 수 있는 얘기가 있을지 모르잖아요. 거창한 조언 같은 건 못하지만, 저한테라도 말하고 나면 후련해질 수도 있고요.

외국생활을 오래 한 사람의 솔직함과 일본인다운 배려심이 적절히 섞인 메시지라고 쇼코는 생각했다.

불쾌하진 않았다. 아직 모든 걸 털어놓을 수 있을 정도는 아니지만, 입장도 사는 나라도 다른 누군가에게 뭔가를 '얘기할 수 있을지 모른다, 의논할 수 있을지도 모른다'는 예감에 마음이 가벼워졌다.

음식값을 계산하고 밖으로 나갔다. 초여름 햇살이 뜨겁다. 하지만 쇼코는 힘차게 걷기 시작했다.

두번째 술

가쿠니덮밥
아키하바라

사람은 때로 '오늘은 꼭 그 가게에서 그 맛을 느끼고 싶어'라는 마음이 강력히 드는 법이다.

그날의 쇼코도 그랬다. 완전히 녹초가 돼서는, 과거에 똑같이 지치고 기력이 없을 때 먹었던 '그 가게'의 '그 맛'을 원했다.

쇼코는 500엔에 가라아게*를 열다섯 개까지 올릴 수 있는 무척 합리적인 덮밥집으로 향하고 있었다. 전에는 그곳에서 치킨난반덮밥**을 먹었지만 오늘은 가라아게를 열 개까지는 추가해 먹을 수 있을 것 같다.

---

* 일반적으로 닭고기에 밀가루 반죽을 묻혀 기름에 튀겨낸 것.
** 튀긴 닭고기를 간장에 적시고 타르타르소스를 얹어 먹는 요리.

'바삭하게 튀긴 고기는 물론이고 단돈 200엔인 하이볼이나 그 열다섯 개짜리 가라아게를 노리는 의욕 넘치는 손님들을 보면 왠지 나도 기운을 차릴 수 있을 것 같단 말이지.'

아직 6월인데 장마가 거의 끝나고 벌써 여름 더위가 시작됐다. 서서히 몸이 뜨거워진다.

얼음을 많다 싶게 넣은(아마 재료비 절감을 위해서겠지만 이 더위에는 오히려 다행이다) 그 시원한 하이볼을 이 몸에 부어넣고 싶다. 분명 가슴이 찌릿할 만큼 차갑게 식도를 식히면서 내려가겠지. 그리고 위장에 들어가면 다시 확 뜨거워질 것이다.

'이 모퉁이를 돌아서 라이프 마트가 보이면……'

'라이프'라고 쓰인 커다란 간판이 표지다. 그 앞 도로 맞은편에 가게가 있다.

음?

마침내 마트가 보이기 시작했다. 그리고 맞은편에 이제 슬슬 어렴풋이 '그 가게'가 보여야 하는데.

'어라? 전에는 분명히 이 부근부터 '하이볼 200엔!'이라고 적힌 커다란 노란색 간판이 보였는데.'

불길한 예감이 든다.

이런 때 사람은 대개 두 부류로 나뉜다.

최악의 순간을 예상하고 받아들여 곧장 돌진하는 부류. 현실을 좀처럼 인정하지 못한 채 '뭔가 착오가 있는 게 분명해' 하면서 '오늘만 간판 내놓는 걸 까먹었나봐'라고 좋은 쪽으로 해석하고, 가게 쪽을 제대로 보지 않고 힐끗거리며 살그머니 다가가는 부류.

쇼코는 후자였다.

마음속 한편으로는 반쯤 포기하면서도 일부러 그쪽을 보지 않으려 하면서 나아갔다.

가게 앞 횡단보도까지 갔을 때 아니나 다를까 "아……" 하는 소리가 터져나왔다.

그 자리에는 화려한 컬러사진이 들어간 태국 음식점 간판이 큼직하게 걸려 있었다. 유독 거대한 글씨로 '가파오'라고 적혀 있다. 가게가 바뀐 모양이다.

'가파오라이스*……도 싫지는 않아. 아니, 오히려 좋아하는 편이야. 하지만 지금은 아니란 말이지.'

사진에는 태국의 싱하 맥주를 비롯해 아시아 각국의 병맥주가 찍혀 있다.

'태국 맥주도 정말 좋지. 하지만 지금은 아니야. 오늘은 가라아게를 실컷 먹고 하이볼을 벌컥벌컥 마시며 활기를 찾고 싶다고.'

---

* 바질과 돼지고기가 들어간 태국식 덮밥 '팟카파오무쌉'의 일본식 명칭.

어젯밤부터 피로가 쌓이기도 했고, 쇼코는 가게 앞에 털썩 주
저앉을 뻔했다.

'대체 이게 무슨 일이야…… 전생에 무슨 죄를 지었길래.'

그렇다고 정말 그 자리에 무릎을 꿇을 수도 없는 노릇이다. 기
온이 슬슬 30도에 육박하고 있었다.

'이렇게 된 거 그냥 집에 갈까.'

일단 아키하바라역을 향해 터벅터벅 걷기 시작했다.

쇼코가 그토록 침울해진 데는 이유가 있었다.

'운이 나빠도 너무 나쁘잖아.'

그 일은 약 스물네 시간 전에 시작됐다.

"싫어."

사장 다이치의 업무 지시에 쇼코는 끝까지 듣지도 않고 말했다.

"저기, 거절은 얘기 다 듣고 나서 해도 되잖아."

"지난번에 일이 이상해진 거 가메도 알잖아."

무심코 쇼코의 입에서 다이치의 어릴 적 별명인 '가메'*가 튀
어나왔다. 동창이라고 해도 어쨌든 고용주이자 사장인데.

"아니, 그러니까 신도도 그때 일로 반성했다고 할지, 그 녀석

---

* 일본어로 '거북'.

답지 않게 꽤 침울해하는 것 같아. '나는 또래 여자를 만나기 힘든 타입인가봐' 같은 말을 하니까 좀 안됐더라고."

신도 다케시는 예전에 쇼코가 지킴이 일로 만난, 다이치의 대학 시절 친구였다.

서른을 갓 넘긴 나이에 2천만 엔이 넘는 연봉, 외국계 증권회사의 일본 부지사장이라는 빛나는 경력. 아키하바라의 번쩍번쩍한 타워형 아파트에 산다.

하지만 성격이 나쁘다고 해야 할까, 다이치의 말을 빌리면 '괴벽이 있다'. 여자의 가치를 젊음으로만 평가해 멸시하고, 매사를 돈으로 따져 인생을 비용 대비 효과로만 판단하고, 편협하고 잘난 척하는 인간이다. 좋아하는 지하 아이돌*에게 돈을 펑펑 쓰는데 그것도 스토커 같고……

그런 생각이 들자 쇼코도 조금 놀랐다. 부자라는 걸 빼면 좋은 점이 단 하나도 없다니!

"대단하다, 이렇게 모아놓고 보니 장관이네."

"너무 그러지 마. 그후에 부모님 권유로 이십대 여자와 몇 번 선을 봤대. 그 경력에 외모도 그런대로 괜찮으니까 만날 상대는 많다는데, 사귀고 나면 얼마 안 가서 자꾸 차인다는 거야."

---

* 방송을 통해 정식으로 데뷔하기 전 특정 지역을 중심으로 활동하는 아이돌.

요즘 이십대 여자들은 똑똑하구나, 쇼코는 감탄했다. 일단 돈과 외모만 보고 결혼에 혹할 수도 있을 텐데 확실하게 끊어내다니.

"게다가 그런대로 괜찮은 얼굴도 급격히 늙어가고 있으니."

신도는 생김새가 진해서 약간 옛날 스타일의 미남형이다.

"저런."

"이목구비가 뚜렷한 만큼 일 때문에 쌓인 피로가 금방 드러나는 거야. 눈 밑에 다크서클 같은 게 생기면 훅 늙어 보이고. 게다가 머리숱도 점점 위태로워지는 모양이야."

다이치는 무의식적으로 그러는 건지 자랑하는 건지 자신의 풍성한 머리칼을 손으로 빗으며 말했다. 하긴 그것만은 부모에게 감사할 일이라고, 쇼코는 여든 나이에도 머리숱이 풍성한 다이치네 할아버지를 생각했다. 그 덕분인지는 모르지만 그의 지역구는 여전히 탄탄하다.

"그래서 신도 부모님도 걱정돼서 혹시 여자한테 관심이 없는 거냐고 묻기까지 했대."

"그건 실례 아닌가."

"응?"

"맞선이 잘 안 이뤄진다고 아들을 게이라고 의심하는 건, 게이인 사람들에게 실례잖아. 자기 아들 성격에 문제가 있다는 걸 모르나봐."

"뭐, 그야…… 부모란 자식에 대해 무른 데가 있으니까."

"흠." 쇼코는 얼떨결에 콧김을 내뿜고 말았다.

"그래서 다시 한번 너를 만나 이번에는 제대로 얘기를 들어보고 싶다는 거야. 그리고 지난번 일도 사과하겠대."

"뭘 사과해?"

"그거겠지, 한밤중에 아키하바라 밤거리로 내쫓았던 일."

맞다, 그랬지. 자기 분을 못 이기고 한밤중에 여자를 길거리로 내쫓는 남자라는 점도 최악의 목록 중 하나로 추가된 바 있다. 뭐, 내게도 조금은 책임이 있지만. 쇼코는 슬쩍 반성했다.

"됐어, 굳이 사과 안 해도 돼."

"그러지 말고. 지킴이 비용을 두 배로 내라고 말해볼게."

"……그렇다면, 뭐."

"괜찮지?"

"싫다면 마는 거고."

"알았어, 알았어."

다이치가 그 자리에서 신도에게 전화했고, 그는 단번에 조건을 수락했다.

역을 향해 어슬렁어슬렁 걷는다.

더욱 강력해진 햇빛이 주위를 내리쬐기 시작했다. 쇼코는 요즘 가방 안에 상비하고 다니는 캔버스 모자를 꺼내 썼다. 그러자 이마와 앞머리에 서서히 땀이 배어나왔다.

'슬슬 양산의 계절이 된 건가. 모자를 쓰면 괜히 땀을 더 흘리는 것 같아.'

걸어가는 방향으로 JR 전철이 지나는 고가철도가 보이기 시작했다.

소바집과 라멘집을 몇 군데 지나쳤다. 아키하바라 하면 유명한 라멘집들이 즐비한 인상이 있는데 소바집도 그에 뒤지지 않는다. 그래도 역에 가까워질수록 라멘집이 많아졌다. 그 수와 풍부한 개성이 정말 독보적이다.

'그런데 왜 그 좋은 가게가 망했을까. 싸고 맛있고 흠잡을 구석이 없는 곳이었는데. 도쿄는 역시 무서워. 아니, 지금 일본에서 음식점을 한다는 게 그만큼 힘들다는 뜻일까.'

오전 11시가 조금 지났는데 벌써 사람들이 줄을 선 가게도 있다. 쇼코도 멈춰 서서 가게를 정찰해봤다. 바깥에 메뉴가 붙어 있고, 그 옆에 '준비가 끝나면 점원이 불러드릴 테니 잠시 기다려주세요'라고 적힌 판이 걸려 있었다. 상당히 인기 있는 가게인 모양이다. 어쩌면 엄청나게 인기 있는 라멘을 먹을 수 있는 다시없을 기회일지도 모르지만, 오늘 쇼코는 아무래도 라멘 기분이 아니다.

'아무래도 조금 전에 덮밥을 떠올렸더니 적어도 밥이 있는 음식을 먹고 싶다. 가능하면 튀긴 것도 먹고 싶고.'

JR 선로에서 막다른 곳에 다다라 옆으로 꺾는다. 쇼코는 그대로 선로를 따라 걸었다.

'이대로 가면 정말 역에 도착해버리겠네. 역 앞까지 가면 체인점들이 많아질 텐데.'

이쯤에서 가게를 찾을지 집으로 돌아갈지, 둘 중 하나였다.

'자, 어떻게 할까.'

문득 골목을 들여다보니 한 가게 앞에 여러 사람이 줄을 서 있었다.

'또 라멘집인가.'

살짝 마음이 끌려 다가가봤다.

라멘이 아니라 아무래도 고기 요리를 파는 이탈리아풍 선술집 같았다.

유리문에 '부드러운 오믈렛을 올린 가쿠니*튀김덮밥은 점심 한정입니다'라고 적힌 종이가 붙어 있었다.

'부드러운 오믈렛. 가쿠니. 튀김덮밥. 세 가지 강력한 단어의

---

* 재료를 사각으로 잘라서 양념에 졸이는 요리. 일반적으로는 돼지고기 삼겹살 조림을 가리킨다.

하모니. 아니, 강력한 단어로만 이뤄진 요리야. 눈길이 안 갈 수 없지. 게다가 문 열기 십 분 전에 이미 사람들이 줄을 서 있으니. 결정적으로 나는 지금 튀김과 덮밥을 원하고 있어.'

'날마다 해피 아워'라고 적힌 입간판도 있었다. 오후 5시부터 저녁 7시까지는 술 한 잔에 무조건 250엔, 몇 잔을 마셔도 마찬가지다! 생맥주, 스파클링와인, 생 홋피*, 하이볼……이라는 글자가 춤추고 있다.

주류를 다양하게 갖춘 곳인가보다. 태양은 이미 머리 위까지 떠올랐다. 하지만 여기에는 줄 안 서고 못 배기지.

쇼코는 줄 제일 끝에 붙었다.

'여자 혼자 들어가기에는 곤란한 곳인가?'

지금 줄을 선 건 모두 남자이고 다들 혼자 온 듯하다. 문 열기 오 분 전이 되자 줄은 가게를 반 바퀴 정도 빙 둘러 에워쌌다.

'여기 엄청 인기 있는 곳일지도 몰라.'

정각에 문이 열렸다.

혼자 온 손님은 합석하되 6인용 테이블에 한 자리씩 띄어 앉도록 안내받았다.

'아, 다행이다. 바짝 붙어 앉으면 불편한데.'

---

* 맥아를 발효시켜 만든 도수가 낮은 술.

점심 메뉴를 살펴본다.

○ 부드러운 오믈렛을 올린 가쿠니튀김덮밥 보통/곱빼기
○ 치킨가라아게 정식
○ 가츠카레
○ 로스트비프덮밥
○ 촉촉한 돼지고기조림덮밥

'아, 가츠카레도 끌리는데. 로스트비프덮밥도 놓치기 싫고.'

그런데 남들이 주문하는 걸 들어보니 대부분 '부드러운 오믈렛을 올린 가쿠니튀김덮밥'을 시킨다.

'이 가게의 대표 메뉴인가봐.'

쇼코 앞에도 점원이 다가왔다.

"부드러운 오믈렛을 올린 가쿠니튀김덮밥 주세요. 그리고."

생맥주나 하이볼을 주문할 생각이었다. 그런데 막상 입에서 나온 말은 뜻밖의 선택지였다.

"레드와인 한 잔 되나요?"

"네, 어느 것으로 하시겠습니까?"

"네?"

"잔으로 판매하는 레드와인은 세 종류가 있습니다."

"아, 그냥 하우스와인 같은 거면 되는데요."

바쁜 점심시간에, 게다가 이렇게 만석인 식당에서 꾸물거리면 점원에게 미안하다는 생각이 들어 빠르게 말했다.

"메뉴판 가져오겠습니다."

'괜찮을까. 손님도 많은데 번거롭게 해서 미안하네.'

바로 음료 메뉴판이 왔다. 거기에 적힌 술들을 보니 와인을 주문한 자신을 칭찬해주고 싶어졌다.

무난한 맛의 칠레산 카베르네 소비뇽, 스파이시한 프랑스 와인, 아르헨티나의 시라즈.

그 리스트를 보는 것만으로도 마음에 작은 등불이 반짝 켜진 듯 기뻤다.

'전부 끌린다. 그래도 묵직한 가쿠니의 공격을 받아줄 수 있는 건 이것뿐이겠지.'

"시라즈 와인으로 주세요!"

시라즈, 프랑스에서는 시라라고 불리는 이 품종이 만들어내는 묵직하고 농후한 맛을 쇼코는 무척 좋아했다. 사실 와인의 포도 품종 하면 이것밖에 몰랐다. 회사를 다니던 시절에 따라간 프렌치 레스토랑에서 취향에 딱 맞는 와인을 발견하고 점원에게 물었더니 에르미타주라는 이름의 와인이라고 알려주었다. 시라 품종의 포도를 사용한다는 것도.

덮밥을 기다리는 동안 물과 와인이 나왔다. 물은 가쿠빈 위스키 하이볼 잔에, 와인은 다리가 없는 둥근 잔에 담겼다. 그래도 이처럼 캐주얼한 가게에서는 마음이 편해서 좋다. 레드와인 잔에 성에가 서려 있는 것도 이 계절에는 오히려 환영이다.

와인은 이미 묵직한 맛이 약속된 듯한, 진하고 깊은 블루베리 같은 심홍색이다. 쇼코는 손으로 잔을 감싸듯 쥐고 와인을 한 모금 머금는다.

'알고 있었어. 알고 있었어도 역시 진하고 확실한 맛이 참 좋다. 약간 쌉쌀한 맛이 감돌지만 이것 또한 덮밥에 잘 어울릴 것 같아.'

먼저 곁들여 먹는 미소시루*가 나왔다. 건더기가 전혀 보이지 않는 덤덤한 국이다. 점원의 안내대로 테이블 밑 서랍에서 나무 젓가락을 꺼내고 우선 국을 맛보았다.

"아."

아무것도 안 든 줄 알았는데 파래가 건더기로 들어 있었다. 극히 적은 양이지만 감칠맛이 완전히 다르다. 입안 가득 바다 내음이 퍼진다.

'내가 좋아하는 스타일이네. 대충 그저 그런 건더기가 든 것보

---

* 일본식 된장인 '미소'를 넣고 끓인 국.

다 훨씬 좋아. 소금 간도 딱이고.'

쇼코 주위의 남자들은 모두 덮밥 곱빼기를 주문했다. 250엔밖에 차이가 안 나는데 가쿠니튀김이 두 장 올라간다는 걸 생각하면 약간 손해 본 기분도 든다. 하지만 와인도 주문했고, 쇼코가 과연 다 먹을 수 있을지도 모를 일이다.

보통 양의 덮밥이 먼저 나왔다.

깊숙한 그릇, 위에서 보면 흰밥 위에 길쭉한 튀김이 그릇 밖으로 삐져나오듯 가로로 놓여 있다. 그 위에는 보기만 해도 촉촉함이 느껴지는 노란 오믈렛이 올라가 있다. 달걀 위에는 파드득나물이, 그리고 또 살펴보니 노란색으로 채 썬 뭔가가 곁들여 있다. 무심코 호기심이 발동해 젓가락으로 집어 입에 넣었다.

'레몬? 레몬 껍질인가? 이걸 튀김이나 달걀이랑 같이 먹으면 어쩌려나.'

파드득나물을 옆으로 치우고 오믈렛에 살며시 젓가락을 댄다. 한가운데를 좌우로 가르듯 펼치자 달걀이 튀김 위로 주르륵 퍼졌다.

'이게 아마 제대로 먹는 방식인 것 같아!'

우선 튀김만 젓가락으로 잘라 입에 넣는다. 눈이 번쩍 뜨인다.

'무의식적으로 자른 건데 젓가락만으로 이처럼 쉽게 잘릴 만큼 부드럽다니.'

삼겹살이나 등심만큼 지방이 많지 않은 고기를 1센티미터 두께로 잘라 졸인 다음 튀긴 것 같았다.

'목심인가? 한입에 맛있다고 느낄 수 있는 맛이야. 달큼한 감칠맛이 있으면서 너무 달지도 기름지지도 않은.'

가쿠니를 튀긴다고 하면 보통은 상당히 느끼한 음식이 떠오르지만, 푹 졸이면서 고기에 적당히 기름기가 빠졌고 튀김옷도 얇다. 밥과 이것만 먹어도 충분히 맛있다.

위쪽 달걀만 입에 넣어봤다. 튀김덮밥이니까 이 달걀도 단맛이 날 거라고 무의식적으로 생각했는데 일반적인 소금 간을 한 오믈렛이었다.

'너무 좋다. 달큼한 튀김과 달걀을 같이 먹으니 맛이 담백해지네. 게다가 오믈렛만 안주삼아 술을 마시는 것도 다른 맛을 느낄 수 있어 정말 좋은걸.'

여기까지 왔을 때 드디어 달걀, 가쿠니튀김, 밥을 삼위일체로 입에 넣었다.

'아, 이거 괜찮은데! 평범한 튀김덮밥보다 훌륭해. 단맛과 짠맛의 조합이 딱 좋아. 아, 와인을 잊고 있었구나.'

술을 깜빡할 만큼 인상 깊은 덮밥이었다. 덮밥을 먹은 입안에 부랴부랴 와인을 한 모금 머금는다.

'아, 와인의 쌉싸름한 맛이 돼지고기의 단맛과 적절히 조화를

이루네.'

인간이란 얼마나 사치스럽고 제멋대로인 존재인가. 돼지고기 본래의 감칠맛과 단맛으로도 충분하건만 달짝지근하게 졸이고 기름기를 제거해 맛있는 조림을 만들고, 그걸 또다시 튀겨서 기름기를 더하다니. 게다가 담백한 달걀을 추가해 "너무 달지도 않고 딱 좋네"라니. 그러고는 흰밥의 단맛을 곁들이고, 와인의 쌉싸름함으로 조화를 이루고……

'더했다가 뺐다가, 다시 더했다가 빼고. 그러다 언젠가 신의 벌을 받지…… 하지만 그 벌을 받기 전까지는 마음껏 이 맛을 즐기고 싶다.'

잠시 덮밥을 먹는 데 집중한다. 가쿠니튀김을 먹고 밥 한입, 달걀 한입, 모든 걸 입에 넣고 우물우물, 그리고 레드와인. 파드득나물이 맛에 악센트를 준다. 레몬 껍질은 다 같이 먹을 때보다 튀김과 밥만 먹을 때 곁들이면 상큼하니 맛있다.

열심히 먹다보니 밥에 닿은 튀김옷이 눅눅해지면서 벗겨졌는데, 소스를 잔뜩 흡수한 튀김옷에 달라붙은 밥알들이 보였다. 이걸 먹으니 또 달고 기름진 튀김옷과 밥이 조화롭다.

'약간 자극적이면서 흔한 맛이긴 하지만. 아무튼 정말 다양한 방식으로 즐길 수 있는 덮밥이다.'

흰밥은 꼬들꼬들한 편인데 밥알 하나하나에 윤기가 돌면서 이

요리에 딱 맞았다.

'오믈렛은 촉촉하고, 튀김은 부드럽게 졸인 고기를 정성껏 튀겨낸 것이고, 밥도 맛있어. 세 가지 맛있는 음식을 전부 음미해보고 만든 요리 같아. 그래서 더 맛있고 사람들이 줄 서서 먹는 거겠지.'

문득 그런 생각이 든다. 역시 세 가지를 대충 합쳐서는 안 된다, 삼위일체가 되어야 한다.

어젯밤, 다이치가 말한 대로 제법 반성했는지 신도가 진지한 표정으로 쇼코를 맞이했다.

"저기, 지난번에는……" 쇼코가 현관에서 신발을 벗는 동안 말소리가 들려서 고개를 들어보니 그가 손날을 세우고 얼굴 앞에서 흔들고 있었다.

'혹시…… 저렇게 지금 사과하겠다는 건가?'

실제로 그는 그 동작만 하고는 곧장 집안으로 들어갔다. 하는 수 없이 쇼코도 뒤를 따라갔다.

"밥은?"

"물론 먹고 왔습니다."

전에도 들어와본 곳이다. 쇼코는 모델하우스의 공간을 그대로 옮겨온 듯한, 잡지 인테리어 특집호에 실릴 법한 거실로 들어갔다.

실례합니다, 하고는 거실에 놓인 유명 브랜드 소파의 1인석에 앉았다.

"잘 지냈어?"

마치 친한 친구라도 되는 말투에 살짝 당황했지만, 쇼코는 그의 행동에 자신이 필요 이상으로 민감하게 반응하는 건지도 모른다고 고쳐 생각하고 차분히 대답했다.

"그럼요."

"다행이네."

"천만에요…… 신도 씨도 잘 지냈어요?"

"아, 그게 말이지."

쇼코가 물어봐주기를 기다리기라도 했던 것처럼 봇물 터지듯 그가 입을 열었다.

"부하 직원 두 명이 갑자기 그만둔 거야. 다른 외국계 회사에 스카우트됐다더라고. 월급도 괜찮고 보람도 있는 곳이라며 사람들한테 큰소리를 치고 나갔는데."

다리를 심하게 떨고 있다. 상당히 열받은 듯하다.

"그랬는데 그쪽 회사에서 별로 신통치 않았는지 금세 잘린 모양이야. 쌤통이지. 지금껏 내가 보조해준 덕분에 그 녀석들도 그럭저럭 괜찮은 수준으로 일을 해냈던 건데 그걸 몰랐던 거야. 쌤통이다. 뭐, 그건 됐고. 그런데 그 녀석들이 나가고 새 직원이 들어올 때까지 한 달 넘게 나 혼자서 그 공백을 메웠잖아. 아니, 물론 다른 직원들도 있지. 하지만 다들 자기 일 하면서 구멍까지 메울 정도는 못 되니까 말이야. 요즘 줄곧 아침 일찍 출근해서 한밤중까지 야근했어. 사람들이 오해하고 있다니까. 외국계 회사나 해외 기업은 야근을 안 한다고 생각해요. 뭘 모르는 소리지. 엘리트는 어디서나 남들보다 오래 일하는 법이라고. 어느 나라든 똑같아. 새벽 출근 같은 건 당연한 거야."

"그래도 일한 만큼 월급이 나오잖아요."

"뭐, 그야 그렇지. 공백을 잘 메웠다면서 보너스를 좀 받았는데."

불만인 건지 자랑을 하는 건지, 두 가지가 섞여서 그가 어느 기분으로 말하고 있는 건지 알 수 없다. 그저 자랑이 6, 불만이 4쯤되려나 추측할 뿐이다.

"다들 잘못 생각하는 거야. 외국계 회사에 다닌다고 자신이 특별하다거나 일을 잘한다고 생각하거든. 하지만 바보의 비율은 다른 곳과 별다르지 않아. 아니, 사실 이 회사에서 일을 잘하는 건, 솔직히 말해서 나밖에 없어."

그 얘기는 전에도 들은 것 같은데…… 쇼코는 속으로 생각하지만 목소리에도 표정에도 드러내지 않는다. 이건 일이니까.

"그래서 뭐, 요즘 피곤했어. 날도 더웠잖아. 하긴 시원한 사무실에서 아침부터 밤까지 있으니 특별히 더위 때문에 힘든 건 없지만. 그래도 집에서까지 에어컨을 계속 켜고 있으니 몸 상태가 별로 좋지 않더라고."

"맞아요, 계속 더웠어요."

그 말에는 공감할 수 있다. 쇼코도.

"아니, 우리집 에어컨이 꽤 성능이 괜찮거든. 당신 집에 있는 원룸용 저렴한 에어컨과는 달라서 말이야. 바람과 냉기가 아주 부드럽지만 그래도 피곤해."

다른 사람이나 남의 물건을 무시하지 않고는 얘기를 할 수 없는 걸까, 이 남자는.

"그래서 뭐, 그런 이유로 최근에 조금 힘들었어. 일이랑 몸 상태 때문에."

"그렇군요."

"그래서 말인데."

"네."

"결혼 안 할래?"

"네?"

"나랑."

느닷없었다.

"지금 무슨 말을 들은 것 같은데요?"

"응."

"뭐라고 했어요?"

"그러니까, 결혼하자고."

"역시, 그런 거였습니까?"

놀라움 이전에 뭐랄까, 허탈감을 먼저 느꼈다. 결혼이란 얘기를 이런 자리, 이런 대화중에 꺼내는 저 남자와, 그런 취급을 받는 자신에게.

"농담이죠?"

"아니, 의외로 진심인데."

"의외로, 가 아니죠."

"하지만 사실인걸."

"일단 이유나 한번 들어볼까요? 다시 한번 확인하겠는데, 지금 나한테 한 말인 거죠?"

쇼코는 엉겁결에 제 코를 가리켰다.

"맞아."

"어디서 어떻게 되면 그런 말도 안 되는 소리를 할 수 있을까요?"

"근래에 선을 몇 번 봤는데."

"들었어요."

"어? 누구한테?"

"다이치한테요. 사장."

"말하지 말라니까, 그 녀석도 참."

신도가 살짝 불만스러운 얼굴을 한다. 여러 차례 선을 봤다는 건 숨기고 싶었던 모양이다.

"뭐, 아무튼 상관없어. 얘기가 빨라지겠군. 그래서 말인데, 괜찮은 애가 없더라고."

다이치가 한 얘기와는 조금 달랐다. 하지만 여기까지 오니 그것도 그리 궁금하지 않다. 그 밖에 궁금한 게 너무 많아서.

"그런데도 고향에 계신 부모님은 계속 닦달하잖아. 빨리 결혼하라는 둥, 나한테 뭔가 문제가 있는 게 아니냐는 둥. 그래서 생각났어, 쇼코 씨가. 어, 걔 나름 괜찮지 않나 하고."

"걔라면, 나 말이에요?"

"응. 아, 착각은 하지 말고."

이 인간 대체 착각, 착각이라는 말을 몇 번이나 하는 거야! 하는 순간 쇼코는 깨달았다.

혹시 본인의 사고방식이 보통사람과 너무 달라서 그렇게 말하는 게 버릇이 된 걸까? '착각'하는 건 본인인데, 그걸 모르는구나.

사고가 심히 비상식적이라 매번 '착각은 하지 말고'라는 말을 하지 않으면 대화가 안 될 정도인데.

"내가 제안하는 건 계약결혼 같은 거야. 쇼코 씨를 좋아한다거나 그런 건 아니고."

"그건 말 안 해도 알아요. 나도."

약간 밉살스럽게 말했는데도 그는 전혀 못 알아들은 것 같다.

"다행이다. 최근에 그런 TV 드라마도 있었잖아. 결혼하고 함께 살긴 하지만 내가 다른 여자, 어린 여자랑 사귀거나 아이돌을 따라다니는 건 자유. 그 대신 당신은 집안일만 해주면 돼. 먹고 살 걱정 없고, 좋은 집에 살 수 있고, 내가 용돈도 줄게."

"용돈이라……"

쇼코는 무심결에 중얼거리고 말았다. 너무 분노하지 말자고 생각하면서.

"아, 그리고 가장 중요한 부분인데. 쇼코 씨의 아이도 거둬줄 수 있어. 내 호적에 넣어줄게. 물론 대학까지 보낼 거야. 의식주부터 뭐 하나 부족한 거 없이 살 수 있게. 치아 교정도 시켜줄게. 좀더 큰 집으로 이사해서 쇼코 씨와 아이 방도 따로 만들어줄 거고. 그 대신 노후에는 나를 돌봐줘야 해."

신도는 의욕 넘치고 신난 표정이었다. 지난번과 오늘 본 모습 중 제일 즐거워 보인다고 쇼코는 생각했다. 스스로는 어지간히 좋은 생각이라고 믿고 있는 걸지도 모르겠다.

"디즈니랜드나 USJ, 하와이처럼 가족끼리 갈 만한 곳에도 데려갈게. 나 그런 거 해보고 싶었거든. 사진 찍어서 사무실 책상

위에 장식해보고 싶고."

책상을 장식하기 위한 가족이라.

쇼코는 얼떨결에 상상하고 말았다. 쇼코, 아카리, 신도가 하와이 해변에서 치아가 다 보이게 활짝 웃는 모습을 찍은 사진을.

"그 대신, 내가 진심으로 좋아하는 여자나 결혼하고 싶은 여자가 생기면 바로 나가줄 것. 물론 위자료 같은 건 처음부터 정해둘게. 확실히 지불할 거야. 둘이서 이삼 년쯤은 생활할 수 있을 정도로. 천만 엔이면 되려나. 내 신변을 돌봐주고 가족인 척하는 게 전부인데 그 정도면 나쁘지 않은 조건 아냐?"

"진심으로 하는 말인가요?"

"다이치의 친구잖아. 거짓말을 왜 하겠어. 정식으로 계약서도 쓸게."

"물론 나도 다른 사람과 연애해도 되는 거죠?"

"그건 안 돼."

"왜요?"

"왜라니, 남자랑 여자는 다르지. 아니, 애초에 쇼코 씨 같은 사람과 연애할 남자가 있긴 해?"

그가 묘하게 솔직한 눈빛으로 이쪽을 보니 열받을 마음도 사라진다.

아무 말이나 하지 마세요, 누가 그런 걸 하겠어요, 하려다 문득 입을 다물어버렸다.

최악의 제안, 최악의 남자다. 그러나 실제 결혼이라 하더라도
이 계약보다 좋다고 말할 수 있는 경우가 얼마나 될까.

'사랑'이니 '연애'니, '신뢰'라느니 '영원'이라느니. 그런 단어
로 포장하느냐 하지 않느냐일 뿐.

"저기, 생각해봐. 승낙하면 서류 작성할게. 변호사한테 정식으
로 써오게 할 거야. 나는 그런 거 대충하는 사람이 아니거든."

"……당연히 우리 사이에 남녀 관계는 없는 거죠?"

"아, 그건 내 쪽에서 마음이 내키면."

"이쪽은 절대 내키지 않는데요."

"그럼 없어도 괜찮아."

쇼코가 '거절하겠습니다'라고 말하려고 입을 여는 찰나, 신도
가 소리쳤다.

"나한테도 한 가지, 아니, 두 가지 정도 좋은 점이 있어!"

"뭔데요?"

"나는 여자들한테 폭력을 쓰지 않아! 그리고, 정규직이고! 또,
거짓말을 안 해! 세 가지네!"

묘하게 납득할 수 있는 장점들이긴 했다.

'그때 한순간이라도 그 가능성을 고려했던 나 자신이 한심하

다.'

쇼코가 하아, 하고 숨을 내뱉자 달짝지근하고 기름진 한숨이 됐다.

'돈과 살 곳을 제공받는다는 게 아무래도 매력적이었고, 심지어 딸을 대학까지 보내주겠다고 장담하니 혹하는 것도 무리는 아니지.'

이런 생각을 하는 것도 현재 자신과 딸 앞에 놓인 미래가 불투명하기 때문이다. 그런 식으로 정당화하고 싶어진다.

전남편의 재혼으로 딸에게 새엄마가 생긴 이후로 벌써 반년째 만나지 못하고 있다. 지지난주에는 새삼 항의의 뜻을 전했다. 전남편에게 장문의 이메일을 쓴 것이다. 되도록 풍파를 일으키지 않도록 조용히 살아가는 쇼코로서는 좀처럼 없는 일이었다. 이미 이혼이라는 큰 풍파를 일으켰으니 뭐라고 잘난 척할 입장은 아니었지만.

글을 사흘에 걸쳐 다듬고 다듬어 조심스레 '딸을 만나고 싶다. 내게도 그럴 권리는 있지 않느냐'라는 편지를 썼다. 물론 뒷말은 상당히 에둘러서 썼다.

그러나 전남편한테서는 '조금만 더 기다려줘'라는 간략한 답장이 왔을 뿐이다.

'그래, 안 되면 안 된다고 하는 건 괜찮아. 다만 좀더 자세히 말해줄 수 있지 않나? 내 메일에 대해 어떻게 생각했다든지, 어째서 만나기 어려운 건지, 그런 설명을 조금이라도 덧붙여주면 좋잖아!'

물론 메일에 '특별한 이유가 있다면 알려줬으면 해. 나한테 잘못된 게 있다면 고칠게'라는 말도 쓰긴 했다.

하지만 그것에 대해서도 아무 언급이 없다.

'뭐, 예전부터 그런 부분은 담백하다고 할까, 무뚝뚝한 사람이기는 했어. 남자들이 대체로 그런지 모르지만.'

이미 그토록 정중하고 긴 편지를 썼기에 또 비슷한 메시지를 보내기가 왠지 어렵다.

그렇게 되면 전에 다이치나 사치에가 말했듯 '법적 수단도 불사하겠다'고 말하거나 행동을 취할 수밖에 없는 걸까.

'아냐, 현재 소중한 딸을 키워주는 사람을 상대로 그러는 일만은 되도록 피하고 싶어. 나한테 권리가 있는 것과 별개로, 앞으로의 관계를 위해서뿐만 아니라, 내 아이를 돌보는 사람에게 어떤 압력을 행사하고 싶지 않은 건 당연한 감정이 아닐까.'

그렇게 사방이 꽉 막혔을 때, 신도의 제안이 불쑥 들어온 것이다. 이 타이밍 때문에 마가 꼈다. 순간 마음이 약해진 게 확실하다.

그러나 생각해보면 경제적 안정을 주더라도 가족으로서 유대감을 공유할 수 없는 남자라는 건 헤어진 남편도 마찬가지였다.

경제적 안정이 우선이었다면 이혼할 필요도 없었던 거다.

'심플하게 생각하면 금방 알 수 있는 일인데. 나는 뭘 망설였던 거지?'

마음속 깊은 곳에 신도 같은 상대, 즉 표면적으로는 연봉 2천만 엔 이상(그의 말에 따르면 이제 곧 3천만 엔에 가까워진다고 한다), 초고급 타워형 아파트에 살고, 최근 머리숱이 부쩍 허전해졌지만(쇼코도 직접 확인했다) 누가 봐도 엘리트인 사람과 결혼할 수 있다는 걸 전남편과 그 가족에게 보여주고 싶은 기분이 들지 않았다고는 못하겠다. 물론 전남편의 가족이라는 범위에는 얼굴도 본 적 없는 새 아내도 큰 비중을 차지한다.

그리고.

쇼코는 다시 한번 기름진 한숨을 내쉬었다.

사실 그의 제안에는 뒷이야기가 있었다.

어젯밤 그는 쇼코가 우물거리는 모습을 보더니 갑자기 그 말을 철회했다.

"장난이야, 장난. 아, 쇼코 씨는 진심이었어? 진심으로 받아들인 거야? 내가 그런 짓을 할 리 없잖아. 설령 계약결혼이라도 서른 살 넘은 이혼녀한테, 마땅한 직장도 학력도 없는 사람한테 진심으로 프러포즈를 할 리 없잖아. 아, 미안, 미안, 농담을 진담으로 받을 거라고는 생각 못해서."

타고 올라온 사다리가 갑자기 치워진 기분이 들면서, 아직 아무 대답도 안 한 단계였지만, 쇼코는 일말의 부끄러움이라고밖에 표현할 수 없는 감정을 느끼며 입을 다물었다. 그러자 그가 벌떡 일어나 자기 침실로 가더니 쿵 하고 문을 닫았다.

그후 쇼코가 몇 번이나 문을 두드렸지만 신도는 나오지 않았고, 오전 10시가 지나서야 겨우 '가고 싶으면 가도 돼'라는 한 마디 메시지를 보내왔다.

하는 수 없이 쇼코는 그가 사다놓은 식빵을 굽고 냉장고에 있던 달걀을 삶고 커피메이커에 커피를 내려놓은 다음 귀가했다. 아침식사를 준비하는 걸로 그에게 호감을 사려는 건 아니다. 그가 그렇게 착각할 수 있다는 것도 어느 정도 예상했다. 다만 그가 일어나 방에서 나왔을 때 아무것도 없는 집을 보고 침울해지지 않을까 생각했다. 비록 일하러 온 지킴이지만 누군가가 집에 왔었는데 아무 변화도 없다면 조금 외롭지 않을까 하고.

'실은 아침을 준비해줄 필요는 없었어. 굳이.'

하지만 "농담, 농담"이라며 웃던 신도의 눈빛에서 '상처받았다'고밖에 설명할 수 없는 기색이 보였던 것 같다.

'그는 아침을 먹었을까? 아니면 화가 나서 쓰레기통에 쑤셔넣었을까? 뭐, 그래도 상관없다. 그의 기분이 풀린다면.'

뭘 그렇게까지 신경쓰느냐고, 그럴 필요 없다고 말하는 사람도 있을 테다. 알랑거리는 거냐는 사람도 있겠고.

쇼코는 마지막 남은 덮밥을 밥, 달걀, 튀김의 순서로 나눠서 입에 넣어 먹은 다음 마지막 남은 와인 한 모금을 흘려넣었다.

강해지고 싶다, 쇼코는 생각했다.

그때 다이치의 메시지가 도착했다.

괜찮아? 무슨 일 있었어? 신도한테 연락이 왔는데, 여러 가지로 미안하다고 하네. 사과하고 싶대. 아침식사도 고맙다고 하던데. 걔가 사과를 하고 싶다니, 웬일인가 싶어 깜짝 놀랐어. 혹시 그 녀석이 얼토당토않은 짓을 한 건 아니지?

어떤 의미에서는 상당히 '얼토당토않은 짓'이 맞지만 다이치가 걱정하는 그런 일은 아니기에, 쇼코는 그를 안심시킬 셈으로 곧장 답장을 썼다.

괜찮아. 고마워. 그런데 난 정말 괜찮아. 만약 내가 상처받았다면 그건 내 나약함 때문이야.

잠시 생각하다가 마지막 문장을 삭제하고 답장했다.

아침을 차려준 일이 '자신의 나약함' 때문이라고 해도 어쩔 수 없다. 하지만 쇼코는 이것 또한 '일'이라고 대꾸하고 싶었다.

'적어도 내가 하는 일에서는 누군가를 상처입은 상태로 방치하고 싶지 않아.'

쇼코는 계산을 마치고 가게를 나섰다.

신도에게 뭔가 전해졌으리라 믿고 싶다, 그렇게 생각하면서.

세번째 술

스파게티그라탱

닛포리

그곳은 짧은 에스컬레이터 끝에 있었다.

타고 올라온 곳에 층계참이 있고, 왼쪽이 가게 입구였다.

가게에 들어서자마자 자주색 벨벳에 금색 실로 화려한 무늬를 넣은, 옛날 찻집다운 의자가 눈에 들어왔다. 널찍한 실내에 백 개 정도의 좌석이 있다.

역시 오전 7시는 손님이 뜸하다.

'딱 좋아, 기분전환 겸 커피라도 마시고 가자.'

그렇다. 그때는 아직 식사할 마음이 거의 없었다. 먹어봐야 모닝 세트 정도. 곧장 집으로 갈 기분이 아니라 역 앞에서 특이한 간판을 보고는 '여기는 대체 무슨 가게지? 담화談話……? 손님들이 다들 담소라도 나누고 있는 건가……?' 하다가 무심코 에

스컬레이터를 타버렸다.

쇼코는 등받이가 직각인 살짝 딱딱한 의자 위에서 모닝 메뉴를 가만히 보았다.

커피를 비롯한 다양한 음료(오렌지주스나 멜론소다도 포함)에 두툼히 자른 토스트와 샐러드, 삶은 달걀 세트가 무척 매력적이었다.

여자 점원이 모닝 메뉴뿐 아니라 일반 메뉴판도 함께 가지고 왔다.

"지금 시간에도 이쪽 메뉴가 가능한가요?"

일단 일반 메뉴를 가리키며 물어본다.

"네, 됩니다."

싹싹하지도 않고 그렇다고 딱히 쌀쌀맞지도 않은 점원이 적당히 무표정하게 고개를 끄덕였다.

'이 정도 응대가 딱 좋아. 아침부터 손님을 의식해서 과하게 웃는 얼굴로 다가와도 피곤하고. 모든 사람이 붙임성 좋은 접객을 원하는 건 아니니까.'

쇼코는 모 프랜차이즈 카페의 서비스를 떠올리며 고개를 끄덕였다.

메뉴를 들여다보니 스파게티그라탱과 햄버그스테이크 등 다양한 양식과 여러 가지 주류가 적혀 있다. 맥주는 물론 하이볼,

우롱하이, 소주에 탄산음료를 섞은 것, 찬술부터 와인까지.

'이걸 모닝 메뉴에 곁들이면 아침부터 한잔할 수 있겠는데.'

쇼코는 갑자기 '음주 모드'가 됐다.

모닝 메뉴에는 재료를 듬뿍 넣고 따뜻하게 구운 샌드위치와 달걀프라이, 소시지 구성도 있었다.

'이대로 술안주가 되겠네.'

하지만 그런 생각이 들자 모닝 메뉴만큼이나 일반 양식 메뉴가 궁금해진다.

진저포크와 새우튀김 세트. 비프스테이크, 햄버그스테이크, 나폴리탄 같은 일본풍 스파게티, 드라이카레 등 죄다 맛있을 것 같은 음식들이 나열되어 있다.

드라이카레에는 달걀프라이와 큼직한 소시지가 올라가 있다.

'이 드라이카레 끌리는데? 맥주랑 무진장 잘 어울릴 것 같아.'

그러나 쇼코의 눈길을 꽉 사로잡고 놓아주지 않는 것이 또하나, 그 아래에 있었다.

새우, 오징어, 가리비&브로콜리가 들어간 스파게티그라탱.

'스파게티그라탱은 먹어본 적이 없는데. 뭘까? 분명 맛있을 것 같아.'

아, 드라이카레로 할까, 스파게티그라탱으로 할까, 아니면 모닝 메뉴를 곁들여 한잔할까.

때마침 점원이 다가왔다. 귀여운 복고풍 앞치마 유니폼이다.

"스파게티그라탱하고 레몬하이 주세요."

"네."

점원은 딱히 놀라는 기색 없이 고개를 끄덕였다.

이 동네의 특징과 건물 아래층이 파친코라는 점을 생각하면, 아침부터 술을 마시는 손님이 그리 드물진 않을지도 모른다.

쇼코는 점원이 가고 나서야 간신히 여유롭게 주위를 둘러볼 수 있었다.

아침 다방의 정석이라 할 수 있는 신문 읽는 아저씨, 찬합에 담은 아침 도시락을 먹는 중년 여자, 병콜라와 초콜릿 파르페를 주문하고 비싸 보이는 카메라로 공들여 찍는 젊은 남자……

'저런 사진은 블로그나 SNS에 올리려고 찍는 거겠지? 빨간 의자가 배경이니 파르페가 돋보일 것 같네. 손님이 적다고 생각했는데 아침 7시인 걸 생각하면 오히려 꽤 있는 편이야.'

좌석이 삼분의 일쯤 차 있었다.

가게 대부분이 흡연석이지만 담배를 피우는 손님이 거의 없어서 지금은 냄새가 나지 않는다.

'이 가게도 조만간 도쿄도 조례에 따라 전석 금연이 되려나.'

먼저 레몬하이가 나왔다.

'레몬사워랑 비슷한 거겠지.'

손잡이 달린 큼직한 잔에 입을 댄다.

강한 산미가 감도는 정겨운 맛이다.

'이른 아침에는 이 정도가 좋지. 깔끔하다. 오전 7시의 술 한 잔에 정답이란 게 있다면.'

기다리던 스파게티그라탱이 나왔다.

흰색 내열접시 밑에 또하나의 흰 접시가 있고, 그 사이에 흰 종이냅킨이 깔려 있다. 내열접시 위에서 화이트소스가 아직 보글보글 물결친다. 브로콜리의 녹색과 새우의 연한 오렌지색 말고는 온통 백색의 경연이다.

옆에 있는 포크를 집어들고 먼저 가장자리의 화이트소스를 떠서 핥아본다.

'뭐지, 적당히 기분좋게 밀키한 소스네. 버터보다 우유 맛이 강하고.'

포크를 쿡 찔러넣어 스파게티를 건져올린다. 생각보다 면이 약간 가늘다. 1.3밀리미터쯤 될까. 부드러울 거라는 걸 입에 넣기 전부터 알 수 있다.

'이건 역시 파스타가 아니라 스파게티라고 불러야 할 것 같아.'

스파게티그라탱을 먹는 올바른 방법인지 모르겠지만 일단 면을 포크로 말아봤다. 조심조심 입으로 가져간다.

"앗, 뜨거!"

저도 모르게 소리가 나올 정도로 뜨거웠다. 게다가 면을 혀 위에 올려도 그 온도가 전혀 변하지 않는다. 입안을 데지 않도록 서둘러 면을 세심히 이동시키며 맛을 본다.

'맛있다. 후, 후…… 부드러운 면이 이 밀키한 화이트소스에 잘 어울리네. 그래도, 후, 후…… 구운 치즈와 빵가루의 풍미가 좋아.'

드디어 목을 축일 타이밍에 레몬하이로 열기를 식힌다.

'캬, 맛있다. 도리아나 크림 파스타와는 또다른 맛이야. 마카로니그라탱도 아니고. 마카로니그라탱의 마카로니는 그 안에 든 재료들 중 하나라는 느낌이잖아. 이건 스파게티만의 맛이야.'

대단히 좋은 물건을 발굴하기라도 한 듯한 기분이 들어 기쁘다.

쇼코는 예전에 크림 파스타를 주문해 먹다가 특유의 느끼함에 속이 안 좋아져 남긴 적이 있었다. 그런데 이 스파게티그라탱은 그런 부분이 조금도 없다. 생레몬 과즙을 넣은 레몬하이를 주문한 건 우연이었지만 이 또한 궁합이 좋다.

'밀키한 느낌이 좋다. 딱 적당해.'

실내 인테리어나 상호명, 혹은 입지만 봐서는 도무지 상상할 수 없을 정도로 모든 것이 적당해서 좋은 가게였다.

편지를 쓰면 어떨까요?

그렇게 조언해준 사람은 이따금 쇼코에게 지킴이 일을 의뢰하는 편집자 오사나이 마나부였다.

월간지 편집장인 그는 독신으로, 전에는 어머니 오사나이 모토코와 함께 살았다. 그 무렵 모토코가 경증 알츠하이머병을 앓고 있어서, 마나부는 월간지의 마감 시기에만 쇼코에게 밤 지킴이를 의뢰하곤 했다. 모토코는 집안에서 많은 양의 난꽃을 키우고 있었다. 동네 음식점에서 버린 개업 축하용 난초 화분을 하나둘 주워오다보니 그렇게 모였다면서.

쇼코는 밤새 그 집에서 모토코와 많은 대화를 나눴다. 쇼코가 전남편에 대한 불만을 토로할 때도 있었고, 모토코가 마나부의 어린 시절을 얘기해줄 때도 있었다.

현재 모토코는 온천과 요양병원, 양로원이 함께 갖춰진 모토하코네의 시설에 들어가 있다.

반년 전 폐렴으로 입원한 뒤 알츠하이머병도 더 악화되고 몸도 허약해진 것이다. 양로원에 들어갔으니 더이상 '지킴이'가 필요하지 않을 텐데 지금도 가끔 쇼코에게 의뢰를 한다.

"역시 어머니는 쇼코 씨와 한밤중에 만나는 걸 좋아하시는 것 같아요."

마나부는 그렇게 말했다. 쇼코는 저녁 무렵 양로원에 가서 아침에 돌아온다.

양로원에는 야간면회 시간이 따로 없지만, 가족이나 친구가 신청서를 내면 환자와 같은 방에 묵을 수 있다. 그 제도를 사용해 지킴이를 하게 됐다.

지킴이 요금과 모토하코네까지의 교통비, 그리고 원래는 '출장비'가 들지만 쇼코는 다이치에게 얘기해 그것만은 거절했다.

"온천을 할 수 있어 저도 즐겁거든요."

그 시설에서는 온천을 24시간 마음껏 이용할 수 있는데 가족이나 면회자도 예외가 아니었다. 쇼코는 일이 끝난 새벽, 널찍한 온천에 혼자 들어갈 수 있다.

"생명이 정화되는 느낌이 들 정도로 기분이 좋아요. 그러니 출장비는 괜찮습니다. 저한테는 거의 여행이나 마찬가지니까요."

그렇게 말하자 마나부는 조용히 고개를 숙여 감사를 표했다. 쇼코는 그후 한 달에 한 번 정도 그곳으로 가고 있다.

모토코의 양로원에서 돌아오면 마나부에게 전화로 보고한다.

"어제는 쇼코 씨? 하고 바로 저를 알아보셔서 이런저런 얘기를 했어요"라든가 "꾸벅꾸벅 졸고 계시길래 책만 조금 읽어드렸습니다"라고 전달한다.

그 과정에서 마나부가 "따님은 잘 있나요?" 하고 묻는 바람에, 무심코 요즘 딸을 거의 만나지 못한다는 얘기를 해버렸다.

상황을 듣고 그가 그 조언을 해준 것이다.

"편지요?"

"네. 메일이나 스마트폰 메신저 말고 종이에 쓴 편지요."

"남편에게? 아니면 딸에게요?"

조금 의외의 조언이라 쇼코는 엉겁결에 남편에게 '전'을 붙이는 걸 깜빡했다.

"양쪽 다요. 남편분에게 보내는 편지 안에 따님 앞으로 쓴 편지도 넣으면 어떨까요? 잘 봉해서요."

딸에게는 편지를 쓴 적이 몇 번 있지만 전남편에게는 없었다.

"남편 아니고 전남편이에요."

애초에 자기가 틀린 거지만 쇼코는 그렇게 정정하지 않을 수 없었다.

"실례했습니다."

"아니에요. 그런데 편지로 쓰면 조금 무거워 보이지 않을까요. 게다가 딸에게 제대로 전달되지 않을 수도 있고."

"종이에 쓴 글에는 그 나름의 힘이 있습니다. 버리려면 용기가 필요할 테고, 그냥 무시해버리기도 쉽지 않죠. 그런 만큼 시간이 걸리더라도 반드시 본인 손에 들어갈 거예요. 심지어 친엄마가 쓴 거라면요. 만약 그들이 아카리 양에게 편지를 건네주기를 거부한다면 그건 별개의 문제가 됩니다."

"별개의 문제요?"

"그들이 쇼코 씨의 소중한 편지를 딸에게 전달하지 않거나 멋대로 개봉한다면 두 사람의 권리를 침해하는 셈이에요. 친구분 말대로 법적 수단이 필요할지도 모릅니다. 그래도 저는 지금 시점에서 거기까지 할 필요는 없다고 봐요."

역시, 하고 쇼코는 생각했다. 변호사 상담은 편지를 쓰고 나서 해도 늦지 않다.

그리고 마나부가 말한 대로 편지를 썼더니 실제로 성과가 있었다.

전남편에게는 짧지만 솔직한 감정을 담아 딸을 보고 싶다고 썼다. 아카리에게는 지금 자신의 현상황을 썼다. 전남편이나 새 아내에 대한 불만 등은 한 마디도 적지 않았다.

일주일 정도 지나 스마트폰 메시지로 답장이 왔다. 이후 서로의 일정이 맞는 주말에 만나도 좋다는 내용이었다. 다음주 토요일에 만나기로 바로 정했다.

아카리가 아빠 요시노리를 따라 약속 장소로 나왔다. 둘은 애니메이션 영화를 보러 갔다가 쇼코의 집에서 밥을 먹었다. 아카리는 키가 부쩍 자랐고, 어디서 '요컨대'라는 말을 배웠는지 "요컨대 엄마는 밥을 먹고 싶은 거야" "요컨대 다마요랑 아카리가 놀았는데"라고 말할 때마다 웃음이 나게 했다. 그것 말고는 눈에 띄는 변화가 없어 쇼코는 가슴을 쓸어내렸다.

돌아갈 때는 요시노리가 차로 데리러 왔다.

요시노리가 집에서 출발하기 전에 연락해서 쇼코는 딸의 손을 잡고 집 아래까지 배웅하러 나갔다.

흰색 자동차가 바로 앞에서 멈추고 요시노리가 내렸다. 쇼코는 그에게 가볍게 인사하고 딸을 향해 "또 만나자"라고 말했다.

그때 머리가 긴 젊은 여자가 조수석에서 내려 쇼코에게 가볍게 고개 숙여 인사했다.

소개해주지 않아도 알 수 있었다. 요시노리의 새 아내이자 아카리의 또다른 엄마인 미나호였다.

"처음 뵙겠습니다."

그녀가 명랑하게 말했다.

"……처음 뵙겠습니다. 아카리가 늘 신세를 지고 있습니다."

쇼코도 가볍게 인사했다. 그 이상 뭐라고 말해야 좋을지 알지 못했다.

"그럼, 아카리, 또 만나."

공동 현관으로 들어가려는 쇼코에게 미나호가 말을 건넸다.

"잠깐 얘기 좀 할 수 있을까요?"

"어?"

쇼코가 놀라서 돌아본 것과 요시노리가 소리를 낸 것이 거의 동시였다. 따라서 미나호의 이 행동은 사전에 둘이서 상의한 게 아닐 것이다.

"네?"

"잠깐 어디 들어가서 얘기하실래요? 삼십 분 정도면 되는데."

쇼코는 재빨리 아카리의 얼굴을 보았다. 약간 긴장한 듯 보였다. 지금의 상황을 완전히 이해한 건 절대 아니고, 쇼코와 요시노리가 당황한 것에 반응해서인 듯했다.

"그러죠."

아카리의 그런 얼굴을 보고 싶지 않아 쇼코는 곧장 고개를 끄덕였다. 솔직히 그녀와 얘기를 나누고 싶지는 않았지만 우선 이 상황에서 벗어나고 싶었다.

"저기, 아카리도 내일 일찍 나가야 하잖아. 친구네 집에 간다며?"

"그러니까 나랑 쇼코 씨만. 당신은 아카리랑 먼저 가서 자."

"저는 상관없어요."

쇼코는 다시 한번 서둘러 말했다. 집 앞에서 그들과 입씨름하고 싶지 않았다.

"저 앞에 패밀리레스토랑이 있어요. 밤 10시 넘어서까지 할 거예요."

"그럼 거기로 갈까요?"

미나호는 그러고서 요시노리, 즉 남편을 향해 "얘기 끝나면 연락할게"라고 말했다.

"처음 뵙겠습니다."

자리에 마주보고 앉자 미나호가 다시 한번 그렇게 말하며 웃었다.

그래서 쇼코는 깨달았다. 아, 처음 뵙겠습니다, 그거구나.

처음 뵙겠습니다, 라는 말을 하는 여자가(남자도) 쇼코는 불편했다.

고향 홋카이도의 시골에서는 그런 말을 할 일이 별로 없다. 대부분 어릴 때부터 아는 사이니까.

그래서 쇼코는 지금도 "처음 뵙겠습니다"가 TV나 드라마 속에서 하는 말이나 교과서에 나오는 인사말처럼 여겨져 낯설다. 물론 상대가 그렇게 말하면 똑같이 대꾸하기도 하고, 자신이 하는 일의 특성상 그 말을 쓸 일이 전혀 없는 것도 아니다.

그래도 '처음 뵙겠습니다'라는 말을 들으면 무의식중에 '젠체하기는' 하고 생각해버린다. 혼자만의 편견일지도 모르겠다.

"아카리가 늘 신세 많이 지고 있습니다."

그래서 한번 더 같은 말을 하고 말았다.

확신했던 건 아니지만 쇼코는 이혼 전부터 미나호와 요시노리

사이에 뭔가가 있지 않았나 의심한 적도 있었다. 하지만 지금은 그리 큰 문제가 아니다. 쇼코와 요시노리의 이혼에는 역시 둘만의 이유가 있었고, 미나호와의 일은 어디까지나 부차적인 문제라고 생각하기 때문이다.

그렇다고 맺힌 감정이 전혀 없는 건 아니지만.

"아닙니다. 아카리가 야무져서 오히려 제가 신세를 질 정도랍니다. 심부름도 잘해주고요."

쇼코가 이혼했을 때 아카리는 아직 너무나 어린아이였다. 심부름 같은 걸 해본 적도 없었다.

생애 첫 심부름을 하는 아카리를 보고 싶었는데.

"숙제도 알아서 잘하고, 저녁 8시가 되면 스스로 TV를 끄고 씻고 자러 가요. 정말 착한 아이라 감사할 따름이죠."

"……그런가요."

칭찬을 받는 기쁨과 함께 그 말 한 마디 한 마디가 이상하게 쇼코의 가슴에 꽂힌다. 죄다 쇼코가 모르는 아카리의 모습이었다. 게다가 아이가 집에서도 그토록 신경을 쓰고 지내나 싶어 문득 걱정되기도 했다.

"예전에 아카리 도시락을 싸서 가져와주신 적이 있었죠?"

"아, 네, 죄송합니다."

가라아게를 만들어 가져갔을 때의 일을 말하는 것이리라.

"아카리가 엄청 좋아했어요. 맛있다면서 다 먹었어요."

그간 그 감상을 들을 기회가 좀처럼 없었다.

"감사합니다. 마음이 놓이네요."

"……저기, 그런데, 실은."

갑자기 미나호의 얼굴이 흐려졌다.

"한동안 쇼코 씨를 만나게 못하게 한 이유가 있어서요."

"아, 그래요?"

쇼코는 무심코 몸을 앞으로 쑥 내밀었다.

"저랑 요시노리가 결혼하고 처음으로 쇼코 씨와 아카리가 만나고 나서 말인데요, 한동안……"

미나호가 주문한 아이스커피를 한 모금 마셨다.

쇼코는 가만히 기다렸다.

"그러고 나서 한동안 아카리가 이상했어요."

"이상? 이상했다고요?"

"네. 무슨 일이 있었나 싶어 저도 요시노리도 걱정했어요."

"이상하다는 게 어떤 의미죠?"

하고 싶은 말이 많았지만 일단 그걸 듣지 않으면 미나호와 아무 얘기도 나눌 수 없다.

"뭐랄까, 얌전해졌다고 해야 할지, 우울해졌다고 해야 할지, 밥도 잘 안 먹고."

"그런 일이 있었어요?"

"요시노리가 왜 그러느냐고 물었는데 아무것도 아니라는 말만 하고…… 그뿐 아니라 조금 반항적으로 굴더라고요. '아무것도 아니라고!'라면서 말대답도 하고요. 평소에는 정말 착한 아이인데."

"그랬어요?"

"그래서 쇼코 씨와의 만남을 잠시 쉬면 어떨까라는 얘기가 나온 거예요."

그런 사정이라면 어쩔 수 없지만, 자신한테 한마디라도 해줬으면 좋았을 텐데, 쇼코는 생각한다. 그러나 그런 말은 목구멍, 아니, 혀끝까지 나왔더라도 꺼낼 수 없다.

"저는 전혀 짚이는 게 없는데요……"

쇼코는 그날도 평소처럼 집에 와서 함께 밥을 먹고 아카리를 가까운 역까지 바래다줬다.

"그래요? 아카리를 만났을 때 싸웠다든지 엄하게 혼냈다든지, 그런 일은 없었나요?"

쇼코는 살짝 놀라서 새삼스레 미나호의 얼굴을 보았다. 그녀는, 아니, 그녀의 가족들은 쇼코가 그런 짓을 할 거라고, 소중한 딸과 보내는 그 짧은 시간에 그런 짓을 할 거라고 생각하는 것일까.

"그런 적은 없습니다. 나무란 적이 전혀 없다고는 할 수 없지만, 나중에도 아카리의 마음에 남을 만큼 혼내는 일은 결코 없어요. 물론 그때만은……"

평소답지 않게 목소리가 떨리고 말았다.

"딸과 만나는 그 짧은 순간만은 좋은 시간을 보내고 싶어요. 때로는 너무 오냐오냐하는 건 아닌지 반성할 정도인걸요."

"당연히 그러실 테죠. 저희도 그런 일은 아닐 거라고 생각했어요."

쇼코의 퍼런 서슬을 눈치챘는지 미나호가 황급히 분위기를 무마하듯 말했다.

"그럼 그런 걸까요? 다정한 엄마 품에 있다가, 따끔한 말도 하는 가족에게로 돌아오는 게 싫어서?"

미나호가 얼버무리듯 중얼거린 말이 또 마음에 안 든다. 마치 쇼코가 필요 이상으로 아이의 어리광을 받아주는 것처럼 들린다. 하지만 일부는 스스로도 인정했으니 부정할 수 없다.

쇼코는 그제야 얼음이 다 녹아버린 아이스커피를 한 모금 마셨다. 미나호도 입을 닫았다.

쓴맛이 강한 커피를 한동안 마시고 있자니 조금씩 기분이 차분해졌다.

생각해보면 미나호는 남편의 전처이자 딸의 친엄마라는, 가장 대화하기 껄끄럽고 만나기 싫은 상대와 마주하고 있다. 그것만으로도 고맙게 생각해야 한다. 아카리를 예뻐하는 건 분명한 것 같고, 쇼코 자신이 그녀의 한 마디 한 마디에 지나치게 예민하게 반응했는지도 모른다.

"……저는 미처 몰랐지만 어쩌면 아카리가 마음 상할 만한 일이 있었는지도 모르겠네요. 혹시 그랬다면 죄송합니다."

"아니에요, 저야말로 이상한 말을 해서 죄송했습니다. 아카리가 엄마를 만나고 나니 옛날 생각도 나고 쓸쓸해져서 그랬는지도 모르죠. 그게 자연스러운 과정일 수도 있고요."

그렇게 말해주니 기분이 나쁘지는 않았다.

서로를 조금 알게 된 듯한 기분이 들었고, 마침내 눈을 보고 웃을 수 있었다.

"저기, 괜찮다면 메신저나 메일 주소를 교환할래요?

"네?"

"그럼 아카리가 쇼코 씨를 만나고 온 후에 무슨 일이 생기면 제가 바로 연락을 드릴 수도 있고요."

"아, 그렇네요. 감사합니다."

"요시노리를 거치면 이래저래 답답한 점도 있고 말이에요."

잠깐이지만 그 순간 쇼코와 미나호는 함께 소리 내어 웃었다.

찻집에서 아침술을 마시기 전까지 지킴이 일로 만나고 온 건 중학교 1학년 여자아이였다.

"오늘 와주셔서 감사합니다."

닛포리역에서 도보로 몇 분 안 걸리는 타워형 아파트에서 마주한 야마구치 구로에는 공손히 손을 앞으로 모으고 야무지게 쇼코에게 인사했다.

"아니에요, 저야말로."

"엄마한테는 이런 일로 다른 사람을 번거롭게 할 필요 없다고 말씀드렸는데요."

쇼코가 그 집에 도착한 건 밤 10시였고, 구로에의 엄마는 이미 없었다. 그렇게 늦은 시간인데도 구로에는 교복처럼 보이는 흰색 세일러복을 입고 있었다. 분명 유명한 사립 중학교의 교복일 것이다. 청초라는 단어를 그대로 재현한 듯한 복장으로, 호리호리한 체형에 머리가 긴 구로에에게 잘 어울렸다.

"평소에는 가사도우미분이 와주시는데 이번 주말은 제사가 있어 시골집에 가셔서요."

"그렇군요."

"엄마는 저를 혼자 두고 싶지 않다면서, 아무리 괜찮다고 해도 들어주질 않으세요."

"엄마는 원래 그런 존재인걸요."

"네."

구로에가 순순히 인정하고는 빙그레 웃었다.

성격이 시원시원하고 말투도 정중했다. 다만 어딘가 사람을 다가오지 못하게 하는 구석이 있어 쇼코는 한참이나 어린 이 소녀를 앞에 두고 자신이 약간 긴장하고 있음을 느꼈다.

이번 일에 대해 쇼코는 거의 아무 정보도 받지 않았다. 그저 부모가 일 때문에 집을 비우게 된 여중생을 지켜봐달라는 지령을 받았을 뿐이다.

"가족 구성원이 어떻게 돼? 부모 둘 다 집을 비우는 거야? 어떤 일을 하는데?"

"그런 건 하나도 몰라. 어쨌든 중학생 딸이 혼자 있어야 하니 지켜봐달라는 말만 해서. 내가 부모님 두 분 다 부재중이냐고 물었더니 '저희는 편모가정이에요'라고만 했어. 그 밖에는 '어쨌든 손 갈 일 없는 착한 아이라 괜찮을 거예요' 정도."

"알았어. 뭐, 어떻게든 되겠지."

그렇게 쇼코가 규정대로 밤 10시에 방문했더니 정말 그 집에는 딸 구로에만 있었다. 그애가 쇼코에게 가지런히 슬리퍼를 꺼내주고 거실로 안내했다.

"구로에 양이라고 부르면 되나요?"

"네, 이름 특이하죠? 그런데 발음이 달라요. 클로에예요."

"클로에."

쇼코가 모호한 투로 되풀이했다. 클로에의 발음과 자신의 발음을 귀로 들어서만은 그리 큰 차이가 느껴지지 않는다.

"맞아요. 클로에예요. 화장품과 패션 브랜드 클로에. 해외 드라마 〈24〉에 나오는 클로에예요."

"아아, 클로에!"

쇼코는 저도 모르게 큰 소리를 내버렸다.

"네, 그 클로에. 엄마가 저를 낳았을 때 미국에서 클로에라는 이름이 가장 인기가 많았대요. 어디선가 그 얘기를 얼핏 들었는지 제 이름을 구로에黑江라고 지은 거예요. 차라리 가타카나로 구로에クロエ라고 했으면 좋았을걸. 한자로 쓰니까 이상하죠?"

클로에가 살짝 미간을 찌푸렸다. 하지만 그 불만스러운 표정까지 포함해 자신의 이름에 대해 설명하는 데 익숙해 보였다.

"아니요, 실은 내 딸 이름이 아카리라서 놀랐어요. 한자로는 '明里'라고 쓰지만 발음은 '아카'*잖아요. 그래서 적과 흑이구나 싶어서."

"스탕달."

"맞아요."

---

* 일본어로 '빨강'.

"왠지 아카리와 친해질 수 있을 것 같은데요."

클로에가 한층 활짝 미소 지었다. 하지만 쇼코는 그 붙임성이 살짝 부담스러웠다.

"책 많이 읽어요?"

"많이는 아니지만 그럭저럭 읽어요. 우리 반에 저보다 훨씬 많이 읽는 애도 있어요."

"이름 발음에 신경쓰는 게 꼭 '빨강머리 앤' 같아요."

"철자 끝에 e가 붙는 앤."

"맞아요, 맞아."

다시 함께 웃는다. 그래도 결과는 같다. 어딘가 부자연스럽다.

"클로에 양, 괜찮으면 이제 좀 자요. 나한테 바라는 일이 있다면 하겠지만 딱히 없다면 신경쓰지 말고요."

"괜찮아요."

뭐가 괜찮다는 건지 쇼코는 알 수 없었다. 안 자도 괜찮다는 건지, 어차피 신경 안 쓰니까 괜찮다는 건지, 내가 해줬으면 하는 일이 없으니 괜찮다는 건지.

"실례지만 교복만이라도 갈아입으면 어떨까요? 실내복을 입어야 편하잖아요."

"아."

클로에는 그때 처음 알아챘다는 듯 옷을 내려다보았다.

"괜찮아요. 저는 모르는 사람을 만날 때 늘 교복 차림이라서."

"그런가요?"

'모르는 사람'에게는 곁을 주지 않는다는 걸 보여주려는 걸까.

"아무튼, 그러시다면 저는 제 방으로 갈게요."

"저는 여기 있어도 될까요?"

"네. 물론이죠."

클로에는 자리에서 일어나 몸을 귀엽게 옆으로 살짝 기울이듯 인사하더니 "편히 계세요"라고 말하고는 거실에서 나갔다.

참 똑 부러진 아이구나, 쇼코는 그렇게 생각하며 무심코 작게 한숨을 쉬었다. 중1이면 아직 만으로 열세 살, 초등학생과 별다를 바 없는데.

클로에는 그대로 자기 방에서 나오지 않았고, 쇼코는 거실 소파에 앉은 채 밤을 보냈다.

잘 알 수 없는 하룻밤이었다.

신축은 아니지만 제법 훌륭한 타워형 아파트에 살고, 딸의 하룻밤을 위해 지킴이를 부를 수 있고, 그 딸은 그럴 필요가 없을 정도로 야무지고 착한 아이다.

대체 클로에의 엄마는 어떤 사람일까? 가사도우미를 고용하고 이런 집에 산다는 사실로 가늠할 수 있는 재력과, 밤에 집을 비우는 일에 딸이 익숙한 모습을 보았을 때, 아마 유흥업 혹은 그에 관련된 일에 종사할 확률이 높다. 하지만 긴자나 신주쿠, 아카사카 같은 번화가 어디든 여기서 멀지도 가깝지도 않다. 훨씬 번화가에 가깝고 집값 저렴한 동네가 얼마든지 있을 것 같은데.

그리고 저, 세상사에 익숙하지만 결코 필요 이상의 정보를 누설하지 않는 딸의 분위기.

쇼코는 클로에에게서 어딘가 위태로움을 느꼈다. 지나치게 야무진 아이는 어딘가가 취약하다. 클로에도 언젠가 똑, 부러져버리지는 않을까.

가방에 요즘 공부하는 간병 교재를 챙겨왔지만 그걸 꺼낼 틈도 없을 만큼 신기하게 연달아 생각할 거리가 떠올라서 쇼코는 말똥말똥한 눈으로 밤을 보냈다.

클로에가 딸 아카리와 같은 여자아이라서 그런 건지도 모른다. 아직 멀게 느껴지지만 아카리도 금방 중학생이 되겠지. 아카리는 어떤 중학생이 될까.

새벽녘, 쇼코가 화장실에 가는데 복도에서 클로에가 앉은 채로 자고 있었다. 몇 시간 전에 화장실 갈 때는 없었으니 요 두 시간 사이에 일어나서 나온 걸까. 잠이 덜 깬 걸까.

드디어 사복 차림이다. 아무 무늬도 그림도 없는 분홍색 트레이닝복을 아래위로 입었다. 그것 또한 '요즘 여자애들은 이런 걸 입지'라고 말하려는 듯한 복장이었다.

쇼코는 클로에의 어깨를 살며시 흔들었다.

"좋은 아침."

클로에가 멍한 얼굴로 쇼코를 물끄러미 보고는 "안녕히 주무셨어요" 했다.

"괜찮아요? 왜 이런 데서 자고 있어요."

"아, 좀."

갑자기 잠을 깨워선지 어젯밤의 싹싹함은 사라졌다.

"좀더 잘래요? 아니면 아침 먹을래요? 만들어줄까요? 주방을 써도 된다면요."

클로에가 깜짝 놀란 듯 한동안 쇼코의 얼굴을 바라보았다. 그러고는 고개를 끄덕였다.

쇼코가 순간적으로 아침밥 얘기를 꺼낸 건 얼마 전 지킴이를 했던 아키하바라의 신도에 대한 기억 때문이었다. 그후 그는 다이치를 통해 '여러 가지로 미안했다, 그리고 아침 고맙다'라는 말을 전해왔다.

클로에의 허락을 받아 냉장고를 열었다. 식재료는 그리 많지 않지만 달걀 보관함에 달걀이, 냉장고 문 쪽에 우유가 있고, 냉동실에는 한 조각씩 나눠 얼려둔 식빵도 있었다.

달걀에 우유 약간과 콘소메 가루를 더해 간단히 오믈렛을 만들고 토스터에 식빵을 구웠다. 그리고 우유와 선반에 있던 티백으로 로열밀크티를 우렸다.

"……요리, 잘하시네요."

왠지 어젯밤보다 기운이 없어 보이는 클로에가 말했다.

"이런 건 요리 축에도 못 드는데."

"그래도 이 오믈렛, 호텔에서 먹은 거랑 비슷할 정도로 맛있어요."

"달걀에 우유를 넣어 더 촉촉하고 부드러워졌고, 버터를 듬뿍 녹여서 구웠으니까요. 거의 유제품의 힘이랄까."

"……다음에 우리 엄마한테도 만드는 법을 알려주세요."

클로에가 개인적인 말을 한 건 이 한 마디가 다였다. 그래도 자신을 받아들여준 것 같아 쇼코는 기뻤다.

"그럴게요."

돌아갈 때는 클로에가 트레이닝복 차림으로 현관까지 나와 인사했다.

"어제 안 주무셨죠?"

쇼코가 신발을 신는 사이 클로에가 말했다.

"응?"

뒤를 돌아보자 클로에는 벽에 기대서 있었다.

"제가 틈틈이 거실을 살펴봤거든요. 그런데 안 주무시던데요."

"그게 내가 하는 일이니까요."

"주무시면 고자질해야지 했는데."

그때 클로에의 얼굴에 떠오른 미소는 어딘가 짓궂었지만, 쇼코는 드디어 그애의 인간다운 얼굴을 본 것 같았다.

"고자질이라면, 엄마한테요? 아니면 우리 사장한테?"

클로에가 고개를 갸웃거렸다. 그것까지 생각하진 않았을 테다.

"그러니까 잠이 부족하지."

쇼코는 클로에의 머리를 마구 쓰다듬고 싶었지만 참았다. 아직 그럴 만한 관계도 아니고, 그런 걸 싫어할 나이일 테니까.

'정말, 끝까지 잘 알 수 없는 하룻밤이었어.'

그런데 이번 일에는 그런 알 수 없는 감정까지 포함되어 있었다는 생각이 든다.

'또 불러준다면 서로를 좀더 알게 될지도 모르지. 내가 서둘러봐야 저런 아이에게는 소용없을 테고.'

잘 알 수 없는 걸로 말하자면 요시노리의 새 아내인 미나호에게 답장이 오지 않는 것도 포함이다.

그다음날, 쇼코는 신중하게 거듭 생각하고 감사의 메시지를 썼다.

어제는 감사했습니다. 미나호 씨가 먼저 말을 꺼내준 덕분에 얘기를 나눌 수 있어 정말 좋았어요. 집에서 아카리가 어떻게 지내는지도 알려주셔서 감사합니다. 덕분에 마음이 조금 놓였어요. 또 무슨 일이 있으면 연락해주세요. 그리고 제가 부족한 것이 있다면 기탄없이 알려주세요.

마지막에 헤어지면서 미나호는 "또 만나요. 다음에는 밥이라도 먹어요"라고 말했다. 예의상 한 말이었을지도 모른다. 진짜로 '밥 먹으러 갈래요?'라고 썼다가는 쇼코를 눈치 없는 여자로 여기고 혀를 끌끌 찰지도 모를 일이다.

이번 메시지에서는 일단 분위기를 보기로 하고 말미에 마무리 인사만 하고서 끝냈다.

그러나 분위기를 보기는커녕 그로부터 일주일이 지났는데도 미나호한테 아무 답장도 반응도 오지 않았다.

'만났을 때는 나름대로 느낌이 좋았는데, 답장이 없으니 오히려 걱정되는걸.'

그 일을 늘 마음에 품고 있는 건 아니지만 이따금 불쑥 '답장이 안 오네. 내가 심기를 불편하게 할 만한 내용을 썼었나?' 하는 생각이 든다.

'아니면 좀더 친근하게. 다음에 언제 만날까요?라고 쓰는 편이 좋았으려나. 내가 너무 데면데면하게 굴어 기분이 상했는지도 몰라. 별것 아닌 말로 오해를 했을지도 모르고. 그게 아니면 요시노리한테 한소리 들었을지도. 나랑 어울리는 건 생각도 하지 말라고 말이야.'

한동안 곰곰이 생각하다 결국 마지막에는 이렇게 결론짓는다. 아무리 자신이 고민한다 한들 어찌할 도리가 없다. 타인의 감정을 통제할 순 없으니까. 하물며 전남편의 새 아내 경우는.

'어쨌든 지금은 그냥 잘 알 수 없는 채로 놔두자.'

미나호의 일도, 클로에의 일도.

뭐, 그런 아침이 있을 수도 있지, 쇼코는 그렇게 생각하며 얼음이 다 녹아 그저 레몬맛 물이 되어버린 레몬하이를 마셨다.

클로에를 만나고 나니 아카리를 보고 싶은 마음이 더 커졌다.

프랑스에 사는 다바타 도키에와는 그후로도 이따금 메신저로 대화를 나눈다.

사는 나라도, 가정환경도 다른 사람과 대화를 나누면, 굳이 조언을 얻지 않아도 나 스스로를 객관적으로 볼 수 있어서 감정 정리에 도움이 됐다. 역시 도키에의 의견은 '아이와 자주 만나고 싶다'고 주장하는 편이 좋겠다는 것이었다.

머지않아 그런 때가 올지도 모른다.

쇼코는 위가 꾹 쪼그라드는 기분이 들었다.

네번째 술

햄버그스테이크

고텐바

평일 오전의 특급 로망스카* 열차에는 승객이 몇 없었다. 하행선이라 더 그랬을 테다.

'이 열차가 맞겠지.'

평소 심야부터 아침까지 일하는 날이 많은 쇼코는 하품을 꾹 참으며, 가도야가 보내준 기차표를 지갑에서 꺼내 확인했다.

신주쿠역에서 오전 10시 40분에 출발하는 특급 후지산 3호 열차의 지정석이었다.

'10시 40분에 신주쿠역에서 타세요. 내리실 역은 나중에 알려드리겠습니다.'

---

* 도쿄 신주쿠에서 출발해 근교 주요 관광지에 정차하는 열차.

기차표와 함께 직접 쓴 쪽지가 들어 있었다. 선이 가늘고 깔끔한 글씨체였다.

'글씨가 옅은 남자는 생명력도 옅다고 할머니가 그랬었는데.'

기차표에는 종점 고텐바까지 가는 걸로 되어 있지만 자신이 어디서 내릴지는 모르겠다. 서로 전화번호를 알고 있으니 분명 전화나 메시지로 연락이 오겠지.

가도야와는 예전에 오사카에서 두 번 만났다. 다이치의 조부인 가메야마 소지로의 사무실 일로 쇼코가 직접 중요한 서류를 건네주러 간 것이다. 그는 오사카 지역 국회의원의 비서였다.

'이번에는 이런 데서 만나자고 하다니, 대체 얼마나 경계하는 거야.'

혼아쓰기역을 지났을 무렵에 메시지가 왔다.

'고텐바역에서 내리세요.'

'처음부터 그렇게 말해줬으면 좋았을걸. 그럼 신주쿠에서부터 잘 수 있었을 텐데.'

쇼코는 살짝 투덜거리면서도 그후 한 시간 정도를 꾸벅꾸벅 졸았다.

며칠 전, 미나호에게 다시 메시지를 보냈다. 계절 인사와 가벼운 잡담을 나눈 후에 '아카리와 만나는 기회가 조금만 더 있으면 좋겠습니다만…… 혹시라도 요시노리와 미나호 씨 둘이서 외출

할 일이 있을 때 연락해주세요. 제가 돌보미 역할을 해드릴게요'
라고 썼다. 친엄마가 돌보미라니 이상한 소리 같았지만 그건 다
바타 도키에의 제안이었다.

이 말이 효과가 있었는지 '고맙습니다! 무슨 일 있으면 연락드
릴게요' 하고 바로 답장이 왔다.

'산전수전 다 겪어본 사람답게 도키에 씨는 머리도 좋고 기지
도 풍부해. 아무리 만점 엄마라도 때로 아이 없이 부부끼리 외출
하고 싶은 법이니까.'

쇼코는 그런 생각을 하면서 흐뭇하게 잠들 수 있었다.

고텐바역 승강장에 내린 순간 전화가 울렸다. 마치 쇼코의 모
습을 어디선가 보고 있는 듯한 타이밍이었다.

"좋은 아침입니다."

벌써 정오가 지났는데, 라고 생각하며 쇼코도 대답했다.

"좋은 아침이에요."

"역 로터리에 고텐바 프리미엄아웃렛으로 가는 셔틀버스가
서 있습니다. 그걸 타세요."

"알겠습니다."

개찰구를 나가자 바로 안내판이 있어 헤맬 필요 없이 버스를
탈 수 있었다. 아웃렛 근처에 이르자 진동 모드로 해둔 전화가
울렸다.

"서쪽 구역의 구찌 매장 앞에 만남의 장소 비슷하게 화단과 벤치가 있습니다. 그곳으로 와주세요."

"네."

"구찌 좋아하세요?"

쇼코는 잠시 생각하고는 목소리를 낮춰 대답했다.

"딱히 생각해본 적 없습니다."

그는 낮게 웃더니 전화를 끊었다.

아웃렛 안에 안내판이 많아서 헤매지 않고 목적지에 도착했다. 그곳에 가도야가 싱글벙글 웃으며 서 있었다. 오 개월 만이었다. 슈트 재킷을 벗어 손에 들었고 넥타이는 하지 않았다. 흰색 셔츠가 눈부실 정도로 빛났다.

"수고 많으셨어요. 이런 곳까지 와주셔서 감사합니다."

"아닙니다, 저야말로."

"드디어 만났네요."

그 말이 도쿄에서 온 쇼코의 노고를 치하하는 건지, 더 깊은 의미를 내포한 건지는 알 수 없었다.

다이치가 전해준 서류가 든 종이가방을 쇼코가 건네려 하자 가도야는 받는 대신 살짝 고개를 저으며 "잠깐 걸을까요?" 했다.

하는 수 없이 쇼코도 그를 따라 걸었다. 문득 고개를 들자 구찌 앞에 '클로에' 매장이 있었다.

"어, 클로에."

지난주에 지킴이를 한 야마구치 클로에가 떠올랐다.

"클로에 좋아하세요?"

가도야가 뒤를 돌아보고 상냥하게 웃었다.

"아니요. 그게, 얼마 전에 맡은 일이랑 관련이 있어서요."

"어떤 얘긴지 듣고 싶은데요."

"네."

둘이 자연스레 어깨를 나란히 했을 때 가도야가 손을 뻗어 "제가 들게요" 하고 종이가방을 들었다.

'이런 식으로 자연스레 넘겨받는 건가. 데이트 중에 남자친구가 짐을 들어주는 것처럼.'

쇼코는 묘하게 감탄했다.

"점심식사 하실래요? 좋은 곳이 있습니다. 배 안 고프세요?"

물건을 건넸으니 이제 돌아가도 되려나. 내심 그렇게 생각하면서도 쇼코는 고개를 끄덕였다.

"네."

"얼마나요?"

"꽤 고파요."

"잘됐네요. 마음껏 드세요. 거기가 그런 가게거든요. 게다가 시즈오카에서만 먹을 수 있는 거라. 쇼코 씨한테 꼭 맛보여드리고 싶습니다."

"기대되네요."

분명 우리 둘은 평일에 휴가를 내고 쇼핑하러 온, 그럭저럭 안정기에 접어든 커플로 보이겠지, 쇼코는 생각했다. 가도야가 그런 분위기를 연출하고 있다.

쇼코도 한동안 동조해야 할 것이다. 이건 일이니까.

"그래서, 클로에는 무슨 얘기예요?"

그가 태연하게 대화를 이어갔다.

"지난번에 일하면서 클로에라는 이름의 아이를 만났거든요."

"외국인? 혼혈?"

"아니요, 일본인이에요. 특이한 이름이라고 본인도 말하더라고요. 엄마가 출산할 무렵에 미국에서 클로에라는 이름이 가장 인기 있다는 말을 듣고 그렇게 지었대요."

"그런 이름을 키라키라네임*이라고 하나요?"

"한자로는 검을 흑黑을 쓰니 별로 반짝반짝하진 않지만요."

"그렇네요."

쇼코는 문득 자신이 아주 자연스레 웃고 있다는 걸 알았다.

---

* 일본식 한자를 조합해 만화 캐릭터명이나 외국 인명 등으로 발음하게 하는 독특한 이름. 일본어로 '키라키라'는 '반짝반짝'이라는 뜻.

이런 건 꽤 오랜만이었다.

오사카 아베노에서 가도야를 처음 만난 건 십 개월쯤 전의 일이다.

그때는 그저 서류만 건네고, 그가 같이 저녁을 먹자고 권했지만 쇼코는 거절했다.

그다음은 오 개월 전, 또 오사카로 서류를 배달했다. 그때는 "우라난바에서 한잔하실래요?"라는 제의를 거절할 수 없었다.

가도야는 감정을 제어할 줄 알고 대인관계에 능숙했다. 호의든 무관심이든 노련하게 드러내고 또 감출 줄 알기에, 어떤 감정을 품고 있는 건지 좀처럼 눈치챌 수 없게 만드는 사람이었다. 그걸 일찌감치 알아챈 쇼코는 왠지 모르게 긴장했다. 그러자 쇼코의 그런 감정을 이해했는지 중간부터 가도야는 아예 솔직하고 숨김없이 개방적인 태도로 나왔다.

정치인의 비서답게 얘깃거리가 풍부하고 화제를 전환하는 방식이 매끄러웠다. 정신을 차려보니 쇼코도 처음에 느꼈던 어색함을 잊고 있었다.

우라난바에서 식사한 뒤 선술집에서 시드르*를 마시고, 모히

---

* 사과즙을 원료로 한 발효주.

토 전문점에서 '일본에서 제일 맛있다'고 그가 호언장담한, 민트 잎이 듬뿍 들어간 모히토를 마셨다.

실컷 먹고 마시고 난 후 "나중에 또 같이 가요"라는 그의 인사와 함께 헤어졌다.

그렇게 거리감이 조금 줄어든 뒤 재회한 것이다.

이혼한 후 다이치나 의뢰인과의 만남 외에 쇼코가 개인적으로 만나 식사한 이성은 그가 거의 처음이었다.

물론 그도 업무 상대에 포함됐고, 그래서 쇼코도 조금은 마음의 벽을 낮춰 만날 수 있었던 거지만.

가도야는 아웃렛까지 차를 몰고 왔다. 렌터카가 아니라는 건 주차장에서 알았다.

"오사카에서 운전해서 온 거예요? 멀지 않았나요?"

"네, 이동이 자유로우니 차로 다니는 경우가 많아요. 익숙해지면 괜찮습니다."

그가 아무렇지 않다는 듯 말하고 쇼코를 조수석에 태웠다.

차 안은 진한 방향제 냄새도, 자동차 특유의 냄새도 없이 그저 무취였다. 그 자신처럼.

국도로 나가자 길 양쪽에 다양한 체인점들이 늘어서 있었다. 패밀리레스토랑, 회전초밥집, 라멘집, 마트, 100엔숍, 남성복 매장…… 전부 대형 주차장을 갖추고 있다. 유명한 가게들이 즐비한 모습이 장관으로까지 보였다.

"마치 온갖 체인점을 모아놓은 견본도시 같네요. 살기 편리하겠어요."

"그야말로 지방도시의 풍경이죠?"

가도야는 표준어를 사용하지만 어미나 억양에 간사이 사투리가 나긋나긋하게 남아 있었다. "이런 풍경을 싫어하는 사람도 있겠지만, 만약 없어진다면 그 지방은 정말 끝장이에요."

"저도 홋카이도 출신이라서 알아요."

"저는 후쿠오카예요. 끝과 끝이군요."

"가도야 씨는 오사카 아니었어요?"

"대학교 가면서 오사카로 왔어요. 졸업한 해에 취업난이 심각했는데 저희 의원님께서 거둬주셨죠."

"그렇군요."

"대개 국민들은 도로사업이나 공공사업 같은 걸 싫어하지만 사실 도로는 국가의 혈관이에요. 혈관이 없어지면 손발이 썩어버리죠. 지방도 마찬가지예요."

무슨 말을 하기 전에 가도야가 싱긋 웃으며 쇼코 쪽을 보았다.

"오늘은 그만하죠. 일 얘기는."

하지만 나도 일 때문에 온 건데, 쇼코는 그렇게 생각하며 어색하게 웃었다.

가도야가 들어간 곳은 그런 패밀리레스토랑 중 하나였다.

"이 지역 프랜차이즈인가요?"

잘 들어보지 못한 이름이었지만 단층으로 지어진 오렌지색 외관은 어디를 봐도 패밀리레스토랑이었다. 솔직히 내심 실망했으나 쇼코는 그 감정이 목소리에 묻어나지 않도록 애썼다.

"네. 시즈오카에서만 운영하는 체인점입니다. 실은 의원님의 사모님 친정이 이 근처라서요. 오시면 여기 꼭 들르곤 합니다."

가도야가 쇼코의 얼굴을 보고는 웃음을 터뜨렸다.

"맛있는 가게로 안내한다더니 역시 오사카 남자는 짠돌이네, 하는 얼굴이네요."

"……아니에요."

"일단 들어가보시죠."

고작 패밀리레스토랑이라니, 라는 생각을 확실히 하긴 했다. 쇼코는 그의 뒤를 따라 들어갔다.

오후 1시가 지났는데도 입구의 대기 공간에 사람들이 빽빽이 줄을 서 있었다.

"와, 사람 많네요."

가도야가 씩 웃더니 주머니에서 작은 종이를 꺼냈다.

"쇼코 씨랑 만나기 전에 들러서 번호표를 받아놨어요."

"그렇게 인기 있는 곳이에요?"

"평일 점심에도 한두 시간 기다리는 건 예사예요."

"와, 그렇군요."

가도야 덕분에 바로 자리에 앉을 수 있었다.

창가 자리에 앉아 메뉴를 펼친다. 마치 고깃집처럼 가게 안이 고기 굽는 냄새로 가득했다.

쇼코도 이미 이곳이 평범한 패밀리레스토랑은 아닐 것임을 짐작했지만 이내 메뉴를 보고 확신했다.

"정말 굉장하네요."

둥글둥글하고 두툼한 햄버그스테이크 사진이 메뉴판에 빼곡하다.

"네, 햄버그스테이크 전문점이거든요. 아주 먹음직스럽답니다. 사이드 메뉴들도 하나같이 다 훌륭하고요."

"와."

"다 드실 수 있겠다 싶으면 이 250그램짜리를 추천해요. 맛있어서 먹는 양이 적은 여성분도 가뿐히 먹을 수 있거든요. 그리고 밥도 좋지만 여기는 갓 구운 호밀빵이 맛있어요. 이 무쇠냄비 비빔밥도 주문할 수 있으니 둘이서 나눠 먹어요. 저는 여기 비빔밥 맛이 오사카의 유명한 고깃집들에 뒤지지 않는다고 생각하거든요."

쇼코가 무심코 웃었다.

"왜요?"

"가도야 씨, 이 가게에 관해 모르시는 게 없네요."

"맞아요. 저는 이 집에 대해서라면 프로나 마찬가지예요. 참, 쇼코 씨 술 좀 드시죠? 자, 여기 좋아하는 걸로 시키세요."

쇼코는 가도야와 마찬가지로 겐코쓰 햄버그스테이크 250그램 짜리를 고르고 약간 망설이다 생맥주를 시켰다. 그것 말고도 둘이서 호밀빵과 무쇠냄비 비빔밥을 주문했다.

주문을 마치자 둘 사이에 문득 침묵이 드리웠다. 그리 시끄러울 정도는 아니지만 수다스럽지 않게 얘기를 이어가던 가도야가 물끄러미 밖을 보고 있다.

쇼코도 그쪽으로 시선을 돌렸다.

도시의 교통체증에 비교할 순 없지만 도로에 자동차들이 쉼없이 오갔다. 그중 한 대가 이 가게로 들어오려 하고 있었다. 이십대 가족으로, 젊은 아빠가 운전하고 조수석에 엄마가 앉아 있다. 뒷좌석 카시트에는 어린아이의 모습도 보였다.

눈앞에 있는 가도야의 표정을 살펴보니 시선이 매서웠다.

"……멀리 와버렸구나, 그런 생각이 들 때는 없나요?"

"네?"

"멀리요."

"……고텐바 말인가요?"

그렇게 되물으면서도 쇼코는 그가 이 장소를 말하는 게 아님을 알고 있었다. 그저 확인하고 싶었을 뿐이다.

그러나 가도야는 금세 다시 표정을 누그러뜨리고 "정말이지 너무 멀리까지 오시게 해서 죄송해요"라고 말했다.

이 사람은 늘 이렇구나, 쇼코는 생각했다. 뭔가를 진지하게 말하려다가도 이내 얼버무린다. 상대가 쇼코라서 그런 걸까. 아니면……

"가도야 씨는 맛있는 음식에 익숙하시겠네요?"

"왜요?"

"정치인 사무실에 있으면 그런 기회가 많을 것 같아서요."

"그렇네요. 오사카에 있는 유명 음식점은 대부분 가본 것 같아요. 하지만 진심으로 맛있다고 느끼는 일은 거의 없습니다. 다 접대하러 가는 데고, 저는 제일 신경을 쓰는 입장이다보니."

"그렇겠군요."

"오늘도 신경쓰느라 힘들어요. 소중한 손님을 모시려니까요."

"네?"

쇼코가 흠칫 놀라 눈이 휘둥그레지자 가도야는 재미있다는 듯 웃었다.

"너무 놀라시네요."

그런 얘기를 하는 사이 음식이 나왔다.

그릴 요리에 많이 쓰이는 철판접시인데, 무려 소 모양을 본떠서 몸통 부분을 접시로 사용했다. 솔직히 평소라면 비꼬는 말 한두 마디쯤 했을 테지만, 그 위에서 지글지글 소리를 내는 것이 몹시 매력적이라 쇼코는 입을 다물었다.

크고 동그랗고 두툼한 햄버그스테이크. 석쇠 위에서 숯불에 구웠다는 증거인 ×자가 선명하다.

"이걸 가슴 앞쪽으로 잘 펼쳐주세요."

가도야가 테이블 위에 놓여 있던 종이매트를 철판접시 밑의 나무받침에 끼워서 가슴 앞쪽으로 끌어올리는 동작을 한다. 이유는 금방 알 수 있었다.

직원이 길이가 30센티미터는 넘어 보이는 나이프와 두 갈래 포크를 사용해 스테이크를 반으로 자르고 철판에 꾹 눌렀다. 그러자 고기 구워지는 소리가 한층 더 격렬해지고 소스가 타닥타닥 튀었다. 종이매트는 앞치마 대용인 셈이었다.

곁들여 나오는 건 단순히 큼직한 브로콜리, 감자, 당근 한 덩이씩이다. 그런데 이 요리에는 그게 어울리는 듯했다.

"튀는 게 조금 사그라지면 먹죠."

가도야의 말을 들을 것도 없이 쇼코는 얼른 나이프와 포크를 집어들고 싶어 몸이 근질근질했다.

"이제 먹어도 되지 않나요?"

아이처럼 재촉하자 그가 웃었다.

"옷에 튀어요."

"세탁하면 되잖아요."

그런 말들을 주고받는 사이 지글거리던 소스와 기름이 가라앉았다.

"자, 맛있게 드세요. 제가 만든 건 아니지만."

"잘 먹겠습니다."

고기 한 조각을 크게 썰어 입으로 가져간다. 예상했던 대로 약간 덜 익혀 안쪽은 붉은색을 띠고 있다. 물론 잡내는 전혀 안 난다. 오히려 고기 본연의 감칠맛이 느껴진다.

"쇼코 씨, 이런 생고기도 잘 드시나요?"

엄청난 것이 들어 있는 입을 다문 채 우물우물 움직이면서 쇼코는 고개를 끄덕인다. 그걸 보고 또 가도야가 재미있다는 듯 웃었다.

"그럼 오사카에 안내하고픈 가게가 있어요. 닭고기 회가 맛있는 곳이에요."

부드러우면서 확실한 육질이 느껴지는 맛과 식감, 아마 전분이 거의 들어가지 않았을 것이다. 뭐니뭐니해도 고기 자체의 풍미가 진하다. 위에 올린 어니언소스에도 고기의 맛을 해치지 않는 단맛과 향이 감돈다.

"아, 정말 맛있어요. 제가 지금껏 먹어본 햄버그스테이크 중에 제일 맛있는 것 같아요."

쇼코는 마침내 고기를 다 삼키고 숨을 내쉬었다.

"여기까지 와서 기다린 보람이 있는 맛이죠?"

"그렇네요."

"물론 쇼코 씨가 만드는 게 더 맛있겠지만요."

그의 가벼운 농담에 반응할 때가 아니다.

또 한 조각, 이번에는 너무 크지 않게 한입 크기로 자른다. 역시 맛있다. 입안의 감동이 사라지기 전에 맥주를 마신다.

"하아."

무의식중에 한숨도 감탄도 아닌 소리가 나왔다.

"좋네요."

"죄송합니다. 저만 마셔서."

"아닙니다. 쇼코 씨의 그 얼굴을 보는 것만으로 저도 함께 마시는 기분이 들어요. 천천히 많이 드세요."

이번에는 곁들여 나온 당근에 어니언소스를 묻혀 먹었다. 역시 채소 본연의 맛과 향이 난다. 이런 곁들임 채소에서 냉동제품의 냄새가 난다면 괴로웠을 것이다. 벽에 붙은 안내문을 보니 원산지가 홋카이도와 지바라고 한다.

"식기 전에 빵도 드세요."

가도야가 고기랑 같이 나온 호밀빵을 권했다.

"뜨거우니까 데지 않게 조심해요."

가도야가 주의를 줬는데도 쇼코는 얼떨결에 "앗, 뜨거" 하는 소리를 냈다.

겉은 바삭하고 안은 촘촘히 찰기가 있으면서도 부드러웠다. 거기에 아주 살짝 호밀의 거친 식감이 더해진다. 이처럼 갓 구워서 뜨겁고 맛있는 빵은 좀처럼 만날 수 없다.

"이쪽도 가볼까요?"

가도야가 가리킨 건 무쇠팬 모양 접시 위에 담긴 돌솥비빔밥이었다. 아니, 메뉴판에 따르면 무쇠냄비 비빔밥이다.

"아, 제가."

쇼코가 밥을 비비려고 하자 가도야가 "괜찮습니다" 하고 자기쪽으로 접시를 잡아당겼다.

"감사합니다."

비빔밥에는 숙주, 시금치, 김치, 그리고 다진 소고기볶음이 들었고 한가운데에 달걀 노른자가 올라가 있었다. 재료나 겉보기는 평범한데 양념장에 굉장한 비법이 있는 걸까.

입 밖으로 말하지는 않았지만 쇼코는 '이런 걸 옆에서 뚝딱 해주는 남자, 참 괜찮다'라고 생각했다.

쇼코의 아버지는 요리에 손을 대지 않았고 전남편도 그랬다. 쇼코는 가도야가 그 가느다란 손으로 능숙하게 밥을 비비는 모습을 물끄러미 보고 있었다. 그러다 자신이 그의 손가락을 지나치게 쳐다보고 있다는 걸 알고 뺨이 붉어져 허둥지둥 밖을 보았다.

"자, 다 됐습니다."

가도야가 잘 비빈 밥을 무쇠냄비에 꾹 눌러 붙인 다음 앞접시 두 개에 알맞게 나눴다.

"햄버그스테이크를 파는 집에서 비빔밥을 먹을 거라고는 생각도 못했네요."

무심코 쇼코는 조금 거친 투로 말해버렸다.

"그렇죠?"

확실히 가도야가 절찬할 만한 맛집이었다. 양념장이 너무 달지도 맵지도 않게 딱 적당했고, 볶은 소고기는 다진 것이었지만 햄버그스테이크와 같은 고기를 사용했는지 맛이 제대로다.

"정말 이것도 맛있네요."

"알아주셔서 기쁘네요."

쇼코는 비빔밥에 맥주를 곁들였다. 이 조합 역시 아주 잘 어울린다.

"쇼코 씨는 반주를 잘 하시나요?"

"저는 어째선지 탄수화물과 술의 조합이 좋더라고요."

"으음, 저도 다코야키나 오코노미야키에는 술을 곁들이지만 밥에는 그렇지 않네요."

아하하하, 둘은 동시에 소리 내어 웃었다.

맛있는 것을 함께 먹고 같은 일에 웃음을 터뜨린다면 이미 사랑이 싹트고 있는 거라고, 오사카를 배경으로 소설을 썼던 한 여성 작가가 했던 말이 생각난다.

그런 생각이 든 건 분명 가도야의 오사카 사투리 때문이야, 쇼코는 속으로 변명해본다.

"다시 아웃렛으로 돌아가죠."

계산을 마친 가도야의 말에 쇼코는 자신이 살짝 기분이 좋아졌음을 알아챘다.

헤어지기 아쉬웠다.

그런데도 무심코 물었다.

"아웃렛에 볼일이 있으세요?"

가도야는 씩 웃더니 "쇼코 씨 가방이라도 살까요?" 했다.

아웃렛에 도착해서 둘은 특별히 하는 것 없이 그저 어슬렁어슬렁 걸었다.

"갖고 싶은 거 없으세요? 여자들은 이렇게 여기저기 구경하면서 느긋이 걷는 거 좋아하잖아요."

가도야에게는 분명 이런 곳에서 편하게 함께 쇼핑을 즐기는 여자친구가 있겠지, 어울린다. 쇼코는 그렇게 생각했다. 가슴이 찌릿 아팠다.

"저는 벌써 몇 년째 새 옷을 안 산 것 같아요."

이 말을 계기로 쇼코는 처음으로 그에게 자신의 얘기를 털어놓았다. 이혼한 것, 아이가 있다는 것, 친구의 권유로 이 일을 시작했다는 것, 가끔 낮술을 하는 것 말고는 거의 돈을 쓰지 않는다는 것도.

"그렇군요."

둘이서 걸으며 얘기를 끝내자 가도야는 나직이 그렇게만 대답하고는 아무 말도 하지 않았다.

씁쓸했다. 모든 걸 얘기했을 때 가도야가 받아들일 수 없다면 더는 어쩔 수 없다고 각오하면서도 내심 그가 그런 남자이리라고는 생각하지 않았기 때문이다.

"저런 건 어때요?"

"네?"

그가 어느 매장 앞에 서더니 유리창 너머 진열된 물건을 가리켰다.

"네?"

쇼코의 물음에는 대답하지 않고 성큼성큼 안으로 들어갔다.

"……가도야 씨, 왜 그러세요? 여기 엄청 비싼 데잖아요?"

그곳은 명품 브랜드 구찌 매장이었다. 둘은 어느새 처음 만난 장소로 돌아와 있었다.

"별로 안 비싼 것도 있어요."

가도야가 동전지갑을 가리켰다.

"이런 거, 어때요?"

모노그램 무늬 위에 화사한 꽃이 그려져 있다.

"멋지긴 한데 저한테는 이것도 비싸요."

그러나 가도야는 점원에게 지갑을 꺼내달라고 한 뒤 능숙하게 대화를 나누며 지금 반값 이하로 팔고 있다는 것, 지난 시즌의 인기 시리즈였다는 것 등을 알아냈다.

"그럼 이거 포장해주세요."

"네?"

"감사합니다."

점원이 잽싸게 인사했다.

"괜찮아요, 여기까지 와주신 데 대한 감사의 선물이에요." 놀란 쇼코에게 가도야가 말했다.

그후 근처 카페에 들어가 차를 마시면서 그가 작은 구찌 쇼핑백을 건넸다.

"……이렇게 비싼 걸 받을 순 없어요."

"아니, 정말 여기까지 와주셔서 고맙다는 인사예요. 다시 반품할 수도 없고, 여자 거라 제가 쓸 수도 없으니 받아주세요."

"아뇨, 그러시면 안 되죠. 일에 대한 보수는 이미 받았는데요."

"이건 제가 드리는 겁니다."

"죄송해요. 염치 없지만 감사히 받을게요."

쇼코는 쇼핑백을 받았다. 가방과 포장지도 고급이라선지 작은 꾸러미가 은근히 묵직하다.

"이 동전지갑 쓰시면서 열심히 절약하세요."

"아유, 정말."

쇼코는 무심결에 웃음이 터졌다.

그가 말하면 어째선지 별것 아닌 얘기에도 웃음이 난다.

그런데 갑자기 가도야가 정색하고 표정을 가다듬었다. 그리고 양옆을 재빠르게 둘러본다.

"한 가지 말씀드릴 게 있어요."

"뭔데요?"

몹시 즐거운 시간을 보낸 만큼 아직 입술에 반쯤 웃음을 머금은 채 쇼코가 되물었다.

"쇼코 씨는 좀더 스스로를 지켜야 해요."

"네?"

오늘 이 말을 몇번째 하는 건지 모르겠다. 가도야의 표정은 딱

딱하다고 할 만큼 진지했다.

"잘 들으세요. 다음에 이 일을 의뢰받으면 무조건 거절하세요."

"왜요?"

"이유는 말씀드릴 수 없지만 꼭 거절하세요. 대충 뭐라고 둘러 대면서요."

"그래도……"

"거절하기 힘들면, 아, 그래요, 제가 좀 이상한 짓을 했다고 말 하셔도 괜찮습니다. 쇼코 씨를 집요하게 꼬드기려 했다거나."

"어떻게 그래요. 그런 말은 하고 싶지 않아요."

가도야가 고개를 저었다. "저는 괜찮습니다."

"그럼 제가 다이치한테……"

다이치한테 잘 말하면 거짓말을 할 필요도 없을 터였다.

"아뇨, 이 일은 다이치 도련님에게도 말하지 마세요. 절대로. 제가 말했다고도 하지 마시고요."

쇼코는 그가 하는 말의 중요성보다 이제 그와 못 만나는 건가 하는 생각에 왠지 속상했다.

"……다시 오사카에서 뵐 수 있을 줄 알았는데."

언뜻 그런 말이 새어나오는 바람에 쇼코는 돌연 자신의 감정 을 드러내고 말았다는 걸 깨닫고 부끄러워졌다.

"오사카에 맛있는 닭고기 육회가 있다고 하셔서요."

서둘러 그렇게 덧붙였다.

"방금은 무심코 말이 잘못 나왔어요."

"말이 잘못 나왔다……"

쇼코의 표정을 보고 가도야가 미소를 지었다.

"아무래도 조금 설명하는 게 좋겠군요."

"그래주세요."

"잘 들으세요. 얼마 전부터 쇼코 씨가 도쿄에서 몇 번 물건을 갖고 오셨죠?"

"네."

분명 세 번, 비슷한 물건을 운반했다.

"그때 몇 사람이 쇼코 씨와 비슷한 물건을 가지고 왔었습니다. 내용물은 진짜 서류였던 것도 있고, 아닌 것도 있고요. 그런 식으로 뭔가를 운반했습니다."

"그게 뭔가요?"

"모르시는 게 나아요. 정식으로는 운반할 수 없는 것이라고만 말해두죠. 지금껏 쇼코 씨가 가져왔던 건 진짜 서류였습니다. 하지만 이번에는 다른 것 같아요."

"다르다고요? 벌써 열어봤어요?"

"아뇨. 무게나 감촉으로 대충 알 수 있어요."

"무슨 뜻이에요?"

"솔직히 저도 쇼코 씨를 다른 여러 가짜 사례 중 하나라고 생각했어요. 도련님의 친구인데다 이쪽 일과 관계없는 사람이니까요. 하지만 이번에는 달라요. 말하자면 가메야마 사무실은 당신에게도 위험한 일을 시킬 요량이라는 겁니다."

"위험한……?"

"도련님은 모를 수도 있어요. 하지만 알고도 시켰을지 모르죠. 그러니 얘기하지 마세요. 무슨 일이 있어도 쇼코 씨의 이름은 나오지 않게 하겠습니다. 그래도 장담할 순 없어요. 어디선가 누설될지도 모르니까요."

쇼코는 목소리가 나오지 않아 그저 손으로 입을 막았다. 다이치가 알고도 시켰다면……? 그것도 충격이었다.

"어쨌든 더는 절대 이 일을 하지 마세요. 만약 경찰에서 뭔가를 묻는다면 전부 사실대로 말하세요. 가메야마 사무실에 대해서도, 도련님에 대해서도 전부. 누구에게도, 제게도 마음 쓸 필요 없습니다. 아무것도 몰랐다고 솔직히 말하면 됩니다. 당신은 한 아이의 엄마예요. 스스로를 지켜야 해요. 더이상 위험한 일은 하지 않는 겁니다."

쇼코는 작게 고개를 끄덕였다.

"아까 구찌에서 쇼핑했잖아요."

"네, 감사했어요."

"오사카의 여성 작가가 쓴, 아베노를 배경으로 한 작품이 있어요."

"네."

"예전의 아베노는 지금 같지 않았어요. 서민적인 상점가만 쭉 이어지는 거리였죠. 그중 한 노점에서 여자가 남자에게 구찌 가방을 선물로 받아요."

"노점에서 구찌를요?"

"물론 모조품이죠. 예전에는 그런 노점들이 즐비했거든요. 남자가 말해요. 진짜 구찌가 아니라서 미안하다고. 그러자 여자는 '아니야, 아베노 구찌가 최고야'라고 대답해요."

쇼코는 혹시 아까 자신이 떠올린 작가 얘기가 아닐까 싶었지만 잠자코 있었다.

"아베노에는 이제 진짜 구찌 매장이 있습니다. 아주 멋진 매장이에요."

"그렇군요."

"그런 거리를 만들자고 저희는 의원님과 열심히 노력했어요. 이래저래 많은 일이 있었죠. 그런데 지금은 정말 잘한 건지 모르겠어요."

가도야가 갑자기 입을 꾹 다물었다. 눈짓으로 쇼코에게 '말하지 마세요' 하는 사인을 보낸다. 그리고 날카로운 눈빛으로 실내

한구석을 쳐다보았다.

평일 점심인데도 카페는 붐볐다. 대부분 가족 동반객이었다.

그런데 가도야의 시선 끝에는 젊은 남자가 한 명 있었다. 면바지와 체크무늬 셔츠 차림으로 커피를 마시며 책을 읽고 있다.

"문제라도……?"

쇼코가 작은 소리로 물었다.

"남자 혼자 이런 곳에 올 일이 있을까요?"

숨막힐 듯한 순간이었다. 쇼코는 다시 한번 그쪽으로 눈길을 돌렸다가 문득 고개를 든 남자와 눈이 마주쳤다. 오싹한 한기가 느껴졌다.

그런데 잠시 후 쇼핑을 마친 아내로 보이는 여자와 아이가 다가왔다. "아빠!" 하고 부르는 소리에 남자는 읽고 있던 책에서 고개를 들고 싱글벙글 웃었다.

그저 가족 동반객이었던 모양이다.

"……꽤 멀리까지 와버렸네요, 우리."

쇼코는 중얼거렸다.

"그러네요."

가도야가 고개를 끄덕였다.

"이제 만날 수 없는 건가요?"

"모르겠습니다."

가도야가 쇼코를 안심시키려는 듯 미소 지었다.

"지금 일이 끝나면 제가 연락을 드리겠습니다."

"그래요."

쇼코는 자신이 아무것도 기대하지 않는다는 걸 깨달았다.

"고텐바 구찌의 지갑을 쓰면서 기다려주세요."

"고텐바 구찌가 최고죠. 진품이고."

둘은 얼굴을 마주하고 웃었다.

"농담도 할 줄 아시네요."

"그럼요."

"……일단락되면 진짜로 연락하겠습니다. 다이치 도련님 사무실로 쇼코 씨에게 지킴이를 의뢰할게요."

돌아가는 길은 아웃렛에서 도쿄까지 가는 직행버스를 타기로 했다. 가도야가 배웅해줬다.

버스 문이 닫히고 그를 향해 손을 흔들며, 쇼코는 그에게 성이 아닌 이름을 묻지 않았다는 걸 깨달았다. 나이도. 그는 가도야로 나타나 그대로 사라져갔다.

그다음주, 쇼코는 지킴이 일을 끝내고 집으로 왔다. 샤워만 하고 그대로 잠들었다가 눈을 뜨니 오후 3시가 다 된 시각이었다.

별생각 없이 TV를 켠 뒤 주방의 냉장고를 열고 보리차를 꺼내

잔에 따랐다.

　……오사카부 경수사2과는 알선뇌물수수 혐의로 사토 히데토 의원의 공설비서인 38세 가도야 이쓰키를 용의자로 체포하고……

　쇼코는 TV에서 흘러나온 이름에 흠칫 놀라 돌아보았다.

　성실해 보이는 가도야의 얼굴이 화면에 또렷이 비쳤다. 흑백은 아니지만 사진이 전체적으로 흐려서 안색이 창백해 보인다.

　쇼코는 떨리는 손으로 테이블 위의 스마트폰을 집었다.

　"저기, 이게 어떻게 된 일이야?"

　"어?"

　평소 쇼코답지 않게 날 선 어조에 전화기 너머에서 다이치가 당황한 목소리를 냈다. 어쩌면 다이치도 막 잠에서 깼는지 모르겠다.

　"가도야 씨, 체포됐어! 뉴스 봐봐!"

　"뉴스? 가도야? 가도야가 누군데?"

　숨을 삼켰다.

　쇼코가 오사카로 물건을 처음 운반한 건 십 개월 전이었다. 다이치한테는 가도야의 이름만 전달받았다. 그다음은 오 개월 전, 만나야 할 사람의 이름도 다른 어떤 설명도 없이 "또 오사카에

가줘"라고만 했다.

다이치가 가도야의 이름도 신원도 모르고 그저 쇼코에게 지시만 했을 가능성도 물론 없지 않다.

"아무것도 아냐, 됐어."

다이치가 아직 뭐라고 말하는 도중에 쇼코는 전화를 끊었다.

다시 한번 TV를 본다. 가도야의 얼굴은 화면에서 사라지고 오사카의 사무실로 보이는 건물 사진만 나오고 있었다. 그것도 곧 사라지고 뉴스 화면은 스튜디오로 옮겨가 아나운서가 백중의 시작을 알렸다.

'그 사람 이름이 이쓰키구나.'

쇼코는 처음 알게 된 그의 이름을 살며시 읊조렸다.

다섯번째 술

초밥·구운 샤오룽바오

미즈타키 소바·밀크셰이크

이케부쿠로·쓰키지

"그럼 우선, 오늘 먹은 것을 알려줘요."

히다 하루카가 병상에서 숨쉬기 버거운 듯 중얼거렸다.

"오늘요……?"

대형 대학병원의 개인실, 창밖에는 도쿄의 야경이 펼쳐져 있다. 히다 선생은 너무 밝은 것을 싫어하는지 야간등만 켜놓았다.

침대 발치에는 편집장 오사나이 마나부와 젊은 여자 편집자가 나란히 의자에 앉아 있다. 둘 다 기척을 지우고 어둠 속에 녹아들어 있었다.

쇼코는 어젯밤부터 있었던 일을 떠올리면서 눈동자를 이리저리 움직였다.

"어제는 많은 일이 있었던 날이에요. 그러니 음식을 먹기까지의 경위를 얘기해도 될까요?"

"물론이에요. 그런 거 아주 좋아해요. 시간은 얼마든지 있으니까."

눈앞에 누워 있는 히다 선생은 속삭이는 듯한 목소리밖에 내지 못했지만 그래도 기뻐하는 것 같았다.

"오늘 아침…… 그러니까 어젯밤부터 제가 일한 곳은 니시도쿄시의 히바리가오카였습니다……"

히바리가오카에서의 지킴이 상대는 남자 고등학생이었다.

현재 고등학교 3학년, 내년에 있을 시험을 위해 여름방학 동안 입시학원의 하기 강의를 들으러 다니면서 밤늦게까지 공부를 하는 듯했다.

그간 어머니가 야식 등을 챙겼는데, 그녀도 낮에는 이런저런 집안일이 있고 밤에는 남편이나 다른 가족도 돌봐야 했다. 거기에 올여름의 더위와 갱년기까지 겹쳐 결국 쓰러지고 말았다.

그래서 며칠간 쇼코가 대신 곁에 있게 된 것이다.

이삼일 정도라면 같이 사는 다른 가족이 챙겨주거나, 고등학생이니 자기 야식쯤은 스스로 만들어 먹으면 안 되나 하는 생각은 입 밖에 내지 않았다. 이런 사람이 없으면 쇼코의 일거리도 없어져버릴 것이다.

그는 보통 새벽 2, 3시까지 깨어 있고, 야식은 자정쯤에 달라고 했다.

"소화가 잘되는 음식 위주로…… 우동도 괜찮지만 요즘 계절에는 뜨거운 걸 싫어해서요."

사전 협의를 위해 쇼코가 전화를 걸었더니 그의 어머니 고다 아야코가 힘없는 목소리로 말했다.

"네…… 그럼 소면은요?"

"아뇨. 소면은 점심식사 같아서 싫대요."

건방지기는. 엄마가 애써서 만들어준 음식인데 불평을 하다니 대체 어떻게 생겨먹은 아들인 거야.

"그럼 제가 적당히 생각해서 가겠습니다."

쇼코는 귀찮아져서 그렇게 말했다.

"그래요? 할 수 있겠어요?"

아야코가 심히 걱정하는 듯했지만 쇼코는 떨쳐내듯 얼른 통화를 마쳤다.

"진짜 괜찮겠어요?"

그 애처로운 목소리가 언제까지고 귀에서 떠나지 않았다.

그런데 실제로 만나보니 아들 고다 다쿠미는 섬세하고 상냥해 보이는 아이로, 아야코의 말에서 받은 인상처럼 제멋대로인 고등학생으로는 보이지 않았다. 물론 남 앞이라 그런 걸지도 모르

다섯번째 술 145

지만.

첫째 날은 캔 참치와 톳과 매실장아찌를 넣어 스파게티를 만들고, 둘째 날은 차조기잎과 니쿠미소*를 넣은 주먹밥을, 마지막 날은 캔 고등어를 곁들인 히야지루**를 만들었다. 다쿠미는 전부 깨끗하게 비웠고, 특별히 맛을 칭찬하진 않았지만 거부하는 일도 없이 그렇게 끝이 났다.

마지막날만 다음날 금요일에 이케부쿠로의 입시학원에서 모의고사가 있으니 다쿠미를 시험장까지 데려다달라는 추가 조건이 있었다.

'추가 비용을 받을 수 있으니 나야 상관없지만, 고3인데 그 정도는 혼자서 가도 되지 않나……'

그렇게 생각하지 않을 수 없었지만 물론 이 말도 입 밖에 내지 않는다.

"역전 마라톤*** 때문이에요."

금요일 아침, 둘이서 세이부 이케부쿠로선을 타고 가는데 다쿠미가 나직이 말했다.

"역전 마라톤?"

---

* 다진 돼지고기를 일본식 된장에 볶은 것.

** 차가운 된장 국물에 여러 재료를 넣고 밥에 부어 먹는 것.

*** 일본의 신년 스포츠 이벤트로, 도쿄-하코네 구간을 달리는 릴레이 마라톤.

옆얼굴이 누군가를 닮았다 싶었는데 최근 화제가 된 천재 소년 기사棋士의 표정과 비슷했다. 다쿠미가 좀더 다부진 느낌이지만 어딘가 사람 좋아 보이는 분위기가 똑같다.

"엄마가 쇼코 씨한테 이 일까지 부탁한 거요. 과보호라고 생각하시죠?"

속으로는 딱 그랬지만 '물론' 입에 올리지 않는다.

"부모는 자식이 몇 살이 되어도 걱정하는 법이니까요."

"그게 아니라, 제가 줄곧 장거리 육상을 했었는데요, 고2 여름에 그만뒀어요."

"그랬군요."

"그리고 그해 겨울에요."

"네."

"모의고사 날이 마침 역전 마라톤 대회 당일이었어요."

마라톤 코스가 시험장 근처를 통과한다는 걸 알았다고 한다.

"저도 모르게 어슬렁어슬렁 그걸 보러 가버린 거예요. 그러다 선수 옆에서 같이 뛰었어요. 역시 대표 선수는 다르더라고요. 단 몇백 미터도 도무지 따라잡을 수 없었어요."

쇼코는 역전 마라톤 TV 중계에서 옆쪽 보도를 따라 선수들과 나란히 달리듯 뛰던 사람들의 모습을 떠올리며 고개를 주억거렸다.

"결국 그날 시험을 치르지 못하고 적당히 시간을 때우다 아무렇지도 않은 얼굴로 집에 갔어요."

"응."

"집에 갔더니 엄마가 대뜸 오늘 역전 마라톤 날이었지? 하고 묻더라고요."

"어머."

"그렇더라, 하고 대답했더니 잠깐 와보라면서 거실로 부르는 거예요."

"잠깐만요. 왠지 심장이 콩닥거리는데. 설마."

쇼코가 다쿠미를 바라보자 그도 재미있다는 듯 웃는다.

"바로 그 설마죠. 엄마가 TV를 켜는 거예요. 그랬더니 선수 옆에서 달리고 있는 내 모습이 대문짝만하게 나오더라고요."

"진짜?!"

"진짜요. 엄마는 '내가 너 보라고 녹화해놨어' 했는데, 갑자기 내 모습이 나온 거죠."

"하하하하하."

쇼코는 얼떨결에 폭소를 터뜨렸다.

"웃을 일이 아니었어요. 엄마는 울었고요. 그후로 나를 절대 못 믿어서 모의고사에 꼭 누군가가 따라가게 됐어요."

"뭐, 그런 전과가 있으니 어쩔 수 없겠네요."

"어쩔 수 없죠."

다쿠미가 쓴웃음을 지었다.

"실은 그때 일을 계기로 '달리는 건 좋아, 그치만 프로가 되는 건 도저히 힘들겠어'라는 깨달음을 얻었는데."

"어머님께 그렇게 말씀드리지."

"엄마는 너무 애를 쓰고 있어요……"

그렇게 중얼거린 마지막 말을 쇼코는 슬쩍 받아넘겼다. 아들의 마음도 알 것 같았고, 엄마의 마음도 알았으니까.

다쿠미를 시험장까지 데려다주고 나자 점심시간 직전이었다.

'오늘은 곧장 집에 가려고 했는데 뭐라도 먹을까.'

인터넷으로 검색해보니 이케부쿠로역 주변에 호기심이 이는 가게가 두 군데 있었다.

우선 첫번째는 서서 먹는 초밥집으로……

마나부에게서 쓰키지에 있는 대학병원에 입원중인 소설가의 지킴이 일을 의뢰받은 건 지난주의 일이다.

"히다 선생님은 오십대 여성 작가입니다. 가벼운 연애물부터 미스터리까지 다양한 장르를 쓰시는데, 가장 유명한 건 선술집 소설이에요. 『인정 많은 술집, 도쿠리야』는 드라마로도 만들어졌어요."

"와, 그렇군요."

"음식 에세이도 여러 권 써서 식도락 작가, 맛집 에세이스트 이미지가 강하죠."

"죄송합니다, 제가 그쪽은 잘 몰라서요."

"그런 걸 신경쓰는 분은 아니니까 괜찮습니다. 선생님은 일 년 전쯤 쓰러지셨는데, 검사했을 때 이미 유방암 4기였어요."

"저런……"

"그래도 워낙 책임감이 강한 분이라 연재도 다 끝내고 입원하셨어요. 그런데 솔직히 말해 지금 상황이 많이 안 좋습니다. 항암제 영향인지 낮에는 꾸벅꾸벅 졸고 밤에는 계속 잠을 못 이뤄서 가족분들이…… 결혼을 안 하셔서 어머님과 여동생이 곁을 떠나지 않고 간병하고 계세요. 저희도 순번을 정해서 병문안을 가고 있습니다. 그때마다 매번 물어보시더라고요. '요즘 뭐 맛있는 거 먹었어?' 하고."

"어머."

"구역질이 심해서 식욕은 이제 거의 없다고 해요. 그래도 다른 사람이 먹은 음식 얘기를 듣고 싶어하세요. 식도락 작가의 기질이라고 해야 할지. 음식점 얘기나 새로운 조리법, 제철 채소랑 생선 얘기를 아주 좋아하세요."

"흐음."

"물론 저희도 교대로 가서 얘기를 해드리고 있지만 점점 소재도 떨어져가고, 무엇보다 선생님의 모습을 보는 게 가슴 아파서요."

"편집자분들은 맛있는 걸 많이 드실 것 같은데."

"그래도 다른 작가를 만나거나 접대할 때 말고는 거의 회사가 있는 진보초 일대에서 먹다보니, 아무래도 가는 데가 다 비슷비슷해요."

"맞아요. 아무래도 그렇죠."

"게다가 다른 작가와 먹은 음식 얘기를 하기도 내키지 않아서…… 그래서 쇼코 씨를 모신 거예요. 다양한 동네에서 종종 술과 함께 점심을 드신다길래요."

"그런 식도락가 선생님께 얘기할 만한 게 있을지 모르겠네요. 제가 먹는 거라고는 다 저렴한 음식인데다, 마침 그날 눈에 띈 것을 먹고 마실 뿐이라서요."

쇼코는 전혀 자신이 없었다.

"아니에요, 선생님은 어떤 음식이든 좋아하세요. 비싼 것이든 싼 것이든. 허세가 없고, 호기심만은 누구보다 왕성한 분이라서요."

그런 협의 끝에 쇼코는 병원에 오게 되었다.

"잠깐만."

히다 선생이 병상에서 날카롭게 말했다. 그 탓에 가볍게 콜록거렸다. 침대 발치의 편집자들이 허둥지둥 일어선다. 하지만 그녀는 "괜찮아, 괜찮아" 하고 손을 저었다. 기침과 상관없이 돌연 생기가 돌았다.

"그 가게, 난 모르는데."

"그러실 거예요. 비교적 최근에 생긴 것 같았어요. 지하의 후미진 곳에 있는 작은 가게라."

"어쩐지."

쇼코는 스마트폰을 켜고 확인했다.

"일 년 전쯤 생긴 것 같아요."

"그럼 내가 본 적이 없는 게 당연하네요. 그 무렵에는 이미 병이 난 상태였으니까. 이케부쿠로 쪽에는 별로 안 가기도 하고."

그 말에 어떻게 대답해야 좋을지 알 수 없었다.

쇼코가 발견한 곳은 서서 먹는 초밥집으로, 역과 연결된 백화점의 지하에 있다. 지하철 개찰구 정면이지만, 이케부쿠로는 워낙 많은 노선이 통과하기 때문에 그만큼 개찰구가 많아서 알아채는 게 쉽지 않다.

"여기가 꽤 좋았어요. 회전 초밥이 아니라 눈앞에서 제대로 만들어주거든요. 제 앞에 있던 요리사는 나이 지긋한 남자분이었는데 쥐는 정도가 부드러웠고, 밥이 은근히 따뜻하면서 초밥 재료가 신선하고 큼직해서 좋았어요."

"뭐 먹었어요?"

오늘 들은 목소리 중 가장 힘찬 어조다.

"점심시간이긴 했지만 런치 세트를 주문하면 너무 배가 부를 것 같아서 스페셜 B라는 세트로 했어요. 참다랑어 대뱃살과 붉은살, 전갱이, 도미, 연어알로 된 다섯 점짜리 접시였어요. 전부 맛있었습니다."

"음료는 뭐로 했어요?"

"가게 이름이 들어간 나가노 술을 찬술로 마셨습니다. 산뜻해서 어떤 음식에도 잘 어울릴 듯한 좋은 술이었어요."

"좋네요."

"추가로 정어리 초밥을 주문했어요. 한 점에 60엔짜리를 두 점. 그런데 이게 또 좋더라고요. 지방이 듬뿍 올라서 신선했어요. 요즘 정어리가 꽤 비싸졌잖아요. 그렇게 싸고 맛있는 정어리는 오랜만이었습니다. 그건 다시 한번 먹고 싶어요."

"그걸 먹을 때 찬술도 같이 마신 거죠? 어떤 느낌이었어요?"

히다의 목소리는 메말라 있었지만 어조는 여전히 뜨겁다.

"네."

순간 쇼코는 침대 옆 마나부를 보았다. 아무리 상대방이 '먹은 음식 얘기를 해달라'고 했더라도 환자한테 술맛 타령을 하는 건 조금 가혹하다.

그러나 그는 '괜찮습니다'라고 말하듯 고개를 끄덕였다.

"괜찮아요, 괜찮아. 어떤 얘기를 들어도 이제 내 식욕은 회복되지 않으니까."

히다가 쇼코의 표정을 헤아린 듯했다.

"이제 아무것도 먹고 싶지 않아. 그저 열정을 들려달라는 거지. 음식과 술 얘기를 듣고 그 열정을 받아들이면 나도 아직 살아갈 수 있을 듯한 기분이 들어요."

"알겠습니다…… 지방이 풍부한 정어리를 입에 넣자 기름기가 사르르 녹는 것 같았어요. 비린내가 거의 없으면서 살이 부드럽고 아주 가벼웠죠. 그런데 저는 아주 약간의 비린내와 기름진 식감을 잊어버리기 전에 그 뒤를 쫓듯 찬술을 마셨어요……"

쇼코는 그 순간 혀 위로 느낀 감촉을 떠올렸다.

"……얼마 안 남은 기름기가 깨끗이 쓸려가면서…… 굉장히 맛있었어요."

자연스레 만감이 담긴 목소리가 나왔다.

"정어리가 제철이니까. 좋았겠네요."

"왠지 죄송합니다."

"아니. 먹고 싶어지지는 않은걸요. 다만 그 순간의 기쁨을 느낄 뿐이지."

"조금 더 먹었어도 좋았겠지만 아직 가보고 싶은 가게가 한 군데 더 있어서 그쯤에서 일단락했어요."

"역시 뭘 좀 아는군요."

"다른 한 곳은 구운 샤오룽바오집이에요. 북쪽 출구에 있는."

"아."

"왜 그러세요?"

"거기는 내가 아는 데일지도 몰라요. 가본 적은 없지만 들어본 적은 있어요."

"그러세요?"

"응. 구운 샤오룽바오라는 음식이 일본에 들어왔을 때 선구자 격이었던 가게거든요."

"네. 아마 그런 것 같아요."

"아, 가보면 좋았을걸. 이케부쿠로는 별로 갈 기회가 없었거든요. 구운 샤오룽바오를 먹어본 적은 있어요. 중화요리를 먹으러 갔더니 그 가게 메뉴에 있길래. 그것도 뭐 나름대로 맛있었지만."

"그러시군요."

"그래서, 어땠어요?"

"네. 가게가 문을 여는 11시 반에 거의 맞춰서 도착했어요. 제 앞에 여자 한 명만 기다리고 있고 아직 붐비지 않았어요. 그 사람은 포장을 해 가더라고요. 저는 이미 초밥도 먹었으니 욕심 부리지 않고 샤오룽바오 네 개랑 칭다오 맥주를 주문했어요."

"아, 칭다오 맥주, 무난해서 구운 샤오룽바오랑 어울리겠네요. 아시아 맥주들은 그런 편이죠, 다 깔끔하게 마실 수 있는."

"제 앞에 선 사람은 이미 구워놨던 것을 가지고 갔는데, 제 차례에는 마침 거기서 빚고 있던 걸 구워줬어요."

"그거 최고네."

"네. 이른 시간에 간 보람이 있었습니다…… 출입구가 좁고 세로로 긴 아담한 가게예요. 카운터석 반대편에 작은 주방이라 할 만한 조리 공간이 있고, 그곳을 등지고 의자와 테이블이 있고요. 저는 그중 제일 안쪽에 앉았어요."

쇼코는 그 가게의 떠들썩함과 점심시간을 앞둔 이케부쿠로 거리가 생각났다.

"앉아서 잠시 있자니 뭐랄까, 등뒤에서 무언의 압력 같은 걸 느꼈습니다. 뒤를 돌아보니 주방에 있는 분이 아무 말 없이 뚜껑 딴 칭다오 맥주를 내밀고 있더라고요. 잔은 없고."

히다 선생이 낮게 웃었다. 오늘밤 처음 듣는 웃음소리였다.

"주방에 계신 분들은 일본어를 거의 못했던 것 같아요. 그래서 저한테 무언의 압력을 보내온 거죠. 병맥주에 입을 대고 마시는 건 오랜만이었어요. 그 유리병의 둥근 감촉, 참 좋았죠. 굉장히 맛있었어요. 그걸 마시면서 남자가 샤오룽바오를 빚는 모습을 봤어요. 밀가루 반죽을 길쭉하게 늘린 뒤 작게 잘라 둥글게 펼쳐서 옆에 있는 여자에게 전달하는 거예요. 그럼 여자가 볼에 수북하게 쌓인 고기 소를 능숙하게 떠서 모양을 빚어요. 왜 있잖아요. 앙금을 넣은 화과자 중에 국화 꽃잎 모양을 만드는 듯한 느낌으로요."

"뭔지 알 것 같네요."

"무척 솜씨가 좋더라고요. 그러고서 십 분쯤 걸렸나봐요, 다 구워질 때까지. 가게 안에서 먹는 사람은 저뿐이고, 포장해 가는 손님이 몇 명 왔어요. 그것도 대부분 중국계라 가게 사람들과 중국어로 얘기하더라고요. 직원들도 서로 중국어로 말을 해서 중국이나 대만에 여행 온 것 같았어요."

"아, 대만 또 가고 싶다."

히다가 가슴속에서 우러나오는 목소리로 말했다.

"방금 구운 샤오룽바오는 무척 뜨거웠어요. 놀라웠던 건, 국화 모양으로 빚은 쪽을 바닥으로 해서 구웠더라고요. 위쪽은 평평했어요. 그 위에 흰깨가 뿌려져 있고요. 일본어를 할 줄 아는 계산대 직원이 몇 번이나 '뜨거우니까 조심해요, 한입에 먹으면 안 돼'라고 했죠. 그래서 만두피에 입을 대고 살살 구멍을 뚫어서……"

"만두피는 어떤 느낌이에요?"

"위쪽은 촉촉하면서 쫄깃하고 가운데는 보통 샤오룽바오보다 말랐어요. 구워서 그런지. 바닥은 딱딱한 편이에요. 구멍을 내서 육즙을 후루룩 마셨죠. 조심한다고 했지만 그래도 뜨거웠나봐요. 혀와 입술을 살짝 데었어요. 육즙은 간장 베이스인데 그것만으로도 맛있어요. 맥주로 입을 식히고 다시 젓가락을 들었죠. 후후 불어 약간 식은 것을 드디어 조금씩 베어먹으면서 고기에 도달했어요. 역시 맛이 진한 고기를 바삭바삭한 만두피랑 같이 먹은 뒤 맥주를 마시는데 어느 쪽도 멈출 수 없더라고요…… 진짜 맛있었어요. 그리고 두 개째는 만두에 구멍을 내서 육즙을 후루룩 마신 뒤 흑초를 뿌려서 먹었습니다. 그렇게 하니 상큼해서 맛이 또 달라지더라고요."

"……아, 가볼 걸 그랬네. 처음 먹어봤던 구운 샤오룽바오가 그저 그런 맛이라 더 먹어볼 것도 없단 생각에 안 샀거든요."

"……어디든 그렇게 큰 차이는 없을 거예요."

쇼코는 안타까운 마음에 작게 중얼거렸다.

'어라?'

문득 쇼코는 몸안에서 뭔가 불편함을 느끼고 배 주위를 문질렀다.

'이거 혹시 공복 신호? 나 지금, 아픈 분을 앞에 두고 이런 애

기를 하면서 배가 고파진 거야?'

쇼코는 자신의 왕성한 식욕을 원망했다.

"아니야. 그것만은 직접 먹어보지 않으면 알 수 없지요."

"그런가요?"

"언제든지 먹을 수 있을 거라고 생각했는데, 언제든지, 라는 건 없어요."

히다는 괴로운 듯 말했다.

"모든 것이 그래요. 당신은 분명 지금 여기 있는 것들, 당신 수중의 것들이 언제까지나 있을 거라고 생각하겠죠? 그런데 그렇지가 않아요. 그걸 즐길 수 있는 시간은 정말 짧거든요."

"그럴지도 모르겠네요."

"연애도 그래요. 쇼코 씨는 지금 좋아하는 사람, 있어요?"

"……모르겠어요."

쇼코의 목소리가 분명히 들렸을 텐데 히다는 대답을 못 들은 척 말을 이었다.

"그런 감정이 평생 계속될 거라고 생각하겠죠. 언제든 만남만 있으면 연애를 할 수 있다고. 그런데 그렇지 않아요. 그런 시기는 인생에서 아주 짧아요, 독신이든 기혼이든 관계없이. 하지만 소용돌이 속에 있을 땐 알아채지 못하죠."

불현듯 고텐바에서의 일이 떠올랐다. 아주 조금, 공복을 잊는다.

"꼭 그러리란 법도, 없어요."

쇼코는 작은 목소리로 반론했다.

"마나부 씨"

히다가 뭔가 생각났다는 듯 그를 불렀다.

"네, 왜 그러시죠?"

"내 가방 좀 줘요."

마나부가 침대 옆 선반에서 가방을 집었다.

"안에 내 지갑 있죠?"

"아, 선생님, 쇼코 씨 사례금은 이미 받아뒀으니 제가 나중에
전달할게요."

"아니, 그게 아니라. 지갑 잠깐 꺼내줘요."

"네."

히다는 떨리는 손으로 지갑을 건네받았다. 마나부의 힘을 빌
려 지갑을 열고 3천 엔을 쇼코에게 내밀었다.

"이거."

"네? 이건 못 받아요."

그러나 히다는 예상 밖의 센 힘으로 천 엔짜리 지폐를 쇼코의
손에 쥐여주었다.

"아니. 내일 아침 쓰키지 시장에 가서 이걸로 뭘 좀 먹어요. 술
도 마시고요."

"쓰키지에요?"

"쓰키지 하면 초밥이라는 인상이 강하고 실제로도 맛있지만, 쇼코 씨는 초밥을 먹은 지 얼마 안 됐잖아요. 미즈타키* 소바라는 게 있는데, 닭고기 전문점에 가서 그걸 먹어요. 생선을 좋아하면 초밥집 중에 붕장어덮밥을 하는 곳이 있으니 그것도 괜찮을 것 같고."

"그래도 되나요?"

"그걸로 맛있는 것 먹고 술도 마셔요. 그리고 나한테 와서 또 얘기해줘요."

"네."

"쓰키지 시장이 이전할 때까지 앞으로 한 달 남았는데, 그날이 지나면 나도 끝나요."

그리고 히다는 녹초가 된 듯 잠들어버렸다.

"……다행이다."

마나부는 그녀의 잠든 얼굴을 보면서 진심으로 기쁜 듯 중얼거렸다.

"선생님이 밤에 이렇게 잘 주무시는 건 오랜만에 봐요."

"정말요? 기쁘네요."

---

* 후쿠오카 지방에서 유래한 닭 전골 요리.

마나부와 여자 편집자는 밤중에 택시를 타고 돌아갔다.

"저는 아침까지 지켜볼 테니까 괜찮습니다."

"아마 오전 7시 지나서 간호사가 체온을 재러 병동을 돌 테니, 그 무렵까지만 계시면 됩니다."

그들과는 병실 앞에서 헤어졌다.

아침, 쇼코는 마나부가 일러준 대로 간호사와 교대하듯 조용히 병실을 나왔다.

대학병원 건물에서 쓰키지 시장까지는 십 분 정도 거리였다. 최근 들어서 겨우 아침저녁은 무더위도 한풀 꺾이기 시작했다.

'자, 무얼 먹을까.'

아침이 되니 식욕이 한층 더 보글보글 끓어오른다.

'쓰키지는 원래도 인기 있는 곳이고, 조만간 도요스로 이전하잖아. 사람들로 붐벼서 아무데도 못 들어가면 어쩌지.'

그렇게 생각하자 저절로 발걸음이 빨라진다. 스마트폰으로 지도를 보면서 쓰키지시장역 옆길을 통해 시장 안으로 들어갔다.

커다란 트럭과 트레일러, 운반용 터렛*이 맹렬히 오가는 공간을 통과하자 시장 내 음식점과 소매점이 줄지어 선 대형 식당가

---

* 좁은 곳을 지나다니며 물건을 나르는 데 쓰이는 소형 운송수단.

가 보이기 시작한다. 비릿한 생선냄새가 떠다닌다. 불쾌한 악취 같은 건 전혀 없지만 상당히 강렬한 냄새였다.

'동남아시아 시장들과 비슷한 냄새가 난다. 청결도가 세계 상위 수준이라는 도쿄도 시장의 공기는 별로 다르지 않구나.'

시각은 오전 8시를 향하고 있었다. 이미 몇 군데 가게에는 긴 줄이 생겼다. 대부분이 외국인 관광객인 듯했다. 동양인과 서양인이 거의 비슷한 비율로 섞여 있다.

상당히 어수선하지만 자세히 보면 길게 줄을 선 가게와 그렇지 않은 가게로 나뉜다. 아무래도 TV나 가이드북, 트립어드바이저 등에 소개된 곳만 붐비는 것 같다. 반대로 줄이 없는 곳은 안쪽에도 거의 손님이 없다.

'그렇게 차이가 있을까? 어디든 다 맛있어 보이는데. 초밥도 니기리즈시*는 또 몰라도 지라시즈시**라면 별 차이가 없을 듯한데. 심지어 해산물덮밥은 고명을 밥 위에 올리기만 하는 건데…… 생선회의 차이인 걸까.'

히다가 알려준 초밥집은 아쉽게도 휴일이었다. 쇼코는 그렇게까지 생선을 먹고 싶은 기분이 아니었기에 닭고기 요릿집으로

---

* 한입 크기로 모양을 잡은 밥 위에 생선을 얹은 일반적인 초밥.

** 생선, 달걀, 채소 등의 고명을 얹어 덮밥처럼 먹는 초밥.

들어갔다. 그곳에는 남자 한 명이 줄 서 있는 게 다라서 쇼코는 거의 기다리지 않고 안내를 받았다.

오야코동*과 미즈타키 정식, 그리고 미즈타키 국물을 사용한 '미즈타키 소바'라는 면 요리가 주요 메뉴였다.

'오야코동에 카레를 얹은 오야코동 카레, 끌리네. 그래도 지금은 국물을 먹고 싶어. 아무래도 히다 선생님이 추천한 미즈타키 소바가 좋겠다.'

"미즈타키 소바, 토핑 전부 들어간 거랑 맥주 주세요."

주문을 받으러 온 젊은 남자 직원에게 메뉴를 말한다.

"죄송합니다. 오늘 맛달걀이 안 들어와서요. 달걀이 없어도 괜찮으신가요?"

"아, 괜찮아요……"

"그럼, 고기 추가 소바로 하겠습니다."

조금 아쉽지만 어쩔 수 없다.

직접 떠와야 하는 레몬이 들어간 물을 마시면서 기다린다. 맥주가 먼저 나왔다. 일본산 병맥주다. 요즘 병맥주를 자주 마신다. 잔에 따라서 쭉 들이켰다.

'아, 퇴근하고 마시는 맥주는 역시 각별하단 말이야.'

---

* 닭고기달걀덮밥.

한여름 더위가 수그러들었다고 해도 오전 8시를 넘으니 온도와 습도가 급격히 올랐다. 쇼코는 가방에서 손수건을 꺼내 목과 얼굴을 닦았다.

한번 더 맥주를 잔에 따르고, 이번에는 천천히 음미한다.

"히다 선생님과는 데뷔 시절부터 함께했습니다."

며칠 전, 마나부가 다시 전화해 그렇게 설명했다.

"젊을 때 상을 받았는데 좀처럼 책이 안 팔렸어요. 그래서 그후에 책을 낼 수 없게 되어 이런저런 아르바이트를 하면서 글을 쓰고 또 썼지만 역시나 팔리지 않아, 마지막에는 소설 집필을 포기하고 취직하셨대요. 그런데 일하면서 문고판용으로 쓴 『인정 많은 술집, 도쿠리야』가 드디어 대박이 나서…… 최근 몇 년간 마침내 안정적으로 집필활동을 할 수 있게 되었는데 얼마 안 가 쓰러지신 거예요. 이제 시작이라고 할 만한 시기예요. 본인도 원통할 것 같아요. 선술집 이야기가 드라마화됐을 무렵에 쓰키지에 집을 샀고, 암인 걸 알고는 쓰키지에 있는 대학병원으로 들어갔으니…… 이 동네를 진심으로 사랑하시는 거예요."

그리고 그 동네, 쓰키지 시장이 없어질 때쯤 그녀도 사라진다.

"요즘은 맛있는 걸 먹으면 항상 선생님이 생각나요. 이건 선생님께 알려드려야지, 이 맛을 어떻게 설명하면 좋을까, 표현하면 좋을까…… 그런 생각을 하다보면 음식을 먹으면서도 눈물이 나요. 이제야 알았어요. 선생님은 줄곧 그 생각만 하며 살아오셨다는 걸. 이 맛을 어떻게 전달하면 좋을까 하는 생각으로 음식을 드셨겠다는 걸요."

마나부는 울고 있었다.

"오래 기다리셨습니다."

멍하니 생각에 빠져 있던 쇼코 옆으로 미즈타키 소바가 삐죽 들어왔다.

하얗고 걸쭉한 닭고기 국물에 중간 굵기 면. 위에는 닭고기 차슈 세 장. 두 장은 갈색 껍질이 제대로 붙은 것, 한 장은 흰색, 그리고 잘게 찢은 흰 닭고기가 올려져 있다. 그리고 파가 두 종류인데, 대파의 파란 부분을 잘게 썬 것이 중앙에 있고 그 주위로 흰 부분을 두껍게 썰어 살짝 익힌 것이 흩뿌려져 있다. 훌륭한 닭고기 열전이다.

제일 먼저 국물을 숟가락으로 떠서 후루룩 마셨다.

맛있다.

쇼코는 이따금 닭꼬치집에서 나오는 닭고기 국물을 꼬치 이상으로 좋아하곤 했는데, 이건 더 진하게 우린 국물을 그릇 가득히 찰랑찰랑하게 담은 것이다. 보통은 소바용 간장 용기에 담겨 앙

증맞게 나올 법한 것을 거리낌 없이 마실 수 있으니 얼마나 감사한가.

닭고기 국물은 깊고 진하지만 과하지 않았다. 보통 라멘집에서도 진한 닭고기 백탕 국물을 홍보하는데, 포타주처럼 진해서 젓가락이 꽂힐 정도라는 우스갯소리가 나올 만큼 농도가 진하다는 걸 포인트로 내세우는 곳이 있다. 물론 그것도 그것대로 맛있다. 하지만 여기 것은 맛있는 국물 자체를 아주 살짝 진하게 만든 느낌. 남김없이 마실 수 있을 국물이다. 뭐, 쇼코 자신은 닭고기 백탕 라멘의 국물도 다 비우지만.

그래도 이건 훨씬 자양강장용 국물이다.

'선생님. 맛있어요. 소바로 하길 진짜 잘했네요!'

물론 맥주도 마신다. 묵직했던 입안이 개운하게 씻긴다.

'그리고 차슈. 차슈를 곁들여 술 마시는 걸 잊지 말아야지.'

껍질이 붙은 갈색 차슈는 달고 짭조름한 맛. 하지만 너무 달지도 진하지도 않아서 좋다. 국물에도 어울린다. 부드러우면서도 씹는 식감이 딱 좋다.

'이 달콤 짭조름한 맛은 집에서 따라 해보고 싶은 맛이네. 보통은 간장, 맛술, 설탕을 1:1:1 정도의 비율로 섞지만 이건 설탕이 조금 덜 들어갔겠지. 대체 얼마큼일까.'

이것 또한 맥주를 불러서 꿀꺽꿀꺽 마시게 된다.

잘게 찢은 흰 닭고기는 소금으로 간했다. 면과 함께 후루룩 먹기에 아주 좋다.

그리고 특별히 기록할 만한 것은 파였다. 잘게 썰린 대파의 파란 부분이 국물에 악센트를 주고, 아주 살짝 익힌 흰 부분은 떼구루루 떠서 존재감을 주장한다.

'이 대파가 좋은 포인트네. 단맛이 감돌지만 흐물흐물할 정도로 익히진 않았어. 아, 이 집의 미즈타키 정식도 다음에 꼭 먹어보고 싶다.'

쇼코는 살짝 고개를 빼고는 가게 안을 둘러보았다. 미즈타키 정식을 먹는 사람이 한 사람 건너 옆에 있다. 무의식중에 물끄러미 쳐다보게 된다.

밥공기 옆에 큼직한 사발이 있고 그 안에 미즈타키로 추정되는 것이 들어 있다. 양배추 같은 채소가 표면을 덮고 있다.

'저거, 다음에 오면 꼭 먹어야겠다. 아니, 다음에는 오야코동도 좋겠는데…… 오야코동 카레를 먹을까.'

그런 고민을 하는 사이에 면을 다 먹고 맥주를 비웠다.

숟가락으로 떠서 국물을 마신다. 국물이 그릇 바닥에서 겨우 몇 센티미터 안 남을 때쯤 일어나려고 했다. 그러나 곧 도로 앉아서 남김없이 마셔버렸다.

'자꾸만 먹고 싶네, 이 국물.'

쇼코는 배가 빵빵해져 가게를 나왔다.

어슬렁어슬렁 상점들을 둘러본다. 건어물 파는 가게도 있고, 젓가락과 그릇, 특산품을 파는 곳도 있다.

'태국이나 베트남의 시장과 비슷하구나.'

끝에 가까워질수록 찻집 같은 가게들이 눈에 띄기 시작했다.

'커피 한잔 마시고 갈까.'

하지만 입구에 간판이 나와 있지 않은 곳도 있고, 카운터석만 있는 가게에 단골손님처럼 보이는 노년층이나 단체 관광객들이 눈에 띄어 들어가기가 쉽지 않다.

상점가가 중간에 끊기는 지점에서야 드디어 제일 바깥쪽 자리가 비어 있는 가게를 발견해 주뼛주뼛 들어갔다.

"저기…… 여기 앉아도 될까요?"

작은 목소리로 살며시 묻는다.

그러자 옆에 앉아 있던 단골손님으로 보이는 두 노인이 "그럼요! 앉으세요!" 하고 큰 소리로 대답했다. 분명 이른 아침부터 목소리를 높여 일하고 온 것일 테다.

'괜찮으려나? 가게 사람은 아닌 듯한데.'

쇼코는 불안했지만, 에라 모르겠다 하고 높은 카운터석 의자에 엉덩이를 걸쳤다.

벽에 메뉴가 붙어 있었다.

가게 한가운데 자리는 해외에서 온 관광객들이 차지하고 있었다. 복장으로 보아 중국이나 대만에서 온 사람들 같았다.

　그 손님들에게 메뉴판을 건네는 주인장 노인에게 쇼코도 말을 걸었다.

"여기요."

"잠시만 기다려요."

　아직 바쁜 건가? 말 걸면 안 되는 거였나. 가슴이 두근거렸다.

"지금 바빠서 그래요. 저 사람은 바쁘면 신경질을 낸다니까."

　단골 노인 중 한 사람이 분위기를 전환하듯 웃었다. 어쩔 수 없다는 표정으로 주인장도 어색한 웃음을 짓고 있다.

"아, 죄송합니다."

　주인장이 쇼코에게 영어와 일본어로 된 메뉴를 가지고 왔다.

"괜찮아, 이 사람 일본인이니까."

　두 노인이 제각기 말한다. 도쿄 한복판에서 자신이 일본인임을 증명받으리라고는 생각도 못했다.

　커피, 아이스커피, 오렌지주스, 우유 등 전형적인 찻집 메뉴가 나열된 가운데 문득 하나가 눈길을 끌었다.

"……저, 밀크셰이크 주세요."

　아이스커피라도 마실까 하고 들어갔지만, 반가운 그 이름을 발견하고는 무심코 주문하고 말았다.

"미안한데, 시간이 좀 걸려요."

"괜찮습니다."

단골 두 사람이 사이에 끼워줬기 때문인지 자신도 갑자기 이 가게의 오랜 손님이 된 듯한 기분이 들었다.

"두 달도 안 남았네."

기다리는 동안 두 단골이 하는 얘기를 별생각 없이 들었다. 도요스로 이전하는 얘기임을 금방 알아챘다.

"도요스 시장은 끝에서 끝까지 4, 5킬로미터래. 터렛을 완충하지 않으면 중간에 멈추겠어."

"하하하, 그렇네."

"이거 큰일이야."

바쁘게 서서 일하던 주인장이 쇼코의 밀크셰이크를 만들기 시작했다. 심플한 유리잔 바닥에 달걀 노른자를 하나 떨어뜨리고 설탕과 우유 조금, 바닐라에센스를 몇 방울 첨가해 초소형 블렌더로 섞는다. 우유를 더 붓고 얼음을 띄웠다.

심플한 과정이었다. 어릴 적 할머니가 만들어주던 것처럼.

'다음에 아카리에게 만들어줄까.'

"오래 기다리셨습니다."

"감사합니다."

은은하게 단 밀크셰이크 맛이 오랜만이었다. 너무 달지 않은 맛이라 더욱 반갑다.

"교진*에 있던 무라타는 은퇴했대."

"무라타는 야구를 너무 좋아해, 그래서 은퇴하는 거야."

노인들은 야구 화제로 한껏 흥이 올랐다.

뭐지? 순간 묘한 기분이 들었다.

'에어포켓에 들어와버린 것 같다. 부지 이전을 코앞에 두고 쓰
키지에서 이렇게 편안한 장소를 만나다니.'

"아가씨는 어디서 왔어?"

야구 얘기도 질렸는지 노인 한 사람이 쇼코에게 말을 걸었다.

"도쿄 도내예요."

"도쿄구나…… 그럼 여기 말고도 훨씬 좋은 찻집이 많잖아."

주인장이 또 쓴웃음을 짓고 있다.

"다들 도요스로 이전하세요?"

"응."

어쩔 수 없다는 듯, 그러면서도 어딘가 달관한 듯 노인들이 고
개를 주억거렸다.

운명을 받아들이고 있다…… 선생님과 쓰키지 시장과 마찬가
지로.

---

* 일본 프로야구팀 요미우리 자이언츠의 별칭.

"이 가게도요?"

"그럼. 사실 이런 고약한 사람은 옮겨가면 안 되지만 말이야."

노인 중 한 사람이 주인장을 가리켰다.

"정말이야. 이렇게 고약한 사람도 또 없다니까."

가게에 있던 단골손님들이 일제히 웃었다.

쇼코는 불현듯 눈물이 맺힐 것 같았다.

'선생님.'

지금쯤 병상의 소설가는 잠들어 있을까. 아니면 식욕이 없다고 말하면서 병원식을 먹고 있을까.

그녀는 얼마나 이곳에 있고 싶었을까. 얼마나 이곳에 다시 한 번 오고 싶었을까.

"도요스로 옮기시면 또 올게요."

눈물이 보이지 않도록 시선을 아래로 향하고, 쇼코는 테이블 위에 음료값을 두었다.

여섯번째 술

샌드위치
진보초

오사나이 마나부가 할 얘기가 있다면서 연락한 건 10월 말이었다.

결국 올 것이 왔구나 싶었다.

히다 선생을 만난 날, 그녀에게 남은 시간이 앞으로 한 달 정도라고 들었다.

"쓰키지가 끝나면 나도 끝나." 이런 말도.

쓰키지 시장은 10월 초부터 이전을 시작했고, 중순에는 도요스에서 영업을 개시한 가게의 소식이 차례차례 전해졌다.

뉴스에서는 거의 매일같이 그 내용을 상세하게 전했다. 쓰키지에서 도요스로 대이동하는 터렛의 영상처럼 재미있는 뉴스도 있었지만, 그런 걸 볼 때마다 히다의 생명이 깎여가는 듯한 기분도 들었다.

게다가 마나부의 어머니, 모토코 씨 일도 있다. 어느 쪽이든 힘겨운 얘기일 것은 뻔했다.

요즘 제가 정신이 없어서요, 죄송하지만 진보초 부근으로 와주실 수 있을까요? 독일 맥주와 요리를 먹을 수 있는 가게가 있으니 일이 끝나신 뒤에 점심식사를 같이 해도 됩니다.

그런 메시지에 "히다 선생님과 모토코 씨 상태는 어떤가요?"라고는 겁이 나서 물을 수 없는 쇼코였다.

그날 아침까지 지킴이를 했던 대상은 대학교 3학년인 고마쓰 미사키였다.

방범이 철저한 세타가야구의 여대생 전용 원룸 아파트로 갔다. 현관 앞에서 은은하게 좋은 향기가 났고, 그것만으로도 그녀가 유복하고 풍족한 가정과 환경에서 나고 자랐음이 느껴졌다.

게다가 미사키가 다니는 대학은 명문이라, 두뇌도 축복을 받은 듯했다.

"안녕하세요. 지킴이 이누모리 쇼코입니다."

쇼코를 맞이하러 나온 미사키는 무표정한 얼굴로 스마트폰을 뚫어지게 쳐다보면서 슬리퍼를 내주었다.

"엄마한테 들었어요."

작은 목소리로 그녀가 대답했다. 쇼코는 약간 아래로 숙인 그 작은 얼굴 안에 또렷한 이목구비가 반듯하게 자리잡은 것을 알아볼 수 있었다. 다시 말해, 외모도 축복받은 것이다.

쇼코가 들어가자 미사키는 획 발길을 돌려 복도를 지나 다이닝인 듯한 곳으로 들어갔다. 쇼코도 뒤따른다. 그사이에도 그녀는 줄곧 스마트폰에서 눈을 떼지 않는다.

다이닝 키친에는 소파와 낮은 테이블이 있고, 옷과 음식 포장지 등이 어질러져 있었다. 쓰레기 집이라고 할 정도는 아니지만 한동안 청소를 안 한 광경이었다. 그러나 딸을 걱정해 도쿄에 왔던 엄마가 본가로 돌아간 것이 그제인 모양이니, 아마 그때까지는 엄마가 청소를 해줬을 테다.

"앉아도 될까요?"

미사키가 아무 대꾸도 하지 않아 쇼코는 등받이에 걸려 있던 옷을 치우고 소파에 앉았다.

"저기."

"네."

간접조명이라 약간 어두운 실내에서 미사키의 하얀 얼굴이 스마트폰의 빛에 두드러졌다.

"어머님께서 저한테 그 스마트폰을 맡아두고 조금이라도 좋으니 미사키 씨를 침실에서 자게 해달라고 부탁하셨거든요."

미사키는 아무 대답도 하지 않았다. 그저 가느다란 손가락만 화면을 격렬하게 오가고 있었다.

고마쓰 미사키가 재학중인 대학교에서 미스 캠퍼스 최종후보에 뽑힌 건 사 개월쯤 전의 일이다.

그녀는 미야기현에서 주조회사를 경영하는 집안의 외동딸로, 쇼코가 느꼈듯 모든 것에 '축복받은' 환경에서도 결코 응석받이로 크지 않고 잘 성장한 것 같았다.

"최종후보에 뽑힌 건 기뻤죠. 뭐, 제 눈에는 평범한 딸이지만, 남들에게 인정받을 만한 미인으로 자라준 건 뿌듯한 일이었어요."

볼일이 생겨 미야기로 돌아가기 전 나카노 심부름센터 사무실을 찾아온 미사키의 엄마는 명품 가방을 무릎 위에 올리고 그 위에 곱게 손질된 손을 얹으며 말했다. 그런 동작이 전혀 어색하지 않고 화사하고 우아한 분위기가 감돌았다.

"딸은 기뻐하면서도 '앞으로 이력에 도움이 되면 좋겠다'고 하는 정도였지 그리 들뜨지도 않았어요. 그것 또한 저희에게는 기쁜 일이었죠."

"기특한 따님이네요."

다이치가 솔직하게 칭찬했다.

"감사합니다. 하지만 그후 저희는 불행의 나락으로 떨어졌어요."

한숨을 내쉬며 그녀가 어깨를 축 늘어뜨렸다.

불행의 나락…… 너무 과장된 표현이라고 쇼코는 생각했지만 웃을 수는 없다.

미사키의 엄마는 한동안 말을 멈췄다. 사무실 창문으로 밖을 보고 있다. 흐린 하늘의 전선 위에 내려앉은 작은 새가 몇 마리 보였다. 가까이 붙어 있던 새들 두 마리가 먼저 날아가고 그 뒤를 쫓듯 한 마리가 날아갔다. 그래도 그녀는 밖을 보고 있었다.

"미스 캠퍼스로 뽑히지 못했나요?"

어떻게 말해야 할지 망설이는 듯한 그녀의 모습에 쇼코가 저도 모르게 말을 걸었다. 다이치가 이쪽을 힐끗 노려보았지만, 오히려 이런 때는 분명히 물어보는 게 좋다고 쇼코는 생각했다.

"아뇨…… 그보다 훨씬 나쁜 일이에요."

"대회에서 탈락하는 것보다 더 나쁜 일요?"

"네. 이렇게 끝날 수도 있구나, 싶었어요. 최종 단계에 남았을 때는 떨어지는 게 제일 안 좋은 일이니까, 그렇게 되면 딸을 어떻게 위로해야 할지만 생각했어요. 그런데 지금은 그랬던 제가 그리워요."

미사키의 엄마는 살짝 웃었다.

"제가 걱정했더니 남편이 웃으며 '떨어져봐야 원래로 돌아가는 것뿐이잖아. 미스 캠퍼스도 뭣도 아닌 원래의 미사키로. 미스 캠퍼스가 되면 횡재고, 그뿐인 거야'라더군요. 호쾌하다고 할지 거침없다고 할지, 무신경한 면이 있는 사람이에요."

"그런 분이니 회사를 이렇게까지 키워내신 거겠죠."

미사키의 아버지는 원래 시골의 작은 양조장이었던 본가를 한 세대만에 일본에서 열 손가락 안에 드는 주조회사로 키워낸, 업계에서는 유명한 인물인 모양이었다.

"네, 그렇겠죠."

어딘가 쌀쌀맞은 말투에 쇼코는 딸 일로 고마쓰 집안에 불협화음이 생겼다는 걸 감지했다.

"남편은 아무것도 아닌 일이라고 생각하고 있거든요. 청년기에 한두 가지쯤 고민이 있는 건 당연하다고, 제가 도쿄에 오는 것도 마뜩잖아해요. '나도 젊을 때는 이런저런 고민이 많았어' '동일본대지진을 겪어낸 아이야, 나나 당신이 생각하는 것보다 강해' 하면서. 하지만 그렇지 않아요. 남편이 보낸 시대나 대지진 때와는 다르잖아요, 그때의 고민과는…… 저는 그걸 알거든요."

하긴 사람마다 고민은 제각각이니 어느 쪽이 강한지 약한지, 혹은 큰지 작은지 잴 수 없다고 쇼코는 생각했다. 고민의 종류가 서로 완전히 다르다.

"동일본대지진 때는 공장이 망하기도 하고 피난소에 가기도 하고, 진짜 힘들었죠. 그래도 우리 가족은 하나이고 같은 방향을 바라보고 있다는 실감이 있었어요. 그런데 지금은…… 우리는 진심으로 다가가고 싶은데, 딸아이가 마음을 굳게 닫아버렸어요."

"그런 상태가 된 건 언제부터인가요?"

다이치가 물었다.

"대학교 미스 캠퍼스라는 게 예전과 달라서 요즘은 외부에도 공개되더라고요. 대학의 틀을 넘은 사업이라 할지 이벤트라 할지…… 인터넷에 후보자 일곱 명의 정보와 사진을 올려 외부자들도 투표하는 거예요. 각 후보자는 트위터나 인스타그램 같은 SNS랑 팔로워 수도 심사 대상이 돼요."

"힘들겠네요."

"네, 그 무렵부터예요. 딸이 우리를 만나도 줄곧 스마트폰만 쳐다보게 된 것이. 필사적으로 댓글을 쓰거나 사진을 업로드하는 것 같았어요. 그때까지만 해도 괜찮았죠."

"괜찮았다고요?"

"그러던 중, 미사키가 고등학교 시절 남자친구랑 찍었던 사진이 어딘가에서 유출됐어요."

"누가 그랬나요?"

"모르겠어요. 그애는 중학교 동창생이고 고등학교 때는 야구부에 있었는데, 아쉽게도 고시엔 출전은 못했지만 지역 대회의 결승전까지는 갔던 학교의 선수예요. 참하고 착한 아이였죠. 미사키는 인문계, 그애는 상업계 고등학교에 다녔어요. 그애는 졸업 후에 고향에서 취직했고요. 대학 진학 무렵에는 헤어졌던 것 같아요."

"그애가 유출한 걸까요?"

환경이 바뀌면서 마음이 변한 여자친구가 헤어지자고 하자 앙심을 품고 그런 짓을 했을 수도 있다고 쇼코는 생각했다.

"아뇨, 그애는 부정하고 있어요. 그런데 그애도 미사키도 친구들한테 그 사진을 보여준 적은 있다고 하니, 대체 어떤 경위인지를 알 수 없어요."

이런 상황에서도 그를 비난하지 않을 만큼 침착한 사람이구나. 쇼코는 감탄했다. 아닌 게 아니라 사정이 그렇다면 매우 여러 가지 가능성이 생긴다.

다이치가 에헴, 하고 작게 헛기침을 했다.

"그 사진이라는 게 대강 어떤 건가요?"

"……뽀뽀하는 사진이었어요. 부모로서는 사진의 수위가 어느 정도든 괴로운 법이지만, 딸의 방에서 둘이 입을 맞추고 있었을 뿐이에요. 그렇게 심한 것도 아니에요. 다만 유출됐을 때 '더 심한 사진도 있다'는 식의 코멘트가 적혀 있었어요. 실제로 그런 사진은 없다고 딸은 말했지만요."

"그렇군요."

"사진은 순식간에 퍼졌어요. 처음에는 딸도 일주일만 지나면 잊힐 거라고 의연하게 넘기려 했는데, 소동이 점점 커지기만 할 뿐 사그라들 기미가 안 보였어요. 딸의 SNS에도 온갖 욕설이 달리고 그중에는 개인정보 폭로도 있었던 모양이에요. 몇 주 사이 딸은 지쳐버렸고, 결국 미스 캠퍼스 후보를 사퇴했습니다."

"그게 현명한 일이었을지도요."

"그럼에도 악성 댓글은 그치지 않았어요. 한 달쯤 지나서였을 까요. 그 소동을 우연히 알게 된 어느 인터넷 뉴스 사이트에서 마치 큰 뉴스라도 되는 양 부풀려서는."

미사키의 엄마는 자신의 스마트폰에 그 기사를 띄워 쇼코와 다이치에게 보여줬다.

미스 캠퍼스 후보자의 의혹! 낯부끄러운 사진 유출

낯부끄럽다니…… 대체 어떤 아저씨가 쓴 기사일까, 쇼코는 한숨이 나왔다.

"이렇게 세상에 알려지게 됐어요. 딸은 우리랑 상의한 끝에 개인 SNS 계정을 삭제했죠. 그런데도 공격은 그치지 않았어요. 이번에는 남편 회사의 홈페이지에 막무가내식 댓글들이 달렸죠. 그래서 고향 사람들에게도 알려지고."

미사키의 엄마는 또 한동안 침묵했다. 이번에는 쇼코와 다이치도 중간에 끼어들거나 얘기를 재촉할 기분이 아니라 가만히 다음 말을 기다렸다.

"하지만 회사나 고향에서의 평판에 문제가 생겨도 저희는 상관없습니다. 딸만 건강하게 지내준다면요…… 그런데 사태가 점점 더 악화됐어요."

미사키의 엄마가 힘들게 쥐어짜내듯 말했다.

"그래도 SNS 계정을 닫았잖아요. 시간이 조금 지나면 수그러들었을 텐데요."

"아뇨. 그때부터가 또 지옥이었습니다. 아이가 여름방학 동안 본가에 돌아와 있었는데, 방에 틀어박혀 줄곧 인터넷만 보는 거예요. 어딘가에 자기 얘기가 쓰여 있지 않을까 강박적으로 인터넷을 샅샅이 뒤지더군요. 종일 스마트폰에만 매달려서, 저기, 뭐라더라? 에고서치라 하나요, 그걸 계속하는 거예요. 사진이 막 유출됐을 무렵, 딸이 무심코 반박하는 글을 썼었는데 그게 또 불난 데 기름 붓는 격이 되어 도무지 사그라들 기미가 없었어요. 새 학기가 시작되고 딸은 도쿄로 돌아갔지만 도저히 학교를 다닐 수 없는 상황이었죠. 딸이 강하게 반박하는 모습을 보고 친구들도 무서워하며 피했던 모양이에요. 우리가 도쿄에 가서 스마트폰을 빼앗았더니 아이는 소리를 지르고, 남편과는 매일같이 큰 소리를 내면서 싸웠어요."

"정말 힘드셨겠네요."

그녀가 가방에서 손수건을 꺼내 눈가를 닦았다. 이제야 울 수 있다, 싶은 눈물이었다.

"그랬는데 이달부터 드디어 학교에 가게 됐어요."

"잘된 거 아닌가요?"

"네."

그녀는 또 눈물을 닦았다.

"저희도 기뻐했어요. 남편도 '그냥 평범하게 지내면 돼. 네가 잘못한 건 없으니까'라고 말했고요."

"그렇죠."

"그런데 에고서치가 더 심각해졌어요. 미사키가 학교에 가면서부터는 저도 가끔 와서 이것저것 챙겨주고 있는데, 수업만 듣고 곧장 집으로 오더라고요. 전에는 적당히 좀 하라고 잔소리할 정도로 늦게까지 놀러 다녔는데. 그후에는 줄곧 인터넷만 보고 있어요. 학교에 가면 또 이런저런 말을 듣는지."

"그렇군요."

"아주 조금, 아주 잠깐이라도 좋아요. 아이가 스마트폰을 내려놓고 침대에서 푹 잘 수 있다면. 하룻밤만이라도요."

얘기만 들어도 쇼코는 도저히 그런 상황에서 지킴이를 할 순 없을 것 같았다.

"저는 자신 없습니다. 부모님도 설득 못했는데 남인 제가 어떻게."

그녀가 눈가에서 손수건을 뗐다.

"죄송해요. 하룻밤을 재운다는 건 물론 무리겠죠. 그래도 그저 같이 있어주면 좋겠어요. 그애가 방에 홀로 앉아 스마트폰만 쳐다보고 있다고 생각하면 가슴이 아파서."

"본가로 데려갈 생각은 안 해보셨나요?"

"네. 물론 그 얘기도 하고 있어요. 다만 아직은 학교 다니는 중이고, 당분간은 도쿄에 있고 싶다고 해서요."

그러는 사이 사태가 호전되기를 부모도 바라는 것이리라.

"도저히 빠질 수 없는 일이 있어 제가 잠시 집에 가야 하니까, 부디 그동안만 같이 있어주시면 안 될까요?"

쇼코와 다이치는 눈을 마주쳤다. 쇼코가 가볍게 고개를 끄덕였다.

"알겠습니다. 이누모리 쇼코 씨를 보낼게요."

"감사합니다."

미사키의 엄마가 고개를 숙였다.

"제가 뭘 할 수 있을지는 모르겠지만요."

"아니에요, 그래도 괜찮습니다."

미사키의 엄마가 사무실을 나간 뒤 쇼코도 가방을 들고 일어섰다. "그럼 나는 갈게. 미사키네 집에 가기 전에 한숨 자고 싶어서."

"잠깐만."

예상했던 대로 다이치가 쇼코를 불러 세웠다.

고텐바에 다녀오고 가도야가 체포된 후, 쇼코와 다이치는 아직 제대로 된 대화를 하지 않았다.

"지난번 전화로 말했던…… 가도야라는 사람이, 오사카 사무실의 비서를 말하는 거지? 이번에 체포된."

쇼코는 뒤를 돌아보지 않았다.

"그런 사람을 가까이하게 해서 미안해. 하지만 할아버지 사무실에서 이번 일은 우연이고, 쇼코에게 수사가 미칠 일은 없을 거라고 했어."

가도야와의 일을 어디서부터 어떻게 설명하면 좋을지 알 수 없었다.

다이치와는 무엇이든 얘기할 수 있는 사이였다. 그런데 그가 무엇을 알고 있는지 모르는 상태에서 안이하게 굴 순 없다.

"그래."

아마 도련님인 다이치는 정말 그것밖에 모르는 거겠지.

"아는 사람이 체포되니까 그만 너무 놀라서."

"그뿐이야? 정말 미안해. 무서웠겠다."

"그럼 갈게."

쇼코는 끝까지 뒤돌아보지 않고 나카노 심부름센터를 나왔다.

미사키를 어떻게 대해야겠다는 대책도 없이 방문한 쇼코는 멍하니 그녀의 옆모습만 보고 있었다.

"……지킴이 일을 하신다고요?"

맹렬히 손가락을 움직이면서 미사키가 물었다. 그래도 일단 쇼코에게 말을 걸려는 배려에 그녀가 가정교육을 잘 받았음을 또 한번 느꼈다.

"네."

"제 스마트폰 중독을 막아달라는 부탁을 받으셨나요?"

"뭐, 그렇죠."

미사키가 희미하게 웃었다.

"부모님은 제가 이상해졌다고 생각해요."

뭐라고 대꾸해야 좋을지 몰라 쇼코는 잠자코 있었다.

"집에 가셔도 돼요."

"네?"

"집에 가시더라도 당신이 제시간에 와서 아침까지 있어줬다고 말할게요."

"그럴 순 없죠."

"저는 그 편이 더 좋은데요."

"제가 있는 게 성가신가요?"

"뭐 좀."

그러는 동안 한번도 눈을 마주치지 않는다.

"저기."

"왜요?"

"보여줄 수 있나요? 그거."

"뭘요?"

"스마트폰요. 어떤 글이 쓰여 있나 싶어서."

마침내 미사키가 고개를 들었다. 긴 머리칼, 아마 자라는 대로 내버려둔 듯한 앞머리 틈으로 눈이 반짝 보였다.

"안 보는 편이 나아요."

"어째서요?"

"심하니까."

"뭐가 심한데요?"

"그만하시죠?"

"그만요?"

"이런 식으로 참견하려는 거요."

"미안해요. 그런데 단순히 의문이 들어서요. 미사키 양처럼 예쁘고 머리도 좋고 가정환경도 유복한 사람이 그토록 남의 말에 신경쓰는 게, 대체 어떤 말을 들어선지."

"그러니까, 심한 말이라고요."

"계속되고 있는 거예요?"

"네, 뭐."

"그 소동, 이라고 해도 되려나, 그 일이 일어난 지 두 달 넘게 지났잖아요. 그때부터 쭉?"

"네."

"꽤 오래됐는데. 그렇게 길게 이어지나요? 다들 한가한 사람들이네요."

"그런 말을 해봐야 소용없어요, 실제로 계속되고 있고."

"대체 인터넷 어디서요?"

"일단 예전부터 있었던, 그런 소문을 주로 올리는 게시판이죠. 제 이름이나 '미스 캠퍼스 스캔들' 같은 제목이 많아요. 독신 남성이 주로 글을 올리는 게시판도 있고, 주부들이 주 사용자인 게시판도 있어요. 그걸 전부 둘러봐야 해요. 내 개인정보나 중고등학생 때의 사진 같은 게 올라온 적도 있으니까."

"요즘에는 못 들었는데, 그런 게 아직 있군요. 하지만 그걸 찾아서 어떻게 하겠다는 거죠?"

미사키는 다시 스마트폰으로 주의를 돌려버렸다. 쇼코의 질문이 들렸을 텐데도 대꾸하지 않았다.

"그리고 당연히 트위터나 인스타그램 같은 것도 봐야죠. 그런데는 아무래도 내 본명이나 별명 같은 걸 쓸 수 없으니 암호라고하나? 이상한 이름을 붙여서 불러요. 처음에는 AV였어요. AV, 오늘 학교 옴, 뻔뻔하네. 이런 식으로."

"그런데 미사키 씨가 AV에 나온 게 아니잖아요?"

"아니지만, 한 뉴스 사이트에서 'AV에 출연했던 미스 캠퍼스 후보자도 있다'라는 기사를 냈으니 그거랑 혼동한 게 아닐까요? 일부러 그런 건지도 모르고."

"세상에."

"뭐, 어느 쪽이든 상관없어요. 그후부터는 '뻔녀'라고 불리게 됐어요. 그런 일이 있었는데도 뻔뻔하게 학교에 나온다고."

미사키가 조금이나마 내용을 설명해줬다.

"게다가 인터넷 뉴스에 댓글창이 있으니 그런 데도 봐야 해요. 개인 블로그 같은 곳도 있고."

"하긴 그만큼 다양하니 다 둘러보려면 시간이 부족하겠네요."

"그죠?"

아주 약간, 정말 얼마 안 되지만, 쇼코는 그녀의 목소리에 자신의 심경을 알아줘서 기쁘다는 뉘앙스가 섞여 있는 듯한 기분이 들었다.

하지만 그 이상 무슨 말을 해야 좋을지 몰라 입을 다물었다.

"학교로 돌아가지 않는 편이 나았을까요?"

쇼코는 대답할 수 없었다.

"학교에 갔더니 '여전히 촌스러운 가방을 들고 다니네'라는 글이 올라왔어요. 그뒤로 '촌가방'이라고 불렸죠. 대학교 입학식 때 아빠가 사주신 거예요. 그게 삼 년 전이니 낡긴 했지만. 그래서 부모님한테 말해 최신 명품 가방을 샀더니, 이번에는 '불륜남이 사준 거 아냐?'라는 글이 올라왔고, 그뒤로는 '불륜녀'."

"끝도 없네요."

"그렇다니까요."

"어딘가에 도움을 청하는 건 어때요?"

"네?"

쇼코와 다이치, 미사키 엄마와의 대화에서도 나온 제안이었다.

"학교나 경찰에요. 정식으로 변호사를 대동해 고소하면요?"

인터넷 상에서 악성 댓글을 작성한 자는 처벌 대상이 된다고 다이치가 말했었다.

물론 미사키의 부모도 그 방법을 생각하지 않은 건 아니었다.

"싫어요, 절대 안 돼요."

"왜요?"

"친구를 고소한다면 이제 정말 친구가 아니게 되잖아요. 게다가 어쩌면 그애들이 아닐지도 모르고."

언젠가는 원래로 돌아갈 수 있다고, 미사키는 아직 그렇게 생각하는 것이다.

"누군지 알고 있어요?"

그녀는 다시 침묵해버렸다.

이 또한 그녀의 엄마가 말했던 것이다. 아무래도 자신을 주도적으로 비방하는 아이를 미사키가 알고 있는 것 같다고. 그런데 무슨 수를 써도 그 이름만은 말하지 않는다고.

"저기, 그래도 요즘은 조금 줄었어요."

"정말로요?"

"네. 시간이 지나기도 했고. 슬슬 취업 준비 할 시기고요."

"다행이네요."

"언젠가는 끝날지도 모르죠. 조만간."

그치지 않는 비는 없다.

이 말이 목구멍까지 나왔지만 그저 일시적인 위안에 지나지 않는다고 생각하니 입 밖으로 꺼낼 수 없었다.

"항상 믿었던 사람을 더는 믿을 수 없게 된 일, 있어요?"

미사키가 다시 스마트폰을 보며 말했다.

"아마 있을걸요."

쇼코는 전남편을 떠올리며 대답했다.

"그때 어떻게 했어요?"

"……그냥 바라봤어요. 그 상황을 그저 보고 있었어요."

"저도 똑같아요."

"알았어요."

그날 밤은 그게 다였다. 스마트폰을 빼앗지도, 미사키를 재우지도 못했다.

그저 그녀를 바라볼 뿐이었다.

그것만으로도 조금이나마 그녀의 부모님 마음에 위안이 될 수 있기를 바랐다.

마나부가 말한 가게는 진보초의 대형 서점 지하에 있었다.

"편하게 고르세요. 이쪽 런치 메뉴도 좋고, 다른 음식으로 시키셔도 됩니다."

그가 메뉴판을 펼쳐 쇼코에게 내밀었다.

오늘의 런치에는 돈가스와 가을 연어 피카타*, 가리비 프라이,

---

* 육류나 생선을 얇게 썰어 팬에 굽고 각종 양념을 곁들인 요리.

샬랴핀 스테이크* 등이 나열되어 있다. 그 밖의 대표적인 점심 메뉴로는 가장 인기 있는 듯한 일본풍 햄버그스테이크, 양배추 롤, 게살 크림 크로켓, 다양한 샌드위치 등이 있었다.

'어쩌지? 햄버그스테이크도 피카타도 각각의 매력이 있는데.'

음료로는 런치 맥주와 와인이 있었다. 맥주는 단돈 250엔으로 브라우마이스터와 하트랜드, 이치방시보리 스타우트** 등을 고를 수 있다.

'런치 맥주가 드문 건 아니지만 종류가 이만큼 다양하다는 건 굉장히 감사한 일이야.'

그 밖에도 많은 종류의 병맥주와 비트부르거라는 독일 생맥주가 구비되어 있었다.

또한 요리로 아이스바인***도 있었다. 물론 점심부터 혼자서는 먹을 수 없을 듯한 특대 사이즈다.

'이른바 양식 런치가 끌리긴 하는데, 이왕 왔으니 독일 느낌이 나는 걸 먹고 싶어.'

"그럼 저먼 셀프 샌드위치와 런치 맥주를 먹을게요. 맥주는 브

---

* 소고기를 두드려 얇게 펴고 간 양파와 마늘에 재운 뒤 구운 요리. 1936년 일본을 방문한 러시아 성악가 표도르 샬랴핀의 요청으로 만들어졌다.
** 세 종 전부 일본 양조회사 기린의 맥주.
*** 돼지 정강이를 삶아 요리한 독일 음식.

라우마이스터로."

마나부는 일본풍 햄버그스테이크를 골랐다.

"그것참, 힘드시겠네요."

일 얘기를 묻기에 쇼코가 오늘 아침까지 함께 있었던 미사키의 사정을 간추려서 전하자 그가 고개를 주억거렸다.

"사이버 불링이라는 걸 TV 같은 데서 자주 듣긴 했지만, 실제로 있군요."

"네. 저도 놀랐어요."

"우리 시대에는 교실이나 무리 안에서 끝났던 괴롭힘이 이제 어떤 의미에서 보면 전 세계로 확산되는 거네요. 더 괴롭고 무섭겠어요."

"물론 교실 내 괴롭힘이라는 것도 괴롭기는 마찬가지겠지만요. 지금은 온 세상에 구경거리가 된 듯한 창피함도 무시 못할 것 같아요. 과거의 고향 친구나 친척들에게도 다 알려지게 되니까."

쇼코는 생각했다. 미사키와의 지킴이 일은 앞으로 이틀. 오늘 밤도 그 집에 가야 한다.

어젯밤은 아무것도 하지 못했다. 오늘은 조금이라도 미사키에게 다가갈 수 있을까.

"내가 할 수 있는 일이라는 게 과연 있을까 싶어요. 부모도 해결하지 못한 일을 어제오늘 나타난 남이 할 수 있을 리가 없는데."

"하지만 부모한테 말할 수 없는 일도 있잖아요. 특히 괴롭힘 문제라는 게 그렇지 않을까요? 너무 비관하지 마세요."

하기야 괴롭힘이나 악성 댓글 문제는 창피하기도 하거니와 부모를 걱정시키고 싶지 않아 입을 다물어버릴 수도 있다. 오히려 타인에게 말하기 더 편한 면도 있을 것이다.

"그렇네요, 저한테라도 조금이나마 털어놔주면 좋겠는데."

쇼코는 서빙된 오픈 샌드위치를 앞에 두고 무심코 한숨을 쉬었다.

직경이 햄만한 소시지에 소금에 절인 돼지고기 덩어리가 들어간 아우프슈니트, 생햄 등의 육류를 얇게 저민 것, 양상추와 토마토 등의 채소, 흑빵이 한 접시에 모여 있었다. 단순하지만 아름다운 한 접시였다.

원래는 채소와 햄을 직접 빵에 끼워넣거나 올려서 먹어야겠지만 우선 아우프슈니트만 먹어본다.

부드러운 다진고기 속에 오독오독한 식감이 즐겁다. 브라우마이스터 맥주와도 물론 잘 어울린다.

내내 미사키 일만 생각했던 쇼코에게 조금 위안을 주는 음식이었다.

"저 같은 일을 하는 사람은 아무래도 책에서 해결을 찾으려 합니다만."

마나부가 약간 쑥스러운 웃음을 지으며 말했다.

"평소처럼 쇼코 씨가 조용히 옆에서 책을 읽고 계시면 어떨까요? 쇼코 씨가 즐겁게 열중해서 책을 읽고 있으면 그녀도 관심을 가질지 모르죠. 스마트폰에서 눈을 떼고 책을 읽는다면 조금은 해결책이 될 수도 있고요."

"조금이 아니라, 그렇게만 된다면 얼마나 좋겠어요."

"그럴 때 곁에서 너무 빤히 지켜보면 관찰당한다는 기분에 오히려 힘들어질지도 몰라요. 인터넷 세계에서도 감시를 당하는데 집에서 부모님이나 쇼코 씨마저 그런다면."

"아, 그럴 수도 있겠네요."

"조금 내버려두는 게 좋을지도 모르겠어요."

"그렇네요. 무슨 책이 좋을까요. 요즘은 간병 교재를 읽을 때가 많은데, 다른 책이 좋겠죠?"

"교재나 문고판보다는 조금 큰 책, 단행본이 좋을 것 같아요. 전집 중 한 권도 좋을 것 같고. 누가 봐도 책을 읽고 있다는 느낌이 드는 걸로요."

책의 크기. 그건 미처 생각 못했다.

"미스터리처럼 손에서 놓기 힘든 책이 좋으려나? 아니면 삶의 방식을 생각할 만한 철학서 같은 게 좋을까요?"

"삶의 방식을 생각하기에는 아직 이를 것 같아요. 처음에는 역시 미스터리가 좋지 않을까요? 집사가 밀실에서 주인을 죽이는, 현실과 동떨어진 본격 추리소설 같은."

"그거 좋겠네요."

드디어 얘기가 궤도에 오르자 쇼코는 흑빵 사이에 채소와 생햄을 끼워봤다.

빵에 약간 산미가 있어 햄과 잘 어울린다. 맥주도 술술 넘어갔다. 유리잔에 든 런치 맥주가 순식간에 사라졌다.

"더 드세요."

마나부가 다시 주류 메뉴판을 내민다.

"감사합니다."

'가게에서 추천하는 독일 생맥주가 무척 끌리지만 이처럼 해외 병맥주가 많으면 그쪽도 좋을 것 같은데. 평소에 자주 안 마시는 거니까.'

메뉴에는 문호 괴테가 사랑했던 흑맥주 '쾨스트리처'와 여성에게 추천하는 레몬 풍미의 맥주 등이 나열되어 있다.

"이 레몬 풍미의 라들러*라는 걸로 주세요."

직원이 가져다준 건 작은 초록색 병으로, 라벨에 레몬 그림이 그려져 있었다. 병부터가 꽤 귀엽다.

---

* 레모네이드 등의 음료와 맥주를 혼합한 것.

같이 나온 유리잔에 따라서 한 모금 마셨다. 레모네이드처럼 달콤하고 상큼한 맛. 이런 거라면 얼마든지 마실 수 있을 것 같다.

"마나부 씨와 얘기하다보면 점점 해결책이 보여요. 역시 편집자는 다르구나 싶어요. 항상 느끼는 거지만."

"아니에요, 별말씀을요."

그가 진심으로 쑥스러워하며 얼굴 앞에서 손을 저었다.

"전에 제 딸 아카리한테 보내는 편지도 그렇고…… 지식만 있는 게 아니라 세상 이치라는 걸 잘 아시잖아요."

"그랬다면 그건 쇼코 씨가 제 얘기를 잘 들어주고 맞장구를 쳐주기 때문일 거예요. 저 혼자서가 아니라 함께 생각하고 있으니까."

"어쨌든 덕분에 아주 큰 도움을 받고 있습니다."

"그렇게 말씀해주시니 저도 기뻐요."

오늘은 마나부 씨와 자주 눈이 마주치네, 문득 그런 생각이 들었다.

"저기, 어머니 일인데요."

"아."

모토하코네 양로원 부설 병원에서 지내고 있는 모토코를 쇼코가 가장 최근에 방문한 건 몇 주 전이었다.

"이제 슬슬."

마나부가 거기까지 말하고는 위를 보았다. 적당한 말을 찾지 못해 난감해하는 듯했다.

"슬슬…… 어려운 일이 될 것 같아요."

어려운 일.

위험하다든가, 여행을 떠난다든가, 죽음을 둘러싼 완곡한 표현에는 여러 가지가 있지만, 그만큼 상냥하게 에둘러 표현하는 말은 들어본 적이 없다고 쇼코는 생각했다.

"그렇습니까."

"지난번 쇼코 씨가 병문안을 와준 뒤로 거의 의식이 돌아오지 않고 있어요. 저도 처음에는 병원에서 대기하고 있었는데, 겉으로는 그저 작게 코를 골며 주무시는 모습이라, 위독한 상태인 건 분명하지만 지금 당장은 아니라는 의사선생님 말에 일단 도쿄로 돌아왔습니다. 그리고 주말에만 가고 있어요."

"네."

"손발과 얼굴에 부종이 심하거든요. 겉모습이 변해선지 꼭 어머니가 아닌 것 같아요. 그래서일까요, 왠지 현실감이 없고."

"그렇군요."

그 말밖에 할 수 없어 쇼코는 고개를 끄덕였다.

"정말 위독해지면 병원에서 호출해주기로 했어요."

"네."

"그러면 되는 걸까요."

마나부가 팔짱을 끼고 아래로 비스듬히 고개를 기울였다.

그가 쇼코에게 조언을 구한 건 이번이 처음인 듯했다.

"계속 함께 있어드리는 일도 아주 불가능하지는 않아요. 장기 휴가를 쓰면…… 하지만 정말 겉으로 보기에는 코를 골며 주무실 뿐이고 몇 시간이 지나도 변함이 없어요. 게다가 잡지 마감 때는 아무래도 회사로 돌아가야 하고, 이제 와 병원을 옮기는 것도 어머니를 힘들게 할 뿐이니."

쇼코는 짧은 순간에 여러 생각을 했다. 마지막 몇 주를 줄곧 어머니와 함께 있는 게 마나부로서는 마음이 편할지도 모른다. 할 만큼 했어, 최선을 다해 간병했어, 라고 생각하는 것도 인간에게는 때로 필요하니까. 그런데 모토코가 그러는 걸 반길까. 편집장이라는 위치에 있는 사람이 그토록 오래 자리를 비워도 될까.

"저는 지금 마나부 씨가 잘하고 있다고 생각해요."

쇼코의 입에서 나온 건 그런 말이었다.

지금 마나부는 누군가가 자신을 긍정해주기를 바라는 거라고 생각했다.

"충분히 훌륭하게 해내고 있다고 생각해요. 바쁜데도 수시로 병원에 가고, 그것만으로도 상당히 무리 아닌가요?"

모토코 씨도 그러기를 바라실 거예요, 라고 말할 뻔하다가 너무 가벼운 듯해 입을 다물었다. 지금 그 말이 어울리는 상황이라는 걸 알고 있다 하더라도.

"고마워요."

아마 마나부 또한 알고 있는 듯했다. '마나부 씨가 듣고 싶은 말을 해주자'고 쇼코가 생각하고 있다는 것을.

한동안 둘은 조용히 식사를 했다.

"그리고 히다 선생님 말인데요."

"아."

역시 듣고 싶은 소식 중 하나였다.

"실은."

선생님께서 돌아가셨다는 말이 나올 것을 예상하고 쇼코는 마음을 다잡았다.

"그때 이후로 상태가 회복됐어요."

"네?"

죄송하게도 순수한 놀라움의 목소리가 나왔다.

"더이상 직접 걸어서 병원을 나오는 일은 없을 거라고 스스로도 생각하고 계셨던 것 같은데, 지금은 병세가 약간 소강 상태로 돌아갔습니다."

"와, 잘됐네요, 정말."

"진통제를 다량으로 드셔야 하고, 물론 가족분들이 곁에 계시지만, 집으로 돌아갔더니 왠지 더 생기 있어지셨어요."

역시 도요스에도 가보고 싶어.

최근에는 그렇게 말씀하시는 모양이다.

"도요스에요?"

"네. 참 선생님답죠? 자신이 안 가면 도요스가 시작되지 않는 다면서, 저희 팀 젊은 편집자한테 농담까지 하셨다고 해요."

"다행이에요."

마음속 깊은 곳에서 간신히 짜낸 듯한 목소리가 나왔다. 모토 코 얘기를 나눈 뒤라 그런지 자연스레 눈가에 눈물이 고였다.

"또 쇼코 씨가 오면 좋겠다고 하세요. 맛있는 걸 먹은 얘기를 하고 싶다면서."

얘기를 들려달라는 것이 아니라…… 하고 싶다고.

"물론 이 상태가 언제까지 계속될지는 알 수 없습니다. 연내에 아마 한 번 고비가 있을 거라는 게 의사의 소견이라고 해요."

"정말 도요스에 가실 수 있다면 얼마나 좋을까요. 쓰키지에서 도요스까지 차로는 고작 십 분 거리라는 뉴스를 봤어요."

그런 뉴스도 쓸모없지 않았다.

"그러게요. 저희도 그러길 바라고 있어요."

"저도 도요스에 가보신 선생님의 감상을 듣고 싶다고 전해주 세요."

헤어지려는 참에 마나부가 물어왔다.

"어머니 일로 다시 연락을 드려도 될까요?"

"그럼요. 물론이죠."

"그리고 조금 안정되면……"

그는 뭐라고 말하려다 더는 말하지 않은 채 "그럼" 하고 가볍게 인사했다.

그날 밤, 미스터리 소설을 읽는 쇼코 옆에서 미사키는 또 스마트폰을 응시하고 있었다.

아직 흥미를 보이지는 않는다. 하지만 쇼코는 미사키가 언젠가 이쪽으로 시선을 옮겨주기를 바라면서, 액정화면 불빛을 받은 그녀의 하얀 옆얼굴을 바라보았다.

일곱번째 술

야키니쿠

나카메구로

"엄마는 야간 부동산의 중개사예요."

그후 몇 번 더 의뢰를 받아 닛포리에 있는 야마구치 클로에의 집을 찾았다. 지금 일하는 가사도우미가 앞으로 정기 휴가를 늘리고 싶다고 말한 타이밍과 딱 겹친 모양이다.

그러는 가운데 클로에와도 점점 편하게 얘기하는 사이가 됐지만, 그래도 이따금 무뚝뚝하게 입을 다물거나 퉁명스러운 대답만 하는 날도 있었다.

아마 그 또래 중학생다운 태도일 거라 생각해 쇼코는 가만히 지켜보았다.

사춘기에 접어들면서 클로에도 점점 변해가는 자신의 몸과 마음, 그리고 왠지 모를 '짜증'을 주체하지 못하고 있을 것이다. 또

한 클로에가 마음을 열지 않았다면 지금까지의 빈틈없는 태도를 허물지도 않았을 테니, 쇼코는 그런 모습이 딱히 기분 나쁘지 않았다.

그날 밤은 클로에가 직접 과자를 구워서 학교에 가져가고 싶다고 해서, 집에 있는 사과를 잘게 잘라 팬케이크 가루와 요거트, 설탕을 섞으면 끝나는 케이크 레시피를 알려줬다. 홋카이도 출신인 쇼코 엄마의 특기, 라기보다는 집안일을 하는 틈틈이 자주 만들었던 케이크로 '요거트 폼폼'이라고 불렀었다. 엄마는 프라이팬을 사용했지만 이 집에는 오븐이 있었으므로 내열접시에 넣어 굽기로 했다.

클로에의 기분이 좋았기에 쇼코는 그녀의 엄마가 무슨 일을 하는지 물어봤다.

"와, 그런 부동산이 있구나."

"24시간 영업하는 곳인데 엄마는 야간 담당이에요. 예전부터."

"클로에가 어릴 때부터?"

"어릴 적에는 할머니가 근처에 살아서 집에 와주셨고, 밤에 일하는 편이 저랑 오래 같이 있을 수 있다는 이유로요. 사실 야간라고는 해도 밤 12시부터 새벽 5시까지고, 월급도 괜찮은가봐요."

"그렇구나."

잘 찾아보면 밤에 일하는 편이 아이를 데려오기에 더 나을 수도 있겠다고, 쇼코는 딸을 생각하며 고개를 끄덕였다. 그러나 쇼코의 경우, 전남편과 그의 부모가 용납하지 않을 게 분명하다.

"엄마가 일을 꽤 잘하시나봐요."

클로에는 태연한 척 말했지만 어조에 뿌듯함과 자랑스러움이 묻어났다.

"그러실 거야."

"지금은 야간 시간대에서 제일 높은 사람이래요."

"대단하시다."

"야간 부동산이라는 게 흔치 않다보니 TV에도 몇 번 소개되는 바람에 손님이 더 많아졌대요."

"손님은 아무래도 밤에 일하는 사람들인가?"

"아니죠, 밤에 일하면 못 오잖아요."

"맞는 말이네."

쇼코는 자신의 어설픔에 웃었다.

"평범하게 낮에 일하는 사람들이 많은 것 같아요. 밤에 여는 부동산이라는 게 재미있어 보이기도 하잖아요. 한번 가볼까, 하는 느낌으로 오는 거죠."

"아하."

케이크 반죽을 오븐에 넣자 클로에가 하아, 하고 한숨을 쉬었다. 그 모습은 여전히 어린애 같았다.

케이크가 구워지기를 기다리는 동안 쇼코는 그녀의 SNS 상황도 물어봤다.

"클로에네 학교에도 사이버 괴롭힘 같은 거 있어?"

"우리 학교는 기본적으로 SNS 금지예요. 계정을 개설하기만 해도 최소 정학 처분을 받는 교칙이에요. 학교 얘기 하는 사이트 같은 걸 만들었다간 아마 퇴학일걸요."

"엄격하구나."

"그래도 하는 애들은 다 몰래 하고 있을 거 같아요. 큰 화제가 되지 않는 한 선생님은 눈치 못 챌 거고, 눈치채더라도 익명이니 누군지 알지도 못할걸요. 인터넷 바보들이니까."

"흐음."

"IT 관련 일을 하는 학부모 중에는 인터넷 세상을 전혀 모른 채 세상에 나가는 것도 문제 아니냐고 하는 사람도 있대요."

"뭐, 그것도 일리 있는 말이네."

"그래서 고등학교 3학년이 되면 SNS나 인터넷 관련된 내용을 도덕 수업에서 배워요. 전문가 학부모를 초청해 강연도 하고."

"대책은 세우고 있구나."

"그래도 아마 그것만으로는 무리일걸요."

"어렵네. 모든 걸 개방하는 것도 안 될 듯하고, 그렇다고 전부 금지하는 것도 그렇고."

이 또래 자녀를 둔 부모나 교사도 갈피를 못 잡는 걸 보면 좀 처럼 명쾌한 답이 안 나오는 문제임이 분명하다.

"그것과는 별개로 알몸 사진 같은 걸 절대로 다른 사람에게 보내거나 인터넷에 올리면 안 된다는 교육도 받아요. 초등학생 때부터 쭉."

클로에가 가볍게 말하는 바람에 쇼코가 오히려 더 가슴이 콩닥거리고 말았다.

"그건 절대로 안 돼. 사진을 찍는 것 자체도. 스마트폰 같은 데서 유출될지도 모르고, 한번 인터넷에 퍼지면 없애기란 불가능에 가까우니까."

"그 정도야 저도 알아요. 저희는 다 어릴 때부터 귀에 딱지가 생길 만큼 들었던 말인걸요."

"그렇다면 다행이고."

"창피하잖아요. 옷 벗고 사진을 찍는다는 게."

말도 안 돼, 대체 무슨 생각인 건지, 클로에는 입술을 삐죽거렸다.

그 모습에는 아직 세상 물정을 다 알지 못하는 순진함과 청결함이 있었다.

"저를 묶어주면 좋겠어요."

자이젠 소타가 진지한 얼굴로 말했다.

"네?"

"네?"

쇼코가 되묻자 그가 오히려 놀랐다는 듯 같은 소리를 냈다.

"그게 무슨 의미죠?"

"그런 걸 해주는 거 아닌가요?"

또 말이 겹쳐버렸다.

그래서 이번에는 상대방이 어떻게 나오는지 보기 위해 서로의 얼굴을 살피느라 한동안 이상한 정적이 생겼다.

장소는 이케지리오하시의 작은 다세대주택이었다. 목조 건물의 10제곱미터짜리 다다미방 한 칸. 주방(이라고는 해도 자그마한 싱크대와 가스레인지만 있는)은 딸려 있지만 화장실과 샤워실은 공용으로, 쇼코조차 '이런 동네에 요즘도 이런 주택이 남아 있구나'라고 말하고 싶어질 만한 집이었다.

"저기, 사장님한테 제 얘기 들으셨죠?"

소타가 걱정스러운 듯 쇼코의 얼굴을 들여다보았다.

"네, 듣긴 했는데……"

"그럼 아시겠네요."

"그런데, 묶어요……?"

"팔이든 몸이든 제가 움직이지 않도록 묶어주면 좋겠어요."

"그렇게까지 심각한가요?"

"네."

소타의 얼굴을 보니 자못 진지한 표정이다.

"정말로요?"

"눈 딱 감고 해주세요."

"끈이나 밧줄…… 수갑 같은 거 있어요?"

소타는 벽장(그 장지문도 상당히 낡고 색바랬다) 속에서 밧줄을 꺼내 쇼코에게 건넸다. 파란색에, 누가 봐도 '밧줄'이라고 할 만한 물건이다.

"이런 게 집에 있네요?"

"제가 예전에 야외활동을 좋아했거든요. 시작할 때 장비를 다 갖춰야 하는 성격이라서요. 겉모습을 따지는 타입이라."

"그럼, 하겠습니다."

"네, 잘 부탁합니다!"

쇼코가 자기 뒤로 돌자 소타는 스스로 양팔을 등뒤에서 교차해서 내밀었다.

'사극에서 순순히 포박을 당하는 게 이런 걸까.'

그러나 다른 사람의 팔을 묶어본 적은 없다. 밧줄로 손목 부위를 둘둘 감아서 대충 나비매듭을 짓는다.

"꽉 묶어주세요. 눈 딱 감고."

"네."

꽉 묶어달라고는 했으나 그래도 정도라는 게 있지, 쇼코는 생각했다.

아니나 다를까, 밧줄을 너무 세게 당겼는지 손목으로 파고드는 바람에 소타가 "아얏" 하며 얼굴을 찌푸렸다.

"아, 미안합니다. 익숙하지 않아서."

"아니요, 괜찮습니다."

"아, 화장실은 다녀왔어요?"

"아까 갔다 왔어요!"

쇼코는 씩씩하게 대답하는 소타에게 '지금 소풍 온 거 아니거든요' 하고 속으로 한마디했다.

그가 고개를 틀어 묶인 팔을 비스듬히 내려보더니 "나비매듭인가" 하고 실망한 듯 중얼거렸다.

"이렇게 해두지 않으면 나중에 못 풀어서 난감해져요."

"생각했던 이미지와는 다르지만. 뭐, 어쩔 수 없죠."

팔을 다 묶자 소타는 털썩 바닥에 앉았다.

"그럼 아침까지 잘 부탁드립니다."

"네."

"쇼코 씨도 앉으세요. 아, 죄송해요. 방석 내어드리는 걸 깜빡했네요. 벽장에 있습니다."

"열어도 될까요?"

쇼코는 그의 허락을 얻고 방석을 꺼내 깔고 앉았다.

'오늘의 고객은 젊은 남자인데 너를 덮친다거나 할 걱정은 전혀 없으니까 다녀와, 다이치가 그렇게 말한 건 이런 의미였구나.'

팔을 결박당한 남자와 단둘이 마주보고 있자니 기분이 이상해졌다.

"이제 어떻게 하는 건가요?"

"원하는 대로요. 주무시고 싶으면 편하게 그러셔도 돼요."

"모처럼 여성분이 집에 왔는데 그건 너무 시시하잖아요."

상대가 팔을 뒤로 하고 묶여 있지 않았다면 때려눕힐 뻔했다.

"가을의 긴긴밤에."

"가을의 긴긴밤?"

"우선 그럼 제 병력이라도 들어주실래요? 그리고 저를 소타라고 불러주세요."

그는 어딘가 즐거운 듯 말했다.

"오늘밤 고객 말인데."

사장 다이치가 전화로 연락해왔다.

"우리 아버지 회사의 단골 거래처 아들이야."

"그래?"

최근 들어 부모가 자식을 위해 지킴이를 부르는 일이 늘었다. 그만큼 부모는 자식이 걱정되고, 자식도 그다지 성장하지 않았다는 뜻인 걸까.

"그럼 남자……?"

"남자이긴 한데 괜찮아, 너를 덮치거나 그럴 위험은 없어."

"정말?"

"괜찮아. IT계 회사에 다니는 스물다섯 살 독신남인데, 쇼핑중독 진단을 받았어."

"쇼핑…… 들어본 적은 있지만 실제로 그런 사람을 만나는 건 처음인데."

"나도 그래."

"게다가 남자라고? 쇼핑중독은 주로 여자가 많지 않나."

"그러게. 실제로는 남자들에게도 많대. 자이젠 소타는 대형 IT 기업에 다녀서 수입도 제법 괜찮은 모양이야. 그런데도 벌써 신용 파산 직전까지 두 번이나 갔어."

"두 번? 두 번이나?"

"아, 첫번째는 부채액이 수백만 엔이라 본인이 도저히 갚을 수 없어서 부모한테 울며 부탁했대. 할 수 없이 갚아준 모양인데, 두번째는 부모도 알아서 하라고 내쳐서, 회사 월급을 압류당할 지경이 돼 총무부에도 연락이 갔대. 결국 돈은 다 못 갚았지만 그 분야 전문 변호사를 통해 다달이 월급에서 직접 제하는 식으로 부채를 상환하도록 합의해서 해결했대."

"그런데도 회사에서 안 내보냈구나. 아량이 있네."

"요즘 그런 일이 많은 모양이야. 일손이 부족하기도 하니 실수 한 번쯤은 눈감아주는 듯해."

"실제로는 거의 두번째잖아."

"소타도 그뒤로는 정신 차리고 지내고 있었는데, 어제 연락이 온 거야. 온라인 의류 쇼핑몰에 빠질 것 같아 무섭다고. 한번은 새 넥타이가 꼭 필요해서 거기서 샀대. 지금껏 빠졌던 건 백화점 명품 매장에 직접 가서 쇼핑했던 거니 매장에 발을 들이지 않으면 괜찮을 거라고 생각했나봐. 그런데 그뒤로 세일 안내나 신상 소개 같은 광고 메일이 날아와 유혹에 넘어갈 것 같다는 거야."

"그런데 왜 오늘밤이야?"

"저녁 8시부터 그 사이트 단골고객을 대상으로 가을 빅 세일을 시작한대. 쇼핑을 안 하도록 어떻게든 감시해달라는 게 의뢰 내용이야."

"그냥 메일 수신을 거부하면 되지 않아?"

"본인 말로는, 일단 세일 사실을 알아버린 이상 안 살 자신이 없대."

부모는 어쨌든 아들의 개인 파산만은 피하고 싶은 모양이다. 파산해버리면 관보*에 이름이 올라가는데, 요즘은 인터넷으로도 확인할 수 있다고 한다.

손을 묶인 소타는 그 기묘한 자세를 창피해하지도 않고 의외로 즐거운 듯 말했다.

"우리 부모님은 꽤 엄하세요. 대학 시절에도 용돈을 넉넉하게 주지 않았어요."

그렇다기에는 아들의 빚을 처리해주고 변호사까지 붙여줬으니, 어디까지 믿어야 좋을지 모르겠다.

"그러다 회사에 들어갔더니 갑자기 한 달에 30만 엔 정도가 나오잖아요. 아, 우리 회사 월급이 꽤 괜찮기로 유명해요. 신용 카드도 금방 발급됐고…… 처음에는 뭘 샀더라. 아마 첫 월급으로 통근용 가방을 샀던 거 같아요. 그때까지는 대학교 때 쓰던 백팩을 맸기 때문에, 이세탄 백화점 남성관 가방 매장에 갔어요. 거기 점원분들이 다들 굉장히 멋있어요. 몸에 딱 맞는 슈트를 입고, 사람을 대하는 태도는 나긋나긋하고, 상품에 관한 지식도 엄

---

* 일본의 국가 기관지.

청 많아 친절하게 상담해주고, 정말 쇼핑이 이렇게 즐거운 거구나 싶었죠."

"그것이 지옥의 1가였군요."

"쇼코 씨도 참, 무섭게 말씀하시긴. 그리고 너무 옛날식 표현이잖아요. 참고로 이세탄 백화점은 3가고요. 그뒤로 거의 매일같이 이세탄에서 쇼핑을 하게 됐어요. 아, 그 무렵에는 회사에서 훨씬 가까운 아자부에 살았거든요. 신축은 아니지만 지은 지 얼마 안 된 디자인 아파트."

"그랬군요."

"점원이 입은 슈트에 반해서 다음번에는 슈트를 샀어요. 겨울이 되자 코트를 샀고. 캐시미어는 아무래도 구입하기 힘들어서, 대신 울 소재지만 아주 감촉이 좋은 영국산으로. 구두와 셔츠도 조금씩 좋은 걸 샀죠."

"회사 일은 잘됐나요?"

"네. 꽤 술술 풀렸어요. 그런데 대형 프로젝트가 맡겨지면 잘할 수 있을지 불안한 마음이 들어 저도 모르게 이세탄에 들르는 거예요. 그리고 성공하면 그 고양감에 취해 또 쇼핑…… 나를 위한 선물이라는 걸 제가 아주 좋아해서."

덩달아 자기 자신도 아주 좋아하는 거겠지, 쇼코는 생각했다.

"시간이 지나자 대부분의 물건이 갖춰졌는데 뭔가 사고 싶다는 기분은 훨씬 더 커져갔어요. 뭐 더 살 게 없나, 하고 있을 때 근사한 여행가방을 발견했죠. 영국 왕실에서 즐겨 쓰는. 그곳 매장의 중년 점원이 또 그렇게 멋있더라고요. 돈이 들어올 때마다 가방을 대중소 사이즈별로 샀어요. 해외 출장 같은 것도 아직 없는데. 그리고 그 옆에 모자 매장이 있는데, 거기에도 또 중후한 점원이 있어서 저도 모르게 가만히 쳐다보고 있으니 한번 써보라며 말을 걸어왔어요. 그래서 써봤더니 제법 잘 어울리더라고요. 제가 원래 머리가 커서 고민이라 모자 같은 건 절대 안 어울린다고 생각했거든요. 그런데 그분이 추천해주는 걸 쓰니까 머리가 작아 보이는 거예요. 그렇게 한동안 모자에도 빠졌어요."

"모자는 어디에 쓰고 가는데요?"

"결국 밖에서는 못 썼어요. 딱 한 번 대학 동창회에 쓰고 갔는데 막상 친구들을 만나려니 창피해져 역 물품보관함에 넣어버렸죠."

"그렇게 쇼핑한 것치고 이 집에는 물건이 거의 없네요."

"빚을 정리할 때 꽤 처분했어요. 그리고 실은 이 옆집을 하나 더 빌려서 짐을 보관하고 있어요."

"네? 집이 하나 더 있다고요?"

"네, 그런 이유가 아니면 설마하니 이런 곳에 살 리가 없죠."

"여기, 집세가 얼마예요?"

"4만 엔 조금 넘나? 아무튼 이 부근에서는 파격적이죠."

뭐랄까, 소타도 여러모로 애쓰고 있는 듯하지만 어딘가 끝이 허술한 기분이 든다. 중독에 대해서도 그렇고, 다른 일에도. 좀 더 철저하면 좋을 텐데.

"……저기, 쇼코 씨?"

"네?"

그가 응석 부리듯 눈을 위로 뜨며 이쪽을 보았다.

"물 좀 먹여주시겠어요? 목이 말라서."

"아, 네, 네."

쇼코는 그가 말하는 대로 소형 냉장고를 열어 생수 페트병을 꺼내 입에 대줬다.

"더 꼭 붙여주세요. 그렇죠, 그렇죠."

또 왠지 즐거운 기색으로 소타는 꿀꺽꿀꺽 물을 마셨다.

"아, 어릴 때 엄마가 물 먹여준 것 같아서 재미있네."

정말…… 이 남자는 반성이랄까, 진심이 어딘가 부족하다.

"다른 것도 해주실 수 있나요? 밥도 먹여주실래요? 그리고 옷 갈아입기라든가……"

"어지간히 하세요. 한번 밧줄 풀고 먹으면 되잖아요."

"죄송합니다. 이 상황이 살짝 흥분돼서요."

쇼코가 찌릿 쨰려보아도 소타는 아랑곳않고 웃고 있다.

선이 가는 이목구비에 현대적인 미남이니 분명 여자들에게도 그럭저럭 인기가 있을 것이다. 외모가 산뜻해서 그런지 아슬아슬한 발언도 솔직히 그렇게 불쾌하지 않다.

'정말이지 잘생기면 남자들도 유리하구나.'

그러나 끝내 모자를 쓰지 않은 일화도 그렇고. 자신감이 없는 사람일지도 모르겠다.

"여자친구한테 해달라고 하세요."

"그런 건 부탁할 수 없죠. 카드빚도 비밀로 하고 있는데."

소타는 당연하다는 듯 여자친구가 있다는 것을 인정했다. 그쪽 문제에서도 고생해본 적 없는 남자인 걸까.

"그럼 이 집에는 안 데려와요?"

"당연히 못 데리고 오죠. 사정이 있어 본가로 들어갔다고 설명하고 여자친구 집이나 호텔에서 만나요."

"역시."

문득 이 남자에게 고마쓰 미사키 일을 상담해보고 싶어졌다.

그는 이래봬도 아니, 실제로 롯폰기에 있는 유명한 IT 기업의 사원이다. 어쩌면 인터넷 상의 사진 유출 문제를 잘 알지도 모른다. 대처법, 나아가 인터넷 상에서 사진을 삭제하는 방법에 대해서 좋은 생각이 있을지도.

하지만 어떤 방식으로 상담을 청해야 할지 쉽지 않다.

클로에와 달리 그는 미사키와 나이 차가 얼마 나지 않고, 무엇보다 입이 가벼워 보여 신용할 수 없다. 미사키라는 인물이 특정되지 않도록 조심해서 말해야 한다.

'본성이 나쁜 사람 같지는 않은데.'

쇼코는 몸을 돌려 그를 바라보았다.

"저기, 이건 가상의 얘기인데요."

"가상?"

소타가 고개를 갸우뚱하며 묻는다.

"그래요. 예를 들면 그렇다는 거예요, 예를 들면."

쇼코는 소타의 안색을 살피며 물었다.

"소타 씨, 사이버 불링이나 사진 유출 같은 일에 대해 잘 알아요?"

"뭐, 하는 일이 이렇다보니 모르지는 않죠."

"아니, 제가 아는 분이…… 가엾게도 따님 사진이 인터넷에 퍼져서."

"야한 사진?"

소타가 살짝 히죽거린다.

"아, 그런 태도라면 더이상 말 안 할래요. 본인과 가족들이 지금 얼마나 고통스러워하고 있는데."

"아, 죄송합니다."

그가 순순히 사과했다.

"아무래도 당사자들은 정말 힘들겠죠. 그런데 저는 회사에서 거의 매일 뭔가를 보고 들으니 무덤덤해진 부분도 있어요."

"그렇게나 많아요?"

쇼코는 방안에 틀어박힌 미사키의 모습을 떠올렸다. 그런 식으로 망가진 사람이 얼마나 더 있는 걸까.

"뭐, 요즘은 누가 눈에 띈다 싶으면 우선 인터넷에서 과거 사진이니 뭐니를 검색하는 게 예사가 되어버렸으니까요. 아, 여자만 그런 게 아니라 남자도요. 얼마 전에도 어느 회사에서 불미스러운 일에 휘말린 남직원이 학창 시절 게이 비디오에 출연했다는 것이 알려져 시끌시끌했어요."

"그렇군요. 그런 사진을 회수한다거나, 아니면 관련해서 악성 댓글을 다는 사람을 특정할 수 있나요?"

소타는 뒤로 손이 묶인 채, 옆에서 보면 상당히 한심한 모습으로, 그러나 진지한 얼굴로 생각에 잠긴다.

"우리 회사에도 그런 문의가 꽤 오는 모양이에요. 이름이나 사진을 검색 엔진에서 지워줄 수 없느냐고 말이죠. 전에 들었는데, 우선은 경찰의 사이버 범죄 대책과에 문의하는 게 좋다고 안내하는 것 같아요."

"경찰이라."

그건 미사키가 싫어할지도 모른다.

"그리고 이건 경찰 관계자가 우리 회사에 강연하러 왔을 때 들은 얘기인데요."

"네."

"그런 사진을 유포한 사람이 누군지 대충 알고 있는 경우가 많잖아요, 피해를 당한 당사자로서는."

"으음."

그런데 미사키는 그걸 알려주지 않으니 가족이 난감해하는 상황이지만.

"적어도 대략 몇 명 정도로 추릴 수 있잖아요."

"뭐 그렇겠죠, 아마."

"그 사람한테 연락해서 경찰서 이름을 댄 뒤 '지금 이런 사진이 유출됐다. 그 사건으로 경찰에도 신고했다. 뭔가 알게 되면 알려달라'라든가 '네 쪽에도 경찰이 참고 조사차 갈지도 모른다'라고 말하면 십중팔구는 삭제되는 듯해요."

"오호, 그렇군요."

"그런데도 멈추지 않는다면 실제로 변호사든 경찰에게든 알리는 편이 좋겠지만, 의외로 그 정도만 해도 가해자가 겁을 먹고는 사진을 삭제하는 모양이에요."

"하지만 당사자나 가족이 경찰을 꺼릴 경우는요?"

"그러니까 경찰에 신고했다, 상황을 얘기했다, 고 말만 하면
되는 거예요. 실제로 그런지 아닌지 그쪽에선 모르잖아요. 그래
도 그만두지 않으면 정말로 신고하면 되고요."

그에게 물어보길 잘했다 싶었다. 그 정도라면 할 수 있을 것도
같다. 미사키만 설득하면 된다.

"악성 게시글 같은 것도 마찬가지라, 경찰에 수사를 부탁했다
고 한마디 덧붙이는 것만으로 삭제하거나 멈추기도 하는 모양이
에요."

"그렇다면 좋겠는데."

"그런 짓을 하는 놈들은 결국 현실 세계에서는 아무것도 못하
는 인간이니까요. 가해자가 학생이라면 경찰에서 수사해 학교에
도 범인을 알릴 거라는 둥, 그런 말만으로도 꽤 겁을 먹지 않을
까요. 그렇게 해서 근본을 잘라내면 어느 정도 시간이 지나면서
사라질 거라고 생각해요."

"소타 씨."

"왜요?"

"당신 꽤 쓸 만하군요."

"에헤헤."

"대기업을 폼으로 다니는 게 아니었네요."

"쇼코 씨가 아침밥을 해주고 먹여주신다면 동료에게 더 물어

봐줄 수도 있어요. 가해자의 IP 주소를 알아내는 정도라면 저도 할 수 있고, 상대 신원을 밝혀내는 것도 식은 죽 먹기인 녀석들이 널렸으니까요."

"적당히 하세요."

머리를 콩 때리자 소타는 또 "에헤헤헤" 하고 웃었다.

그러나 쇼코는 속으로 생각했다. '어쩌면 그를 이용하게 될지도 모르겠다'라고.

새벽녘 소타는 손이 묶인 채 잠들어버렸다. 쇼코는 벽장에서 담요를 꺼내 덮어줬다.

그가 깊이 잠든 것을 확인하고 쇼코는 집에서 나와 근처 편의점에서 즉석밥과 미소시루와 구운 연어 등을 사 왔다. 집으로 돌아와도 그는 아직 자고 있었다.

쇼코는 그의 팔을 묶은 밧줄을 살며시 풀었다. 잠든 얼굴을 보니 오늘은 이제 괜찮겠지 싶었다.

탄력근무라 오전 10시에 집을 나서면 된다고 했기에 쇼코는 9시가 되자 그를 깨웠다.

"아."

편의점에서 사 온 음식들을 그릇에 담은 것뿐인데 소타는 아침밥을 보고 눈을 반짝였다.

아니나 다를까 소타의 작은 주방에는 놀라우리만큼 세련된 접시가 구비되어 있었다. 그러니 음식을 담기만 해도 꽤 그럴싸해졌다. 이런 것도 잡지에서 보았거나 백화점에서 추천해줘서 샀는지도 모른다.

멋쟁이 독신 남성의 이상적인 생활을 지향하며.

"상담에 대한 답례. 왠지 소타 씨는 일본식을 좋아할 것 같아서요."

"제대로 아시네요. 평소에는 소시지나 햄이 들어간 조리빵 같은 걸 대충 사 먹기만 해서 질렸거든요."

쇼코는 그가 밥 먹는 모습을 지켜보았다.

"또 의뢰해도 될까요?"

"네?"

"또 쇼핑을 하게 될 것 같으면 쇼코 씨한테 와달라고 해도 돼요?"

"그야 괜찮지만, 왜 그렇게 쇼핑을 하는 거예요?"

그는 고개를 갸웃거렸다.

"저도 잘은 모르겠지만……"

"네."

"자꾸 상상하게 돼요. 쇼핑할 때, 이를테면 세련된 여행가방을 들고 해외 출장을 가는 제 모습이라든가, 모자를 쓰고 근사한 어른이 된 모습을요. 그럼 참을 수 없어서 그만 물건을 사버리는 거죠."

현재 그는 스스로에게 자신감이 없는 것이리라. 하지만 쇼코가 그 점을 안다는 식으로 말해봐야 별수없다.

"정식으로 의사나 심리상담사를 찾아가보는 게 좋겠어요."

"그렇겠죠."

소타는 의외로 순순히 고개를 끄덕였다.

다이치가 말했다. 부모는 예전부터 심리상담을 권했는데 아무리 해도 그가 거부한다고.

그 모습이 자기가 생각하는 '근사한 어른 남성'과 동떨어졌기 때문인 걸까.

"쇼코 씨와 얘기하면서 그런 생각을 했어요. 전혀 모르는 제삼자에게 말하기가 더 편할 수도 있구나 하고."

"그리고 여자친구에게도."

"여자친구한테 뭘요?"

"여자친구에게도 얘기해보는 게 어때요? 지금 이런 상황이라 이런 곳에 살고 있다고."

그는 그 말에는 대답하지 않았다.

쇼코는 소타의 모습에서 뭔가 깊은 쓸쓸함을 느꼈다. 그것은 가까운 누군가…… 가족이나 연인과 해결하는 수밖에 없다.

언제까지나 쇼코를 부를 수는 없는 것이다.

집에서 가장 가까운 역은 이케지리오하시지만 소타는 나카메구로역에서 지하철을 탄다고 해 같이 걷기로 했다.

그는 이 주변에 대해 잘 아는지 "여기 빵이 맛있어요" "이 모퉁이를 돌아 강변에 있는 소바집의 영귤 소바가 유명해요"라며 쇼코에게 알려줬다.

그리고 규모가 큰 고깃집 앞을 지나면서는 "저는 이 집의 야키니쿠 런치가 도쿄에서 최고라고 생각해요" 하며 그곳을 가리켰다.

"여기? 꽤 유명한 곳이죠?"

그곳은 십 년 전부터 연예인들이 자주 간다고 TV에도 등장한, 고깃집의 상징과도 같은 가게였다. 쇼코는 점심이든 저녁이든 가본 적이 없다. 비싸기로도 유명한 곳이라.

"저는 저녁에는 한두 번밖에 안 가봤지만 점심에는 가끔 가요. 자투리 고기 런치가 있는데, 육질도 좋고 맛있어요. 더 저렴한 고깃집에도 물론 런치가 있지만, 막상 다른 곳에 가면 여기로 올걸 하고 실망하거든요. 고기도 좋지만 샐러드나 나물이나 김치처럼 곁들여 나오는 음식도 전부 정성껏 만들어서 맛있어요. 노포는 다르구나 싶어요."

"와, 그렇군요."

그가 그렇게까지 열을 다해 말하니 갑자기 흥미가 끓어올랐다.

소타가 교통카드를 찍고 개찰구에 들어간 뒤, 쇼코는 자판기에서 표를 사려는 손을 문득 멈췄다.

'아까부터 머릿속이 온통 야키니쿠로 가득찼어.'

야키니쿠, 라멘, 초밥…… 일본에서 명물로 통하는 음식은 어째서 뇌를 이렇게 강력하게 장악하는 걸까.

쇼코는 손으로 머릿속의 야키니쿠를 휙휙 물리치는 시늉을 떠올려본다.

'안 되겠어. 이렇게는 전혀 잊을 수가 없어.'

시계를 보니 영업 시작까지 아직 한 시간 넘게 남았다. 그럼에도 쇼코의 마음은 가라앉지 않는다.

'소타의 쇼핑중독을 비웃을 때가 아니야. 나도 한번 생각에 빠지면 도저히 단념하지 못하는 집요한 구석이 있잖아. 먹는 것에 관해서만은 말이야.'

일단 집으로 돌아갔다가 근처 고깃집의 런치 메뉴를 찾는 방법도 있다.

그러나 도저히 소타가 한 말이 잊히질 않는다.

하는 수 없이 역 앞 도토루 카페에 들어가 책을 읽으며 문 여는 시간을 기다리기로 했다.

'아니, 시간을 때우면서까지 식당이 문 열기를 기다리는 건 처

음 같은데.'

쇼코는 문 여는 시간과 거의 동시에 식당에 들어갔다. 안은 어둑어둑하고 좌석은 칸막이로 구분되어 있다. 모든 게 차분하고 묵직한 분위기다.

'역시 유명한 노포구나.'

쇼코는 널찍한 4인용 금연석 테이블로 안내를 받았다. 런치로는 소타가 추천한 '자투리 고기' 말고도 스테이크나 비빔밥 등 여러 가지가 있었다.

"자투리 고기 런치 주세요. 그리고 생맥주도요."

"네."

남색 유니폼을 입은 중년 여자 점원의 미소도 상냥하고 우아하다.

'길을 잃고 이상한 공간에 들어와버린 것 같다. 쇼와 시대 같달까.'

점원은 테이블 정중앙에 설치된 불판을 준비하고는 사라졌다.

먼저 맥주가 나왔다.

가게 이름이 새겨진, 위로 갈수록 점차 넓어지는 모양의 유리잔에 촘촘한 거품이 올라간 맥주. 유리잔을 미리 차갑게 해뒀다는 걸 한눈에 알 수 있다.

단숨에 쭉 들이켜자 저절로 몸속에서 "캬, 맛있어!" 하는 목소리가 터져나왔다.

'야키니쿠에는 맥주지. 소주나 하이볼도 어울리지만 시작은 맥주야.'

맥주를 마시는 동안 소타가 말했던 곁들임 음식, 샐러드와 나물, 김치, 밥, 미역국이 먼저 큰 쟁반에 가득 담겨 서빙됐다.

'와, 고기가 든 접시는 따로 나오고 곁들임만으로 이 크기와 양이라니. 소타가 그토록 추천한 이유가 있었네.'

먼저 샐러드를 집었다. 이곳의 샐러드 드레싱은 마트에서도 판매하는 인기 상품이다.

'이거 맛있다. 상품화할 만하군.'

샐러드에는 양상추 외에 오이도 들어가 있는데, 껍질을 말끔하게 벗겨 입에 닿는 느낌이 매우 좋다.

'손이 많이 간 티가 나고, 소타 말대로 정성이 느껴져.'

김치를 집는다. 배추가 깔끔하게 층을 이루고 있다. 쇼코는 바깥쪽부터 젓가락으로 집었다.

'지나치게 달거나 일본식으로 만든 김치가 아니야. 산미가 있고, 본토식인데도 너무 맵진 않아.'

나물은 시금치, 콩나물, 고사리, 당근 네 종류가 정갈하게 나란히 담겨 있다. 역시 흠잡을 데 없는데, 시금치, 콩나물, 고사리는 전형적인 맛이지만 당근은 실곤약이 섞인 초무침이었다. 맛이 특이해서 좋다. 게다가 고사리는 뻣뻣한 줄기가 전혀 없어서 부드럽고 좋은 품질임을 알 수 있다.

조금 큰 그릇에 담긴 밥과 함께 먹었다. 전부 밥과 잘 어울려 이것만으로도 충분히 만족스러울 만큼 맛있다.

'안 돼, 고기가 나오기도 전에 배가 차겠어. 그나저나 이 고사리는 뭐길래 이렇게 밥에 잘 어울릴까. 이렇게 맛있는 고사리는 처음 먹었어. 반찬으로 판매하면 좋겠다.'

그때 고기가 나왔다. 흰색 접시에 마블링이 풍부한 양념 자투리 고기와 소금을 뿌린 우설이 담겨 있다. 거기에 대파, 파프리카, 꽈리고추 등 약간의 채소. 고기는 '자투리 고기'라는 이름에 걸맞게 조각조각 자른 모양이다.

일단 당연히 우설과 채소를 석쇠에 올렸다.

우설에 찍어 먹는 레몬즙은 처음에 나와 있었다. 껍질을 벗겨 얇게 저민 레몬과 함께.

'이런 세심함은 분명 저녁 시간대에도 동일할 테지.'

우설이 겉면만 노릇하게 구워졌다. 두근거리는 마음으로 젓가락으로 집어 레몬즙을 듬뿍 묻힌다. 우선 그대로 한입.

'부드러우면서도 식감과 감칠맛이 확실하다. 맛있네.'

남은 맥주를 한입에 꿀꺽 마신다. 쇼코는 저도 모르게 테이블 위의 버튼을 눌러 점원을 부르고 말았다.

"여기요. 하이볼도 되나요?"

점원이 빙그레 웃으며 주문을 확인해준다. 하나부터 열까지 '훌륭하다'고 말하고 싶은 가게다. 과연 괜히 노포가 아니다.

두번째 우설은 밥과 같이 먹었다. 이것도 맥주에 어울린다.

우설을 먹는 도중에 아무래도 양념된 고기를 먹고 싶어졌다.

'뭐, 석쇠도 크겠다, 양념 고기도 같이 굽자.'

지방이 희끗희끗한 고기를 올린다. 자투리 고기이다보니 부위는 갈비인지 등심인지 잘 모르겠다. 그래도 어쨌든 마블링이 잔뜩 들어가 꽤 기름지다.

이것도 겉면만 살짝 익히는 정도로 구웠다.

다 구워진 고기에 다시 양념장을 찍어 입안 가득 넣는다.

야키니쿠다! 오랜만에 먹는 야키니쿠.

으음, 혀도 뇌도 음미하고 있다. 기름기와 단맛, 인류를 추락시키는 마성을 지닌 궁극의 맛.

'너무 맛있어서 안 되겠어. 벌써 머리가 어질어질하다고.'

소타, 고마워!

살짝 어설픈 그 변태남에게 손을 모아 감사를 전하고 싶을 만큼의 맛이었다.

'이쯤 되면 오히려 슬플 때 먹고 싶은 맛이다. 엉엉 울고 난 뒤 나 자신을 위로할 때 먹고 싶어.'

그러자 여러 일들이 주마등처럼 뇌리에 되살아났다.

얼마 전에 만났을 때 스스로를 부르는 일인칭이 '아카리'에서 '나'로 바뀌어 있던, 요사이 급성장하기 시작한 딸, 모토하코네의 병원에 누워만 있을 모토코 씨, 쓰키지의 선생님, 집안에 틀어박힌 미사키…… 그리고 고텐바에서 헤어진 후 체포되어 어떻게 지내는지도 알 수 없는 가도야……

'반대다. 울고 난 뒤에 먹는 게 아니야. 너무 맛있어서 뭔가가 몸에서 넘쳐흐르는 걸.'

쇼코는 울었다. 나는 과연 이 맛있는 음식에 걸맞은 인간일까.

물론 그래봐야 아주 조금 눈물이 났을 뿐이다. 눈가에 맺혀서 손가락으로 닦아낼 정도다.

석쇠 위에 연달아 고기를 올린다. 다 구워진 것부터 밥에 올려 우걱우걱 먹는다. 점원이 새로 갖다준 하이볼을 마신다. 그사이에도 물론 나물과 김치와 밥의 합을 맞춘다.

'일단 미사키부터. 필요하다면 소타에게도 의논해야지. 그애를 조금이라도 도울 수 있다면 내게도 도움이 될 것 같다는 기분이 들어. 그러고서 가도야 씨를 찾는 거야.'

근래에 보기 드물게 불끈 힘이 났다.

쇼코는 마지막 고기 한 점을 석쇠에 올렸다.

여덟번째 술

가라아게덮밥

나카노

모토코가 지내는 병원은 하코네의 산중턱에 있다.

'이 사람이 이렇게 병원을 걷는 건 몇번째일까.'

오사나이 마나부와 복도를 지나가면서 쇼코는 생각했다.

병원은 쥐죽은듯 고요했다. 전에 모토코가 있던 병동은 노인 병원이긴 해도 아직 혼자 움직일 수 있는 사람이 많았다. 자리보전하게 된 뒤로 모토코는 이쪽 병동의 4인실로 옮겨졌다. 문밖에서 언뜻언뜻 보이는 모습으로는 환자 대부분이 잠들어 있는 듯했다.

그 광경에서 무얼 느끼는지는 사람마다 다르겠지만, 쇼코는 '장엄' 또는 '체념'이라고 할 법한 어떤 숙연함을 느꼈다.

'노인들은 무슨 꿈을 꾸고 있을까. 좋은 꿈이어야 할 텐데.'

"여기예요."

마나부가 한 병실 앞에서 작은 소리로 불렀다.

쇼코가 그를 따라 안으로 들어가자 병실에는 똑같은 침대 네 개가 나란히 놓여 있고 눈을 감은 노부인들이 누워 있었다.

마나부가 앞서지 않았더라면 누가 모토코인지 알아보지 못했을지도 모른다.

그의 말대로 몰라보게 변해 있었다.

하얀 얼굴은 부어서 너부데데하게 굴곡이 사라졌고 눈은 실처럼 가늘다. 병실의 다른 노부인도 마찬가지였으니 병상에 누워 지내게 되면 다들 비슷해지는 건지도 모르겠다.

"모토코 씨. 안녕하세요."

쇼코가 왼쪽 귀에 대고 조그맣게 속삭였다.

"어머니, 쇼코 씨 왔어요."

마나부가 반대쪽 귀에 말을 걸었다.

그러고서 둘은 침대 옆에 의자를 놓고 가만히 앉아 약 한 시간을 보냈다.

쇼코는 이불 밖으로 비어져나온, 역시나 퉁퉁 부은 손을 살며시 쓰다듬었다. 마나부는 비슷하게 반대쪽 손을 꼭 잡고 "엄마!" 하고 작게 부르기도 했다.

그때마다 모토코 씨의 눈가가 실룩거리는 것 같아 마나부와 쇼코는 서로 얼굴을 마주보았지만 그 이상의 반응은 없었다.

점심때가 되자 마나부가 쇼코에게 밖으로 나가자고 권했다.

"힘드시지는 않을까요?"

병실을 나선 쇼코가 무심코 물었다.

"네?"

"저희는 무심코 말을 걸지만, 어느 쪽이 나은지 모르겠어서요, 그러니까……"

쇼코는 순간 목이 메었다. 이런 말을 하면 그를 힘들거나 슬프게 할 수 있다고 생각하면서도 도저히 묻지 않을 수 없었다.

"조용히 누워 계시게 두는 편이 나은 건지, 말을 걸어 억지로라도 깨우는 편이 좋은 건지."

"모르겠어요. 하지만 쇼코 씨 말도 뭔지 알겠어요. 저도 의사선생님한테 물어봤는데, 이젠 거의 아무것도 느끼지 못할 거라고 하네요."

마나부가 고개를 주억거렸다.

"그러니 이런 상황이면 우리가 하고 싶은 대로 하는 수밖에 없지 않나 싶어요."

"그러네요."

그가 데려간 곳은 병원 근처 소바집이었다. 병원 뒤쪽으로 온통 전원이 펼쳐져 있고, 한 모퉁이에 물레방앗간 분위기의 소바집이 오도카니 서 있었다.

"면회 올 때는 대개 이 집에 들러요."

지금껏 쇼코는 밤에만 왔었기에 이 가게를 알지 못했다. 놀랍게도 가게 안은 거의 만석이었다.

"시내에서 떨어져 있지만 제법 유명한 곳이에요. 이 근방에선 다들 차를 가지고 다니니까 조금 멀어도 별로 상관없나봐요."

병문안객과 병원 직원만 오는데 이 정도인가요, 하고 중얼거린 쇼코에게 마나부가 설명했다.

메뉴판은 거의 보지도 않고 둘 다 나란히 소바를 주문하고, 별말 없이 따뜻한 메밀차를 홀짝였다. 납작하고 도톰한 면이 툭툭 짤막하게 끊어져 있다. 이른바 시골 소바의 전형적인 면이면서 맛과 향이 진했다.

면을 다 먹고 직원이 가져다준 메밀 면수를 마시면서 쇼코는 무심히 가게 안을 둘러보았다.

계산대 선반 위에 가로 폭이 30센티미터쯤 되는 작은 수조가 있고 유리면에 희미하게 초록색 수초가 붙어 있다. 그 안에 화사한 오렌지색의 커다란 금붕어 한 마리가 있었다.

그걸 물끄러미 바라보는 동안 쇼코는 스멀스멀 이상한 기분을 느꼈다.

금붕어의 크기가 대략 20센티미터는 되었다. 누가 봐도 수조와 균형이 맞지 않는 크기였고, 물고기는 거의 헤엄치지 않고 수조 한가운데 가만히 떠 있었다. 수조가 좁으니 그럴 수밖에 없다.

"굉장히 크네요."

쇼코의 시선을 눈치채고 마나부가 중얼거렸다.

"네."

"금붕어는 사는 환경에 맞춰 몸의 성장을 억제한다던데, 어쩌다 저렇게 커버렸을까요?"

"잉어인지도 모르죠."

"하지만 금붕어 같은걸요."

오렌지색과 하늘거리는 꼬리, 통통한 몸통은 아무래도 잉어로는 보이지 않았다.

"그렇겠죠?"

"저기서 계속 사는 걸까요?"

"글쎄요. 어쩌면 더 큰 수조에서 옮겨왔거나…… 다른 곳에 있던 것을 데려왔는지도 모르겠네요."

"아, 그럴 수도 있겠네요."

무슨 생각을 하고 있을지는 상상도 안 되지만, 금붕어는 그저 가만히 있었다.

"좁아서 불쌍해요."

쇼코는 더는 참을 수 없어져 말했다. 그것 말고는 달리 할말을 찾을 수 없었다.

"녀석은 아마 거의 아무것도 못 느끼지 않을까 싶어요."

마나부가 스스로에게 되뇌듯 살짝 소리 높여 말했다.

"네. 그렇겠죠."

"수컷인지 암컷인지는 모르겠지만."

오후에 다시 모토코의 병실로 돌아가 한동안 시간을 보낸 뒤 둘은 병원을 뒤로했다.

둘은 마나부의 차를 타고 왔다. 예전에 '쇼핑 가고 싶다'는 모토코를 태우고 쇼코가 운전한 적 있는 노란색 오픈카였다.

"돌아가는 길은 제가 운전할까요?"

쇼코가 일단 제안해봤지만 그는 거절하고 운전석에 앉았다.

산을 내려가자 마나부는 기나긴 한숨을 쉬었다. 아무래도 무의식중에 나온 행동인 듯해 쇼코는 잠자코 있었다.

휴일 오후지만 어중간한 시간대라선지 도메이고속도로 상행은 한산했다.

마나부는 화장실이나 휴게소에 들르고 싶으면 편하게 얘기하라고 몇 번 정중하게 권하는 것 말고는 거의 말을 하지 않았다.

도쿄 도내로 진입하기 직전 대형 휴게소에 들렀다.

"차라도 마실까요?"

쇼코는 별로 목이 마르지 않았지만 그를 잠깐 쉬게 하는 게 좋겠다 싶어 고개를 끄덕였다.

휴게소에는 편의점부터 프랜차이즈 카페, 덮밥집, 패스트푸드점까지 없는 게 없었다.

둘은 카페에 들어가 마주앉았다.

"오늘 정말 감사합니다."

마나부는 벌써 몇번째인지 모르게 고개를 깊이 숙였다.

"아니에요, 별말씀을요."

오늘 병문안은 쇼코가 데려가달라고 부탁한 것이었다.

"어머니가 좋아하실 거예요."

그 말 또한 몇번째 하는 건지 몰랐다.

거의 매주 병문안을 간다는 그의 말에 쇼코가 "저도 한번 데려가주세요" 하고 요청했다. 그가 항상 혼자 간다는 것을 알고 뭐라도 힘이 되고 싶었다.

이런 상태가 벌써 삼 개월은 이어지고 있을 터였다.

"따님과는 그후로 어떻습니까?"

커피잔 위쪽을 물끄러미 응시하던 마나부가 불쑥 고개를 들고 말했다. 자기 혼자 생각에 빠져 있던 걸 깨닫고 미안해진 모양이었다.

저는 신경쓰지 마세요, 라고 말할까도 생각했지만 아카리 얘기라도 들으면 조금은 시름이 잊힐까 싶어 쇼코는 대답했다.

"다시 한 달에 한 번 만나게 됐어요. 그 외에도 부부 기념일이나 큰 가구를 사러 가거나 할 때 제가 아이를 맡기로 했고요."

"잘됐네요."

쇼코는 지난 주말, 아카리와 하라주쿠에서 만났을 때를 떠올렸다.

요시노리 부부는 동료의 결혼식 피로연에 갈 예정이었다.

그 동료는 요시노리의 후배이자 미나호의 선배인데, 예전에 집에 놀러온 적이 있어 쇼코와도 얼굴을 아는 사이였다. 딱 한 번 만났지만 밝고 배려심 있는 사람이었다고 기억한다. 미나호와 통화하며 그의 결혼 소식을 알았을 때 쇼코는 얼떨결에 "어머, 잘됐네요. 축하한다고 전해주세요"라는 말이 나와버려 아차했다.

"아, 네."

미나호는 당황하면서도 곧장 대꾸해줬다.

"아, 아니, 일부러 하실 필요는 없고요."

쇼코가 허둥지둥 말을 고치자 미나호가 다행히 곧바로 화제를 바꿔주었다. 사내에서 재혼한 사이임을 다 알고 있는 사람들에게 "전 부인이 축하한다고 전해달래요"라고 어떻게 말할 수 있겠는가.

어색하고 민망해질 뻔했지만 그것과 별개로 감정이 동요하는 일은 없었다. 쇼코는 자신도 조금 변했다는 생각이 들었다.

하라주쿠에서 만나자고 한 건 아카리였다. 휴일의 하라주쿠가 얼마나 혼잡한데, 하고 쇼코가 말렸지만 아이는 그래도 가고 싶다고 했다.

다케시타도리는 변함없이 콩나물시루처럼 북적거렸고, 젊은 이들만큼 외국인 여행객이 많아서 놀라웠다. 말레이시아계로 보이는 히잡을 쓴 여성도 많았다.

쇼코가 뭐 하나 사주겠다고 하자 아카리는 묘하게 반짝거리는 가방과 지갑 중 뭐로 할까 망설이더니 결국 아무것도 고르지 않았고, 카페에서 차를 마시고 뜬금없이 100엔숍에만 들어갔다 왔다.

카페에서 플레이팅이 예쁜 팬케이크를 먹은 것만으로도 충분히 만족한 듯했다.

"리코는 중학교 입시학원에 다녀."

"그래?"

"사립으로 간대."

아카리가 무지개색 크림을 핥으며 말하자 쇼코는 살짝 마음이 뒤숭숭했다.

"아카리도 가고 싶어?"

아이는 고개를 갸웃거렸다.

"친구들이 다 다니면, 나도 가고 싶을 것 같아."

"다들 다녀?"

"지금은 리코만."

"흐음."

"엄마도 미나호 엄마랑 똑같은 말을 하네."

새엄마를 미나호 엄마라고 부르기로 한 모양이다.

"똑같은 말?"

"미나호 엄마도, 아카리도 가고 싶니?라고 했어."

"그리고, 또 뭐라고 하셨어?"

"아카리도 다니고 싶으면 다녀, 라고."

아카리가 사립 중학교에 간다는 건 지금껏 생각해본 적도 없는 미래였다.

대체 학비가 얼마나 들까. 얼마가 됐든 쇼코가 온전히 책임질 수 있는 금액이 아닌 건 확실하다. 학원비만 해도 그렇다.

"엄마, 왜 그래?"

정신을 차려보니 쇼코는 심각한 표정을 하고 커피를 마시고 있었다.

"아무것도 아냐."

하기야 요시노리는 고향의 사립 중학교를 나왔다. 딸을 똑같이 키우고 싶다 해도 이상한 일이 아니다.

"엄마는 어떻게 생각해?"

"글쎄, 잘 모르겠네. 엄마 고향에는 사립 학교가 별로 없었거든. 공립 중학교에서도 좋은 교육을 받을 수 있을 텐데."

아이는 성장하고 있다. 사교육비도 학비도 점점 올라갈 것이다.

현실이 성큼성큼 육박해온다. 그렇다고 지금 침울해해봐야 무슨 소용일까. 억지로 미소를 지어 보였다.

"나도 지금은 다니고 싶지 않아."

"그래. 다니고 싶어지면 엄마한테도 얘기해줘."

"알았어."

"저기, 아까 본 가방이랑 지갑 중에 어떤 걸로 할래? 아니면 다른 걸로 할까?"

쇼코는 화제를 돌렸다.

"미나호 씨와는 아무래도 멋쩍은 관계예요."

쇼코가 그렇게 말하자 마나부는 후후후, 하고 오늘 들어 처음으로 웃었다.

"멋쩍다는 말씀은?"

"가끔 계절 인사를 하는 메시지가 온다거나."

"아."

"답장하면 느닷없이 장문의 메시지가 오기도 하고요."

"그래요?"

마나부는 의아해하는 얼굴이 되었다.

"어떤 내용인데요? 아, 말씀하기 괜찮으시다면요."

"어떻다고 할 것도 없어요. 전남편이나 아카리에 관한 말은 거의 없고, 최근에 본 TV 프로그램이나, 지진 대비용 방재용품 정보나, 아파트 베란다에서 본 석양이 예뻐서 눈물이 났다 같은 얘기예요."

마나부가 고개를 갸웃거렸다.

"그게 무슨 뜻일까요?"

"저도 뭔지 모르겠지만, 그후에 답장하면 또 연락이 뚝 끊기고 그래요."

"흐음."

"한 달에 한 번 딸을 만나는 날에도 전남편이 따라오니까 미나호 씨를 본 지는 한참 됐지만요. 뭐, 그 사람 나름대로 마음을 써주는 게 아닐까 싶어요."

"그럴 수도 있겠네요."

마나부는 뱃속 깊은 곳에서 솟아나는 듯한 한숨을 함께 내뱉었다.

"메시지도 분명…… 친해지자, 사이좋게 지내야 해, 하고 생각할 때도 있고, 왜 내가 전 부인한테까지 신경써야 하지, 하고 짜증스러운 날도 있어서 그런 게 아닐까요? 확실히는 모르겠지만."

"전남편의 새 부인과의 관계가 양호한 경우는 잘 없으니, 이 정도가 보통인 걸지도 모르겠네요."

"그러게요."

"하지만 그렇게 감정에 기복이 있는 사람이라면 조금 걱정스럽긴 한데요. 아카리를 생각하면."

마나부가 미간을 찌푸렸다.

"아카리는 즐겁게 잘 지내는 것 같아요. 힘들다거나 그런 말은 전혀 하지 않으니 아마 집에서는 괜찮을 거라고 생각해요."

그렇게 생각하기로 했어요, 라는 말은 가슴에 넣어두었다.

마나부와 같은 걱정을 물론 쇼코도 품고 있었다. 하지만 마나부가 먼저 말해줬기에 미나호의 험담을 하지 않고 넘어갈 수 있었다.

그런 '배려'랄까 '세심함'이라 할 성격이 자신과 어딘가 비슷해서, 그와 함께 있으면 왠지 모르게 안심이 된다.

"어머니도 아카리를 걱정하세요." 마나부가 말했다.

"그래요?"

"어떻게 하면 쇼코 씨랑 아카리가 행복하게 살 수 있을까, 하고 종종 말씀하셨어요."

쇼코는 저도 모르게 미소를 지었다. 모토코가 자신에게는 그렇게까지 직접적으로 언급한 적이 없었다.

"감사하네요. 마음 써주셔서."

"그러더니…… 네가 아빠가 되어주면 어떻겠냐고."

"네?!"

전혀 예상치 못한 말에 쇼코는 그만 목소리가 커졌다.

"아, 죄송합니다. 그냥 어머니 말씀이었어요. 다른 뜻은 아니고, 노인들 생각에서요."

마나부는 살짝 시선을 깔고 담담하게 설명했다.

"너랑 쇼코 씨가 결혼하면 어떠냐고 늘 말씀하셨어요. 특히 저 병원에 들어가신 무렵부터. 분명 둘 다 걱정해서 그러신 거겠죠."

쇼코는 정말로 목구멍이 꽉 막혀서 아무 말도 할 수 없었다.

그러다 잠시 후, 여기서 아무 말도 안 하는 건 실례라는 생각이 들어 겨우 중얼거렸다.

"그랬군요…… 마나부 씨도 난감하셨겠어요, 그런 말을 들으면…… 저처럼…… 아이가 있는…… 사람이랑."

"아뇨."

마나부는 작게 부정한 뒤 차분히 얘기를 시작했다.

그는 젊은 시절 한 여자와 오랫동안 살았다고 했다. 연상의 같은 업계 종사자였는데, 서른다섯 살을 넘었을 무렵 그녀가 '결혼하지 않겠느냐'고 프러포즈를 했고, 일단 마나부도 결혼을 결심

했지만, 스스로도 설명할 수 없는 감정 때문에 혼인신고까지는 하지 않았다는 것이다. 그런 마나부의 마음을 눈치채고 그녀는 떠나갔다고 한다.

"저는 형편없는 인간이었어요. 정말 좋은 사람이라, 제 마음을 눈치채고 헤어져준 거죠. 그후 그녀는 일을 그만두고 고향으로 돌아갔어요. 부모님을 돌보면서 그 지역 독립출판물을 편집하거나 글 쓰는 일을 한다고 들었는데, 몇 년 전 병으로 세상을 떠났고요. 부모님을 다 돌보고 난 뒤…… 저는 지금껏 그 사람 말고는 제대로 된 교제 상대를 거의 만나지 않았어요."

그는 중간에 말을 끊더니 커피를 한 모금 마셨다.

"죄책감이라는 말로 자신을 정당화하고 싶지 않아요. 그게 가능하다고 생각하지도 않고요. 정말 형편없는 인간이었다고 반성해요. 하지만 그런 제게도 누군가를 책임감 있게 마주할 기회가 있다면, 그 기회를 허락해주신다면."

쇼코는 그 말이 중간부터 자신을 향한다는 걸 알아채고는 당혹스러웠다.

"함께 걸어나가고 싶어요."

"네……"

"뜨거운 마음……은 아닐지도 몰라요. 하지만 차분하고 안정된 감정으로 함께할 순 없을까요?"

마지막에 마나부가 고개를 들었다. 그 시선에 눌리듯 쇼코는 고개를 숙였다.

"……죄송해요, 너무 갑작스러워 깜짝 놀랐어요."

갑작스러운 일이라서만은 아니다. 이렇게 정식으로 교제 요청을 받은 건 쇼코 인생에서 거의 처음이었다. 전남편과는 아이가 생기는 바람에 명확한 의사 표시 없이 결혼을 결정했었다.

"그렇죠. 그래도 가능하면 한번 생각해주세요."

마나부도 결코 쇼코를 깊이 사랑한다거나 애틋함을 느끼는 건 아닐 것이다. 어머니를 줄곧 지켜봐준 데 대한 고마움, 전우애 같은 것일지도 모르겠다.

쇼코는 마지막까지 확답을 하지 못했다.

다이치가 "한번 제대로 얘기하자"고 연락한 건 마나부와 함께 모토코의 병원에 다녀온 지 며칠 후의 일이었다.

쇼코는 망설여졌다. 새삼스레 얘기하는 게 귀찮기도 했고, 가도야에 대해서도 어디까지 말해야 좋을지 모르겠다. 그는 "다이치 도련님에게는 말하지 마세요"라고 했었다…… 그렇지만 같은 일을 하는 동료로서 아무래도 서로 의논해야 할 것이 있었다.

'고마쓰 미사키 문제도 좀더 적극적으로 해결책에 접근하려면 다이치의 이해와 협력이 필요해. 그러기 위해서라도 서로 맺힌

감정은 푸는 편이 좋겠지.'

그래서 쇼코는 고민하면서도 다이치의 제안을 받아들였다.

요즘 들어 각자 지킴이 일로 바빠 일이 없는 날에 일정을 맞추는 게 불가능했다. 할 수 없이 둘 다 일이 끝나고 오전 9시에 나카노의 사무실에서 얘기하기로 했다.

약속 시간에 조금 늦게 들어갔더니 다이치가 퉁명스러운 얼굴로 쇼코를 보았다.

"왜 이렇게 늦게 와. 커피 사 왔는데. 다 식겠네."

그의 손에 커다란 스타벅스 종이컵 두 개가 들려 있었다.

"카푸치노랑 카페라테, 뭐로 할래?"

게다가 안 마시고 기다려준 모양이다.

"고마워. 그럼 난 카페라테."

내 얼굴도 다이치랑 비슷하겠지, 쇼코는 그렇게 생각하며 컵을 받아들었다. 한동안 멍하니 사무실 소파에 앉아 커피를 마셨다.

지킴이 일이란, 일하면서 의뢰인과 같이 있는 동안은 자세가 반듯할 필요가 있다. 그 영향인지 일을 마치고 의뢰인 집에서 한 걸음만 나서면 건전지가 닳은 인형처럼 축 처져버리곤 한다.

그저 누군가를 지켜보는 일도 꽤 신경쓰이고 지치는 법이다.

"어젯밤은 고마쓰 미사키네였지?"

"응."

"어땠어?"

"여전하지."

"나는 신주쿠 상가 건물의 할아버지 집."

다이치는 오래된 단골손님의 이름을 말했다. 많은 건물을 가진 자산가이지만 제일 처음 구입했던 신주쿠2가 건물의 한 호실에 산다. 쇼코도 몇 번 간 적이 있다. 최근에 아내분이 돌아가시고 혼자가 되고서는 지킴이를 더 자주 부르는 듯했다.

"특별히 뭘 하는 것도 아니야, 얘기도 거의 안 하시고. 그저 같이 있어달라고만 하셔."

"외로우신가보지."

쇼코는 말하고 나서 화들짝 놀랐다. 평소에는 그렇게 난폭한 단어로 의뢰인의 기분을 표현한 적이 없다. 외롭기는 다들 똑같다. '외롭다'라는 한 마디로 치부하는 건 '한가한가보지' '멍청해서 그렇지' 같은 말과 마찬가지로, 그 너머의 말들을 전부 차단해버리는 일이다. 아무것도 생겨나지 않는다. 외로운 건 당연하고, 그 안에서 그들은 뭔가를 찾고 있는 건데.

아니나 다를까, 다이치가 입을 다물어버렸다.

커피를 거의 다 마셨을 즈음 쇼코가 입을 열었다.

"어디서부터 어떻게 설명하면 좋을지 모르겠지만"

"어."

"……가메야마 사무실의 물건을 배달했었잖아, 내가."

"그 일은 미안하대도."

"너는 가메야마 사무실에서 어떤 설명을 들었던 거야? 그 일에 관해서."

"어?"

"혹시 위험한 일이라는 생각은 안 해봤어? 아니면 그런데도 나한테 일을 준 거야?"

"가도야한테 들었어?"

"아니."

다이치는 진위를 묻듯 쇼코의 얼굴을 물끄러미 쳐다보았다.

"당연히 나도 자세한 부분까지는 전혀 몰랐어."

"정말?"

쇼코가 가볍게 반발하자 다이치는 작은 목소리로 덧붙였다.

"사실 조금은 위험한 일이겠구나 싶긴 했어."

다이치는 고개를 숙였다.

"미안."

쇼코는 적지 않게 충격을 받았다.

다이치는 알면서도 나한테 그런 일을 시켰던 거구나.

"다만."

그의 목소리가 다시 커졌다.

"다만 이렇게까지 위험한 일이라고는 생각 못했어. 누가 체포될 정도라고는. 게다가 체포될 사람과 네가 직접 만나는 일이 있을 거라고는 상상도 못했어."

"그래도 조금은 위험하다는 걸 알았던 거네."

다이치는 한동안 침묵한 다음 말했다.

"그 점은 정말 미안해. 아마 우리 집안은 그런 감각이 보통사람과 조금 다를 거야. 아니, 달라. 할아버지의 그런 사무실에서는, 여러 가지 일이 있어. 한마디로 설명할 수 없을 정도로 이런저런 일이. 깨끗한 일만 해서는 처리가 안 돼."

"그럴지도 모르지만."

"정치에 돈이 든다는 게 어느 정도인지, 아마 보통사람들은 잘 모를 거야."

"예전에는 그랬다 쳐도 지금은 힘들지 않아?"

"맞아. 그런데 이쪽이 바뀌어도 지역구 사람의 마음이 바뀌지 않으면 어쩔 수 없어. 시골에서 사람이 올라와. 도쿄 사무실에 인사차 얼굴을 비춰. 그럼 빈손으로 돌아가게 할 순 없는 거야. 요즘은 빡빡해졌다고 해도, 차 한 잔 대접하고 보내진 못해. 그랬다간 고향에 돌아가서 가메야마 사무실은 짠돌이라느니 이제 끝났다느니, 무슨 말을 할지 몰라. 결혼식이나 장례식도 그래. 축의금이나 조의금을 보내는 건 원칙적으로 금지지만, 당연히 뒤에서는 이런저런 돈이 움직이고, 그 사람들은 그렇게 아슬 아슬한 지점에서 일하는 거야."

뭐, 보통사람에게 그런 사정 따윈 상관없지만. 다이치는 중얼 거렸다.

"어찌됐든 미안해. 내가 그런 환경에서 자라와서 그 정도면 괜 찮을 거라고 대수롭지 않게 본 부분이 있어."

"아이가 있어."

쇼코는 저도 모르게 그렇게 대꾸했다.

"난 아이가 있다고. 그건 생각 안 한 거야? 무슨 일이 생길지 도 모른다는 걱정은 조금도 안 한 거야?"

"맞아. 내가 경솔했어. 의뢰받았을 때 조금은 위험할 수 있을 거라고 생각했지만 거기까지는 예상 못했어. 내 인식이 안일했 어. 솔직히 너한테 마침 좋은 용돈벌이가 되지 않을까, 그 정도 로만 생각했어."

다이치가 고개를 숙였다.

"정말 미안해. 내가 잘못했어. 앞으로는 조심할게."

이렇게까지 사과하니 더는 책망할 수 없었다. 쇼코는 약간 주 저하다 물었다.

"……가도야 씨는 앞으로 어떻게 되는 거야?"

"어?"

"가도야 씨 말이야, 체포된 사람."

"글쎄…… 다른 사무실이라."

"그럼 가메야마 사무실 사람한테 물어봐서 알아봐줘. 그 사람 어떻게 되는 건지, 지금 어디 있는지."

다이치가 수상쩍다는 듯한 눈길로 쇼코를 보았다.

"알겠는데…… 그렇게까지 알고 싶어?"

"응."

"왜?"

가도야가 다이치와 가메야마 사무실에 비밀로 하고 자기를 도와주려 했다고는 말할 수 없었다.

"그냥."

"무슨 일이 있었던 거야?"

쇼코는 대답하지 않았다.

"이상하잖아. 가도야랑 뭔가 있었던 거야?"

"아무것도 없어. 그래도 그 사람은 나를, 나랑 아카리를 걱정해줬어. 적어도 너보다는."

사무실 얘기를 마치고 쇼코는 화제를 바꿔 다이치에게 말했다.

"고마쓰 미사키를 도울 수 있지 않을까"

쇼코의 제안에 다이치는 더욱 반대했다.

"언제부터 그렇게 다른 사람 인생에 참견하게 됐어? 우리는 그저 지킴이일 뿐이야. 그냥 밤에 집으로 가서 사람을 지켜봐주고 아침에 돌아오면 되는 거야. 그걸로 충분하다고."

다이치는 전에도 말했던 주장을 되풀이했다.

"네 말대로라면 그뿐이겠지만, 이 일을 언제까지 계속할 거야? 언제까지 계속될 거라고 생각해? 언제까지 어린애처럼 너희 가업이나 가메야마 사무실에서 도망치기만 할 건데?"

쇼코가 고함을 치자 다이치는 입을 다물어버렸다.

정오가 조금 지나자 다이치가 "점심 먹을래?"라고 말했다.

서로 하고 싶은 말을 주고받고, 쇼코는 살짝 울기도 해 지칠 대로 지쳐 있었다.

"됐어, 난 집에 갈래."

"그러지 말고. 내가 살 테니까 점심 먹자."

하긴 배가 상당히 고팠다. 시계를 보니 오후 1시가 지났다. 손끝에 힘이 안 들어갈 정도였다. 배고픔을 이기지 못하고 쇼코는 고개를 살짝 끄덕였다.

사무실을 나오자 다이치는 나카노역 남쪽 출구 쪽으로 걸어 갔다.

"어디 가는데?"

"내가 발견한 곳이 있어."

쇼코는 배가 텅 비었다. 다이치도 마찬가지일 것이다.

나카노역은 남쪽 출구와 북쪽 출구 모두 가게들이 많다. 프랜차이즈 매장도 있고 유명한 라멘집들도 즐비하다. 다이치는 프랜차이즈 덮밥집 두 군데를 지나치고 유서 깊은 라멘집도 쳐다보지 않았다. 맥도날드는 훨씬 뒤쪽에 있다. 쇼코는 아쉽다는 듯 음식점들을 뒤돌아보았다.

"난 어디든 괜찮은데."

"그러지 말고."

오거리가 나오자 다이치는 오른쪽으로 나아갔다.

"거의 다 왔어."

여기까지 오니 보이는 가게가 확 줄어들었다. 포장 전문 도시락집과 치과뿐이다.

커다란 깃발 앞에서 다이치가 걸음을 멈췄다.

"여기야, 여기."

깃발에는 큼직하게 '가라아게'라고 쓰여 있었다.

입구 옆에 손글씨 메뉴판이 덕지덕지 붙어 있었다. '가라아게 덮밥' '모둠 튀김' '소고기 넓적다릿살 플레이트' 등 먹음직스러워 보이는 컬러사진과 글자가 춤추고 있다.

모든 덮밥에 닭고기 가라아게 5개에서 15개까지 추가 가능, 밥 양은 소 · 중 · 대에서 고를 수 있습니다.

하이볼 200엔.

이 거침없는 서비스 방식을 어디선가 본 기억이 있었다.

"어? 여기!"

엉겁결에 그런 소리가 튀어나왔다. 다이치는 무시하고 안으로 들어갔다. 허둥지둥 뒤따라간다.

"안녕하세요."

안에 있던 젊은 남자 점원에게 다이치가 친근하게 인사했다. 아마 처음이 아닌 모양이다. 오후 1시 반이 지난 가게 안에 다른 손님은 없었다.

7, 8석짜리 카운터석에 4인용 테이블 두 개. 실내는 무미건조하지만 온 벽에 다양한 메뉴가 빽빽하게 붙어 있다.

—우라카스미* 400엔.

—센베로** 세트 추하이 700엔.

쇼코는 먼저 테이블에 앉은 다이치의 맞은편에 앉았다. 가게 앞에 붙어 있던 것과 같은 메뉴판을 응시한다.

---

* 일본 미야기현의 대표적인 술. 향긋한 향과 깔끔한 맛이 특징이다.
** '천 엔 정도로 취한다'는 뜻으로, 가격과 구성이 좋은 술 메뉴를 가리키는 조어.

"뭐로 할래?"

"다이치, 여기 혹시……"

쇼코가 나직이 말하자 다이치는 도도한 표정으로 대꾸했다.

"이제 눈치챘어?"

"내가 아키하바라에서 발견했던 엄청 저렴한 가라아게, 그 가게잖아. 그후에 갔더니 없어졌던데!"

다이치가 의도대로 됐다는 듯 그제야 웃었다.

그곳은 쇼코가 예전에 아키하바라에서 찾아낸 가라아게덮밥집으로, 밤에는 술집이 되는 곳이었다. 덮밥이 단돈 500엔이고 가라아게를 다섯 개에서 열다섯 개까지 원하는 만큼 올릴 수 있다.

쇼코가 전에 먹었던 '치킨난반덮밥'도 여전히 있었다. 가격은 가라아게덮밥보다 좀더 비싸지만 이것 또한 다섯 개에서 열다섯 개까지 가라아게를 추가할 수 있다. 게다가 술도 하이볼 200엔, 생맥주 380엔으로 무척 저렴하다.

"망한 게 아니라 이전한 거였구나……"

"그렇지."

"어떻게 알았어?"

"스마트폰이라는 현대 문명의 기적을 모르니, 너는?"

다이치는 쇼코에게 아키하바라의 가게가 없어졌다는 얘기를 들은 뒤 검색 사이트에 가게의 특징을 입력해 예전 상호를 찾았다. 그리고 그 상호로 다시 검색했더니 금세 찾았다고 한다. 그 가게가 아사가야를 거쳐 여기 나카노로 이전하면서 상호가 바뀌었다는 것도 알았다.

"싸고 맛있다고 했지? 그런 가게가 그리 쉽게 망하지는 않아."

"역시."

쇼코는 물끄러미 메뉴판을 바라보았다.

예전에는 아무튼 가격이 엄청 저렴한 가라아게집이었다. 그러나 새로워진 곳은 닭고기뿐 아니라 소고기도 취급한다. 납작한 접시에 밥과 큐브스테이크, 채 썬 양배추 등이 올라간 소고기 넓적다릿살 플레이트라는 메뉴가 있는데, 치즈소스나 토마토소스로 맛을 변경할 수 있다. 그리고 모둠 튀김도 새롭게 추가됐다. 가라아게뿐 아니라 흰살생선튀김, 새우튀김, 감자샐러드가 들어간 플레이트다. 이게 무려 580엔.

'진짜 저렴한 가게야. 이 정도 모둠 튀김이면 천 엔 정도는 받아도 될 텐데.'

덮밥도 가라아게만 올라간 기본 메뉴가 500엔(열다섯 개까지 동일 가격), 치킨난반덮밥으로 하면 650엔, 가라아게 델리마요 덮밥 600엔, 가라아게 매콤덮밥(고추장 베이스의 매운맛 양념)까지 네 가지 중에서 고를 수 있다.

"여전하네."

다이치가 툭 내뱉었다.

"응?"

"주문할 때는 언제나 정면 승부잖아, 너. 메뉴판에 코 닿겠다."

"넌 뭐로 할 거야?"

"난 가라아게 덮밥. 보통으로."

미안, 기다리게 해서. 쇼코가 무심코 중얼거리자 다이치는 시간은 얼마든지 걸려도 돼, 하고 웃었다.

"너도 참 한결같다."

"뭐가?"

"언제나 거의 기본. 어딜 가도 제일 무난한 걸 고르잖아."

라멘집이라면 무난한 '중화소바', 고심하면 '차슈멘', 정식집에서는 가게 추천 메뉴나 메뉴판 제일 위에 있는 것을 고른다.

"우리는 가족이 많고 일해주는 사람도 많았으니까 이런 때 우물쭈물하면 주문을 못하는 일도 있었거든. 심할 때는 할아버지한테 '빨리 골라, 선택이 느린 남자는 일하는 것도 느리다'고 혼났어."

"그랬구나."

유복하지만 늘 드나드는 사람이 많아서 정신없던 다이치의 본가가 생각났다. 주위에 사람이 많은데도 어린 시절의 그는 늘 고독해 보였다.

"게다가 복잡한 음식을 주문하면 가게 사람한테 부담되잖아. 그러잖아도 대인원으로 가서 폐를 끼치는데. 선거구에서 눈에 띄어서는 안 된다, 미움을 사서도 안 된다, 그런 잔소리를 질릴 만큼 들었어."

도련님도 나름의 고생이 있다. 쇼코는 아까 성질냈던 것을 조금 후회했다.

"정했어, 역시 난 치킨난반덮밥, 가라아게는…… 음. 일곱 개로!"

"나는…… 음. 여섯 개."

쇼코는 무심코 다이치를 째려보았다.

"어쩔 수 없잖아, 난 소식하니까."

"내가 더 많이 먹는 것 같잖아……"

쇼코는 이전과 같은 메뉴를 고르고, 하이볼을 추가했다.

덮밥을 기다리는 동안 먼저 손잡이 달린 큼직한 잔에 하이볼이 나왔다.

카운터 안쪽 주방에서 기름 튀기는 소리와 고소한 냄새가 풍겨온다.

'이 냄새만으로도 한잔할 수 있겠어.'

"드시죠."

다이치가 재촉했다.

쇼코는 묵직한 잔을 들어올리고 꿀꺽꿀꺽 목구멍으로 술을 흘려넣었다.

"캬……"

이전과 똑같이 싱거운 하이볼. 하지만 강렬한 탄산이 상쾌해 점심에는 이 정도가 딱 좋다. 무엇보다 200엔이라는 저렴한 가격 덕분에 한층 맛있게 느껴진다.

"좋아, 그럼 나도 마실까."

다이치도 맥주를 주문했다. 그가 대낮부터 술을 마시는 일은 드물다.

"낚였어. 네가 그렇게 맛있게 마시니까."

"헤헤헤헤."

아주 약간의 알코올이 둘의 기분을 가볍게 해준 것 같았다.

"할아버지나 사무실 사람한테 물어볼게."

다이치가 툭 내뱉었다.

"응."

"가도야에 대해서."

그걸로 얘기는 끝났다.

'역시 오랜 친구야.'

"오래 기다리셨습니다!"

덮밥 두 개가 테이블에 나란히 놓였다.

"우아."

저도 모르게 탄성이 흘렀다.

"크다."

"엄청 커."

"이렇게 컸었나요? 가라아게가."

다이치가 젊은 남자 점원을 올려보았다.

"네."

그는 새삼스레 무슨 소리냐는 듯한 표정으로 카운터 안으로 돌아갔다.

검은색 그릇이 꽤 세련되고 스타일리시하다.

밥 위에 갓 튀긴 가라아게가 빽빽하다. 한 조각이 한입 사이즈는커녕 5센티미터는 되는 것 같다. 그 위에 살짝 오렌지핑크색을 띤 타르타르소스와 새콤달콤한 양념장이 뿌려져 있다. 밥과 가라아게 사이에는 채 썬 양배추. 쇼코는 가라아게를 젓가락으로 집어 한입 먹었다.

'전에도 생각했지만, 절대 이 가격이라고 생각할 수 없을 만큼 가라아게의 질이 높아. 고기는 부드럽고 튀김옷은 바삭바삭. 간이 확실히 뱄는데 그렇다고 너무 세지도 않아. 타르타르소스를 묻히면 딱 알맞게 밥과 하이볼의 반찬이 된다.'

"맛있다."

다이치도 감탄한다.

"대식가나 젊은 남자애들한테는 천국 같은 곳이겠지?"

"응."

"열다섯 개로 하면 좋았을 텐데, 다이치도."

"난 그렇게 많이 못 먹어."

"저걸 보면 기운이 나. 이 가라아게, 약간 장기 같지 않아?"

"아. 그러고 보니."

장기는 홋카이도의 간장맛 가라아게다.

이곳 덮밥이 쇼코와 다이치의 입에 맞는 건 어쩌면 그것과 양념이 비슷해서일지도 모르겠다.

쇼코는 먹으면서 실내에 붙은 종이 메뉴를 하나하나 읽어봤다. 저녁시간에 가라아게는 '여섯 개 300엔, 여덟 개 400엔, 열 개 500엔'이 되는 모양이다. 점심보다는 약간 비싸지만 그래도 충분히 저렴하다. '감자튀김 300엔'이나 '김치 200엔'이라고 적힌 종이 사이에서 '센베로 세트'라는 것이 또 눈에 들어왔다. 추하이 700엔, 위스키 800엔이라고 적혀 있다.

'아. 안주랑 추하이 세트인가 했더니 아니었네.'

무려 소주 혹은 위스키 500밀리리터와 탄산 2리터(!), 얼음으로 구성된 세트였다. 이 정도면 충분히 취할 양이리라.

'이렇게 마시면 분명 이름값을 하겠네.'

"저기 좀 봐."

다이치에게 저도 모르게 손가락으로 그것을 가리켰다.

"대단하다."

"여기 와서 이 500엔짜리 덮밥에 가라아게 열다섯 개랑 소주 세트를 주문하면 1200엔으로 두 사람이 배도 부르고 곤드레만 드레 취할 수도 있겠어."

"뭐, 덮밥 하나를 둘이서 나눠 먹는 건 안 되겠지만. 올해 송년 회는 여기로 해야겠다. 지킴이 일 끝나고 오면 바로 취하겠네."

"뭐? 진짜?"

쇼코는 튀어오르듯 웃었지만 다이치의 표정은 농담이 아닌 듯했다.

가라아게덮밥을 다 먹은 다이치가 남은 맥주를 쭉 들이켜고 말했다.

"좋아. 고마쓰 미사키 문제, 어떻게든 해보자."

"정말?"

"뭐, 지킴이가 그렇게까지 할 필요는 없지만. 이미 주사위는 던져졌어. 넌 누구보다 그 일에 진심이고, 나한테는 수단이 있어. 소타와 그 친구들, 그리고 우리 사무실 변호사가 있으니까."

"응. 그런데 무엇보다 미사키랑 부모님에게 결단을 내리게 하는 게 가장 힘들 것 같아. 수단보다도."

"아무래도 그렇지."

그렇게 된다면 자기 자신에게도 도움이 될 것 같다는 말은 하지 않았다.

그 말을 하면 다이치가 "도움이라니, 무슨?"이라고 물어올 것이고, 그 답은 쇼코 자신도 잘 알 수 없었으니까.

"여기요! 센베로 세트, 지금 주문해도 되나요?"

쇼코가 점원을 향해 손을 들었다.

"어?" 다이치가 놀랐다.

"런치 타임이 오후 3시에 끝나는데, 그 시간까지만 드실 거면요."

"그럼 주세요. 위스키로."

"진짜 먹게?"

"마시고 가자. 내가 살게."

"그래, 오늘은 이미 마셔버렸으니…… 감자튀김이랑 이타와사*도 추가할게요."

"풋콩이랑 김치랑 냉토마토도요."

"이러면 전혀 저렴하지가 않잖아."

'나는 어디서 도망치고 싶은 걸까. 어떤 도움을 받고 싶은 걸까.'

---

* 얇게 썬 어묵에 고추냉이를 곁들이고 간장에 찍어 먹는 음식.

그 문제가 더 다이치를 걱정시킬 것 같았다.

다만 알 수 있는 건, 사라지거나 잃어버린 것들도 때로 부활한다는 사실이다. 마치 이 가게처럼.

쇼코는 모토하코네의 병원에 있을 모토코 씨를 생각했다. 마나부도, 그리고 미사키도, 지금 자기가 할 수 있는 최선을 다한다면 어떤 길이 보일 것 같았다.

그러니 오늘은 그냥 이 가라아게를 하이볼과 함께 삼키기로 했다.

아홉번째 술

돈코쓰 라멘
시부야

벌써 두 시간 가까이 엄마와 딸을 마주하고 있다.

딸은 기분이 상해 고개를 돌리고 있고, 엄마는 그런 딸을 신경 쓰느라 전전긍긍하며 안색을 살피고 있다.

이래저래 이십 분 넘게 아무도 말을 꺼내지 않는 상태다.

교착 상태라는 게 이런 거구나, 쇼코는 생각했다.

아까까지 함께 설득을 계속했던 다이치는 지킴이 일을 갈 시간이 되어 "그럼 내일이라도 다시 뵙죠" 하며 자리를 떴다. 쇼코에게는 가볍게 양해를 구하는 손짓을 했다. '뒤를 부탁해'라고 말하고 싶은 듯한 모습이었다.

장소는 고마쓰 미사키의 집 맞은편에 있는 카페다. 다이치도 함께 간다고 했더니 여성 전용 건물이라 규칙상 남자는 출입 금지라며 이곳을 약속 장소로 정했다.

미사키의 엄마 아키에에게는 사전에 의논할 내용을 대략 전달해뒀다.

미사키 문제에 대처할 수 있는 전문가급 인물이 있다는 것, 대형 IT 기업의 직원이고 다이치의 아버지가 소개한 사람이라 신원이 보증된다는 것, 또한 가메야마 사무실의 변호사가 있으니 법적 상담도 할 수 있다는 것…… 무엇보다 통학할 때 말고는 집 안에 틀어박혀 있는 생활이 이대로 계속돼서는 안 된다는 것, 슬슬 취업 활동도 해야 하니 어떤 식으로든 손을 쓰는 편이 좋지 않을까 하는 얘기였다.

"저는 찬성이에요. 정말 간절히 그분을 소개받고 싶습니다. 하지만 미사키가 뭐라고 할지……"

전화로 얘기를 전했을 때 그녀의 목소리에는 힘이 없었다.

"남편분과도 의논해주세요."

쇼코가 그렇게 확인하자 그때만은 "됐어요, 그 사람은. 반대해봐야 누가 상관이나 할까봐" 하며 이전보다 한층 냉담한 대답이 돌아왔다.

엄마에게 아픈 사람처럼 팔을 붙들려 카페에 들어온 미사키는 살이 좀더 빠져 있었다. 피부가 희고 고운 편이라 쇄골 쪽이 묘하게 투명해서 반대편이 비쳐 보일 것 같았다. 물론 가게 안을 걸어 이쪽으로 오는 동안에도 스마트폰에서 눈을 떼지 않는다. 요즘 세상에 손에서 스마트폰을 놓지 않는 젊은이는 별로 신기할 것도 없으니 그리 기묘한 광경으로 보이지 않는다는 게 다행이었다.

쇼코는 그 모습이 익숙했지만, 다이치가 살며시 속삭였다.

"쟤, 학교에 혼자 갈 때는 어떻게 하는 거지?"

"길을 걸으면서도 줄곧 저래."

아침에 학교에 가는 미사키와 함께 딱 한 차례 역까지 걸어간 적 있는 쇼코가 대답했다. 위태위태하지만 요령껏 사람이나 자동차를 용케도 피해서 걸어간다.

"그런 일은 절대 못해요. 절대 안 돼요."

설명을 시작하자마자 미사키는 예상대로 얼굴을 찡그렸다.

"그래도 시간 내서 여기까지 와주셨으니 얘기라도 들어봐, 응? 미사키."

아키에가 분위기를 수습하듯 말했다.

"그래봐야 의미 없다니까. 그런다고 잘 해결되리라는 보장도 없는데 괜히 나만 더 무시당할지도 몰라. 아니, 잘 안 됐다간 또 놀림거리가 될 거라고. 세상에, 말도 안 돼. 차라리 아무것도 안 하는 게 낫다니까."

그 말도 일리는 있다고 쇼코는 생각했다. 아무것도 하지 않고 시간이 머리 위를 지나가기를 납작 엎드려 기다리는 것도 하나의 방법이다. 미사키가 말한 대로 실패 위험도 높다.

하지만 그걸로 괜찮은 걸까.

입씨름을 벌이다 결국 침묵한 채로 두 시간 가까이 흐르고, 다이치가 나가자 미사키가 엄마에게 따지기 시작했다. 여자들만 있으니 조심스러움이 사라진 건지도 모른다.

왜 새삼스레 그런 얘기를 하느냐고, 이제 겨우 학교에 다닐 수 있게 되어 엄마도 좋아했으면서 다 거짓이었느냐고, 결국 엄마는 나를 창피하게 생각하는 거냐고, 엄마 아빠는 자신들의 체면만 생각한다고⋯⋯

"말이 너무 심하잖아, 미사키."

무심결에 쇼코가 끼어들었다.

"어머니와 아버지가 지금까지 얼마나 걱정했는지 알아?"

"그래봐야 나 말고 다른 사람들은 결국 다 타인이잖아요. 정말 나를 생각한다면 아주 작은 리스크도 피해야죠. 당신들도 마찬가지예요. 어차피 남이고, 내가 제안을 받아들이면 수수료를 받을 수 있으니 이러는 거 아닌가요?"

시선을 아래로 향하고 있던 아키에가 순간 고개를 들더니 딸을 나무라려고 입을 열었지만 아무 말도 하지 않고 다시 다물었다.

쇼코는 아키에의 기분을 알 것 같았다. 내게 실례라고 생각하면서도 분명 딸의 말도 틀린 건 아니라고 느꼈으리라.

역시 자기 자식은 사랑스럽고도 걱정되는 법이다.

한편, 그토록 격분하면서도 미사키는 막상 자리를 박차고 카페를 나가려 하지는 않았다. 아주 간단한 일인데.

그 모습에 그녀의 복잡한 감정이 드러나는 것 같았다.

겁이 난다. 뭔가에 발을 내디디는 일은 무척 두렵다. 하지만 마음속 어딘가에는 희망도 있다. 어쩌면 어느 날 갑자기 꿈같은 해결법이 나타나 미사키를 구원해줄지도 모른다.

모든 것이 없었던 일처럼. 어느 날 눈을 떴더니 지금껏 생긴 악몽 같은 일들이 말끔히 사라져 있는 마법 같은 방법이.

쇼코와 다이치가 제시한 방법은 그 정도는 못 된다. 실망스러움이 그녀를 더욱 분노케 한다.

"우리도 최대한 미사키의 부담이 적고, 리스크도 작은 방법을 생각하고 있어요."

"어느 부분에서요? 장본인에게 전화하는 거? 저는 그런 생각을 하는 것만으로도 겁이 나서 몸이 떨린다고요."

실제로 미사키는 자신의 양팔을 끌어안고 몸을 떨었다. 아키에는 안쓰러운 듯 딸의 등을 쓰다듬었다.

"어떻게든 방법이 있겠죠. 전화는 나나 다른 남자가 할 수도 있고."

"그래도 좋겠네요."

"엄마가 전화했다가는 괜히 우습게만 보일걸."

어느 쪽이든 미사키를 만족시킬 방법은 아닌 듯하다.

쇼코는 잠시 생각하고는 말했다.

"우선은 미사키가 생각하는 사람…… 어쩌면 이 사람이 범인인지도 모르겠다 싶은 사람에게 연락하는 거예요. 그런 다음 경찰과 상담중이라고, 거짓말이라도 좋으니 그렇게 말해보는 거죠. 그것만으로도 상황이 바뀔지도 모르니까요. 결코 상대방을 탓하거나 화를 내려는 게 아니라 의논하듯 물어보는 거예요."

그러자 미사키가 말없이 이쪽을 노려보았다.

그 순간 쇼코는 깨달았다. 마침내 그녀와 눈이 마주친 것이다. 지금껏 스마트폰에서 눈을 떼지 않았던 미사키가 이 얘기를 시작하고 나서야 그 행동을 멈췄다.

"미사키는 무엇보다도 학교 친구들을 두려워하는 것 같은데, 그런데 그 사진…… 지금 인터넷에서 돌아다니는 사진을 학교 친구에게 보여준 적이 있어요?"

"네? 없는데요."

미사키는 고개를 저었다. 허를 찔려 솔직한 태도가 된 듯했다.

"대학교 친구한테 고등학교 남자친구의 사진을 보여줄 리 없잖아요. 그때는 이미 헤어진 뒤고, 대학교에서 새로운 관계가 생겠는걸요."

즉, 대학교에서 새 친구와 새 남자친구가 생겼으니 과거의 관계를 굳이 얘기할 필요가 없다는 것이다. 조금 계산적이긴 해도 어떻게 보면 당연한 일인지 모른다.

"그럼 적어도 그 사진을 유출한 사람이 대학교 친구는 아닌 거네요? 일단 미사키가 연락할 상대가 대학교 친구가 아닌 건 분명해요. 그렇다면 해볼 만하지 않아요?"

"모르겠어요, 그래도……"

미사키는 허공을 가만히 응시하며 잠시 생각에 잠긴 표정을 지었다.

"뭐…… 해볼 만한 것 같기도 하고."

"미사키는 사진을 유출한 사람이 누군지 알고 있어요?"

"잘 모르겠지만……"

미사키는 몇 번이나 "잘 모르겠지만"이라는 말을 중간에 넣어가며 머뭇머뭇 어렵게 말을 이어갔다.

"잘 모르겠지만, 혹시 전 남자친구의 현 여자친구 아닌가 싶기도 하고."

"뭐?"

얼떨결에 쇼코와 미사키의 엄마가 동시에 되물었다.

"그러니까, 고등학교 시절 제 남자친구가 현재 사귀는 여자친구요. 얼마 전 전 남친한테서 연락이 왔어요. 미스 캠퍼스에 나가기 전에. 실은 나미에랑 사귀게 됐다면서요. 나미에는 나랑 중학교 동창인데, 그애랑 같은 고등학교에 다녔어요. 나미에가 예전부터 그애를 좋아한다는 걸 알고 있었으니 잘됐다고 하고는 끊었죠."

"왜 그 여자친구 짓이라고 생각하는데요?"

"잘 모르겠어요. 그런데 미스 캠퍼스 후보가 인터넷에 발표됐을 때 그애에게서 메시지가 왔었어요. 잘됐다, 응원할게, 하고. 그리고 '인터넷에서 사진 봤는데 전보다 예뻐져서 깜짝 놀랐어. 다시 시작하고 싶어'라고 쓰여 있었어요."

"그래서 어떻게 했어?"

미사키의 엄마가 득달같이 묻는다.

"어떻게 해야 좋을지 몰랐어요. 솔직히 그때는 꽤 들떠 있었고, 그애 말고도 연락해오는 남자들이 많아서, 어쩌다보니 그냥 답 안 하고 뒀어요. 그러고서 그 메시지는 잊고 있었는데 일주일쯤 지나 다시 연락이 왔어요. 그리고 끝."

"그 일과 나미에라는 사람이 어떻게 연결되는 거지?"

"나미에가 그애 메신저 창을 봤나 싶어서요. 그후 나미에가 나한테 감정이 안 좋다는 소문도 들었고…… 내가 기고만장해져 그애를 다시 꾀었다느니 하면서요. 그럴 리가 없는데."

미사키는 생각에 잠긴 표정을 지었다.

"그때 확실히 대처해서 오해를 풀었어야 하나, 지금은 그렇게 생각해요. 나미에랑은 별로 친하지도 않았으니 그냥 됐다 싶어 적당히 넘겼어요. 그 얘기를 전해준 친구한테도 '이제 상관없어. 도쿄에 있으면 고향 일은 아무래도 상관없으니까'라며 잘난 척하기나 하고."

그녀는 입술을 살짝 깨물었다.

"왠지 그 일들이 신경쓰였어요. 고향 친구들한테 너무 소원했나 싶었지만 아무 행동도 하지 않았죠. 그래서 고향에서 찍은 과거 사진이 돌아다닐 때, 터질 게 터졌다고 생각했어요. 옛 친구들을 소중히 하지 않았으니 벌을 받았구나, 하고."

미사키가 무슨 말을 하고 싶은지는 알 것 같았다. 홋카이도 출신인 쇼코에게도 공감 가는 데가 없지 않았다.

하지만 쇼코가 생각하기에 그 나미에라는 여자가 사진을 유출한 것 같지는 않았다. 그와 한창 사귀는 중인데 굳이 옛 연인과의 관계를 다시 들출 만한 행동을 할까.

"나미에라는 친구는 아닐 것 같은데."

"그렇죠?"

같은 여자로서 통하는 게 있는지 아키에도 고개를 끄덕인다.

"그런데 그 사진을 손에 넣을 수 있는 사람이 진짜로 몇 명 없어요. 전 남친이랑 제 절친 정도. 아무리 저라도 그런 사진을 여러 사람한테 보여줬을 리 없잖아요."

쇼코가 생각한 것보다 사진을 가지고 있는 사람이 많지 않은 듯했다.

"그 절친이라는 사람, 나미에 씨가 화났다고 알려줬다는 친구예요?"

"네. 유카요."

"그 친구는 지금 뭐하고 지내요?"

"고향에 있는 백화점에 근무했었는데, 그곳이 문을 닫는 바람에."

"저런, 안됐네."

아키에가 말을 보탠다.

"유카는 잘못한 게 없는데 입사한 지 일 년 만에 회사가 도산해서 실업자가 됐어요. 지금은 직장을 알아보면서 이곳저곳에서 아르바이트를 하고 있을 거예요. 편의점이나 마트나 휴대전화 판매점 같은 곳에서요. 애는 착한데, 백화점이 없어진 뒤로 일을 꾸준히 하질 못해요."

"도쿄에 올 생각은 안 하나봐요?"

쇼코도 고향에서 전문대를 졸업한 뒤 일자리가 없어 도쿄에 왔기 때문에 자연스레 그렇게 물었다.

"제가 그런 말도 했죠. 도쿄는 도쿄대로 힘들 거다, 고향보다 일자리가 많을진 몰라도 집세나 생활비가 더 드니까, 라고 대꾸했던 것 같아요."

"그래서 포기했어요?"

"글쎄요, 어떨지. 요즘은 잘 얘기를 안 해서요."

"왜요? 왜 연락을 안 해요?"

"……이런 일도 있고…… 유카도 저를 조금 꺼리는 것 같아서……"

아무 증거도 없지만 쇼코는 사진을 유포한 사람이 그녀가 아닐까 생각했다.

하지만 그렇게 함부로 사람을 의심할 수 없다.

"전 남자친구는요? 미사키한테 차인 뒤 사진을 유포했을 가능성은 없어요?"

"글쎄요, 잘 모르겠어요."

일단 미사키의 대학교 친구와 미스 캠퍼스 관계자에 관해서도 얘기를 들었다. 그중 미사키의 고교 시절 친구나 남자친구와 연관된 인물이 있을 가능성은 낮아 보였다. 다만 관계자 중 실행위원인 일 년 위 선배가 끈질기게 미사키에게 메시지를 보내고 같이 놀자며 추근거렸다는 얘기가 신경쓰였다.

"그럼 지금 얘기한 것들을 토대로 대처 방법을 생각해보겠습니다. 다이치랑 IT 관계자와도 의논할게요."

괜찮죠? 하는 눈빛으로 쇼코가 묻자 미사키는 다시 스마트폰으로 시선을 떨구며 "네" 하고 고개를 끄덕였다.

또 스마트폰의 세계로 돌아가버렸구나 싶어 조금 아쉬웠지만, 그 모습이 예전만큼 기괴해 보이지는 않았다.

미사키 모녀와 얘기를 나누고 며칠 뒤, 쇼코는 다이치와 함께 퇴근길의 소타를 만나러 갔다. 장소는 소타의 회사 근처 찻집으로 정했다. 그곳이라면 쇼코와 다이치도 의논이 끝나는 대로 지킴이 일을 하러 갈 수 있다.

사진을 유출한 용의자로 미사키가 거론한 나미에와 유카에 관해서는 둘에게 사전에 전달했다.

찻집에 셋이 모여 주문하고 나서 소타는 테이블 위에 노트북 컴퓨터를 펼쳤다.

"미사키 씨 사진이 최초로 유출된 건 미스 캠퍼스 후보가 발표된 지 약 삼 주 후 이 게시판에서예요."

소타가 조금은 의기양양하게 그 사이트를 열어 쇼코와 다이치에게 보여줬다.

소타는 캐주얼한 차림으로, 부드러운 소재의 고급스러운 재킷을 입고 있었다. "손을 묶어주세요"라고 간청하던 지난번 모습과는 180도 달랐다. IT 업계의 젊은 엘리트 사원 그 자체라 못 알아볼 뻔했다.

쇼코와 다이치는 게시판을 살펴보았다.

'명문 사립 O대, 미스 캠퍼스 후보자의 야한 사진!'

그곳은 각 대학교 미스 캠퍼스에 관한 게시판으로, 미사키 글은 어느 학교의 누가 예쁘다느니 누가 가능성이 높다느니 하는 글 사이에서 뜬금없이 나타났다.

"여기에는 사진을 올리진 않았네요."

"바로 볼 수 있게 할 리가 없지."

무심코 제각기 감상을 늘어놓는다.

"맞아요, 좀 악질인 게, 이걸 클릭하면 다른 페이지로 넘어가서."

소타가 링크를 클릭하자 쇼코가 절로 얼굴을 찡그릴 만한 여성의 나체, 혹은 수위가 더 심한 사진이 가득한 페이지로 넘어갔다.

"불법 성인물 사이트예요. 여기로 넘어간 다음 몇 개의 페이지를 거쳐 겨우 볼 수 있게 되어 있어요. 사진을 올린 범인은 광고비랄까, 뭐 얼마간의 돈을 받겠죠. 아마 접속자 수가 꽤 될 테니 짭짤하게 벌었을 거예요."

"심하다."

"그러게."

그렇게 말하면서 쇼코는 실직한 후 다양한 아르바이트를 전전하고 있다는 미사키의 친구를 떠올렸다.

'쉽게 의심해서는 안 되지만, 가난하면 판단이 흐려진다는 옛말도 있으니까.'

"그래도 덕분에 범인을, 즉 이 글이 올라간 IP 주소와 위치를 비교적 쉽게 찾았어요. 뭐, 약간 특수한 장소여서이기도 하지만요."

"어? 무슨 말이야?"

"아무래도 자기 스마트폰이나 컴퓨터로는 이런 글을 올리지 않잖아요. 그래서 PC방 같은 장소를 이용하는 사람이 많죠. 그렇다면 들어갈 때 신분증을 보여줘야 하니, 본격적으로 수사하면 경찰이 범인을 특정할 수 있어요. 그런데 이번에는 달랐어요."

"어디였는데요?"

"도서관."

"뭐?"

"미야기현의 도서관 PC를 이용했더라고요. 그곳 시스템이 어떤지, 컴퓨터를 사용할 때 신분증이 필요한지…… CCTV가 있는지 없는지는 몰라요."

쇼코와 다이치는 얼굴을 마주보았다.

"도서관이라니……"

"그리고 광고비가 입금되는 은행 계좌번호도 알았어요. 회사

동기가 알아봐준 거지만."

"고마워요."

"그 피해자분이 더 자세히 조사하고 싶다면 이것도 경찰에서 개인을 특정할 수 있는 불변할 증거가 되죠."

"그렇군요."

쇼코는 깊은 한숨을 내쉬고 말았다.

미사키가 그렇게까지 하기를 원할까……

"이쪽에서 먼저 계좌번호로 신원을 밝힐 수도 있지만 개인정보 문제도 있으니 일단 고마쓰 씨 모녀에게 의사를 확인하는 게 좋겠다 싶어요."

"정말 그렇네요. 소타 씨, 고마워요."

쇼코는 고개를 숙였다.

"사례비는 사무실 경비로 처리할게."

다이치가 그렇게 말하자 소타는 손을 흔들어 가로막았다.

"돈을 받으면 제가 근무시간에 회사 설비를 이용해 외부 일을 조사하고 보수를 받은 셈이 돼요. 아무리 저라도 그렇게까지는 못하죠. 이건 제 호의의 범주에서 한 일이니 사례는 안 하셔도 됩니다."

"그래도 그럴 순 없지."

"그럼 다음에 셋이서 술 마시러 가서 한잔 사주세요."

그는 그렇게 말하고는 다음 약속이 있다며 돌아갔다.

"자, 어떻게 할래?"

다이치가 소타의 뒷모습을 눈으로 좇으며 말했다.

"어떻게 할까?"

"고마쓰 씨 모녀에게 의논하는 게 제일 좋겠지."

"나도 그렇게 생각해. 미사키가 그 친구들한테 연락하는 게 제일 좋겠지만. 이런 조사를 했고, 경찰과 상담중이다, 계좌번호 정보도 입수했다고 하면 의외로 잘 풀리지 않을까."

"그러게."

그후 쇼코가 미사키의 집으로 가 모녀에게 얘기하기로 했다.

"그랬군요."

지난번에 얘기를 나누면서 어느 정도는 각오했는지 미사키는 의외로 침착했다.

"그러니 계좌번호를 추적해서 범인을 밝히는 건 그리 어려운 일이 아니래요. 하지만 거기까지 해도 되는지를 우리가 판단할 순 없으니까요."

"……도서관이라고 했죠? 유카가 잠깐 아르바이트했던 곳이에요."

미사키가 담담하게 말했다.

"시청이나 도서관 같은 곳은 장기 아르바이트가 불가하다는 규정이 있어 삼 개월만 일한다고 했어요. 유카는 책을 좋아해서 그 일을 마음에 들어했는데."

　그랬구나, 그런 거였구나, 그런 거였어.

　미사키는 무의식적으로 몇 번이고 같은 말을 중얼거렸다.

　"어떻게 할래? 미사키, 좀더 알아봐달라고 할까? 아니면 엄마가 유카네 엄마한테 얘기해볼까?"

　아키에가 걱정스러운 듯 딸의 얼굴을 살폈다.

　"내가 말할게."

　미사키가 딱 잘라 말했다.

　"나한테도 잘못이 있으니까. 유카 얘기를 그땐 바쁘다는 핑계로 대충 들었던 것 같아. 내가 계속 방치한 거야. 경찰에 가거나 은행 계좌를 알아보기보다 먼저 얘기부터해볼게."

　"내 생각에도 그게 좋을 것 같아요. 너무 몰아세우지 말고, 고민을 들어달라는 식으로, 이런저런 일이 일어나 경찰과 상담하고 있다고 말해보면 어떨까요?"

　미사키는 네, 하고 고개를 끄덕였다.

　"오늘은 늦었으니 내일 엄마랑 같이 전화해볼게요."

　미사키가 살짝 웃었다. 아주 희미하지만 마침내 그녀의 웃는 얼굴을 볼 수 있었다.

"쇼코 씨, 고마워요."

"나도 조금 마음이 놓이네요."

"왠지 배고프네."

"그래? 뭐라도 먹을래? 엄마가 만들어줄까?"

아키에가 기쁜 듯 물었다.

"나, 가보고 싶은 가게가 있는데."

미사키가 또 스마트폰을 집는다. 그러나 그 모습이 지금까지와는 조금 달랐다.

"여기. 셋이 같이 가볼래요?"

미사키가 내민 페이지를 보고 쇼코는 "뭐, 이걸?" 하고 얼굴을 살짝 찡그리고 말았다.

그 모습을 본 미사키가 한층 깔깔대며 웃었다.

"여기서 사진 찍어서 오랜만에 인스타그램에 올리고 싶어요. 새 계정 만들어서."

쇼코와 아키에는 얼굴을 마주보았다.

"아직은 이르지 않을까?"

아키에가 부드럽게 타이르자 미사키는 별달리 반항하지 않고 수긍했다.

"그래도 가보고 싶어요."

"그럼 가요. 파르페 먹고 오는 정도라면 괜찮죠."

쇼코는 동의했다. 미사키가 해보고 싶은 일이 있다면, 그 일이 스마트폰을 보는 게 아니라면, 뭐든 하게 해주고 싶었다.

미사키가 둘을 데리고 간 카페는 시부야역 근처에 있었다.

그녀가 보여준 화면에는 각양각색의 파르페 사진이 있었다.

"밤의 파르페라는 거예요. 삿포로에서 유행하기 시작했대요. 홋카이도 출신인데, 쇼코 씨는 몰라요?"

"그런 스위트한 세계와는 인연이 없는 몸이라."

카페는 '밤의 파르페'라는 화사한 이름과 안 어울리게 선술집 등이 즐비한 번화가의 상가 건물에 있었다.

정말 이런 곳에 있다고? 불안한 마음이 들었지만 엘리베이터에서 내리자 심플한 잡화점 같은 입구가 보여 조금 마음이 놓였다.

역시나 요즘 뜨는 카페인가보다. 밤늦은 시간인데도 커플들이 앞에 줄을 서 있다.

"어머, 맛있겠다."

카페 앞에 놓인 메뉴판을 팔랑팔랑 넘기며 먼저 그렇게 말한 사람은 미사키의 엄마였다. 딸과 이런 장소에 오는 게 익숙한 듯했다. 미사키도 메뉴판을 들여다보고 있다.

셋은 십 분쯤 기다렸다가 안으로 들어갔다. 생각보다 테이블 회전이 빠른 듯했다.

실내는 그리 넓지 않고 테이블석 여섯 개, 카운터석 몇 개가 있는 정도다. 테이블은 작고 간격이 좁다. 그래도 그만큼 손님이 많다는 증거라고 하겠다.

점원이 가져다준 메뉴판에는 파르페 종류가 사진 대신 섬세한 일러스트로 그려져 있었다. 일러스트로 보니 파르페 하나에 아이스크림이며 생크림, 과일 등 상당히 많은 재료가 사용된다는 걸 알 수 있다.

'사진보다 일러스트가 더 좋은 것 같아. 사진이었다면 그저 화려한 디저트로만 보일 텐데.'

파르페의 가격은 1500엔에서 2000엔 정도. 거기에 300엔을 추가하면 음료가 포함되는 모양이다. 커피나 홍차는 물론 위스키나 스파클링와인도 고를 수 있다.

'이래서 '밤의 파르페'라는 건가. 이미 한잔한 뒤에 뭔가 부족하다 싶은 손님도 올 수 있으니까.'

쇼코는 피스타치오와 프랄린* 파르페(가장 맛을 상상하기 쉬웠기 때문에)를 골랐다. 미사키는 네이블오렌지 필름이라는 게 올라갔다는, 선뜻 이해가 잘 안 되는 파르페를, 미사키의 엄마는 사과 젤리와 셔벗으로 '사과나무 가로수'를 표현한 파르페를 선

---

* 견과류에 초콜릿이나 설탕시럽을 묻힌 프랑스식 과자.

택했다. 음료는 모녀가 커피, 쇼코는 화이트 스파클링와인으로 주문했다.

그러는 동안 거의 십오 분 넘게 둘은 재미있다는 듯 메뉴판을 보며 이런저런 얘기를 나누었다.

그 광경에서 그들이 줄곧 자매 같은 모녀 관계를 다져왔음을 알 수 있었다.

아버지이자 남편인 사람도 이런 둘의 모습을 흐뭇하고 소중히 여겨왔으리라. 그래서 더더욱 어찌해야 좋을지 몰라, 그리 유효한 방법을 찾지 못했던 걸지도 모른다.

지금은 고마쓰 집안에 약간의 찬바람이 불지 몰라도 이 문제가 해결되면 분명 원래대로 돌아갈 날이 올 것이다.

그렇다고 아직 미사키가 스마트폰을 완전히 손에서 놓은 건 아니었다. 카페 앞에 줄을 서는 동안에도 보았고, 주문이 끝나고도 다시 들여다보고 있었다.

그래도 그 모습을 바라보는 미사키의 엄마에게도 다소 여유가 생겨, 딸만 빤히 쳐다보지 않고 쇼코에게 친근하게 말을 걸기도 했다.

'뭐, 이 정도면 그래도 괜찮지 않을까……'

파르페와 음료가 나왔다.

"우아, 예쁘다!"

미사키가 거의 자동적으로 탄성을 질렀다.

쇼코의 파르페는 평범한 카페나 패밀리레스토랑의 것과 비교하면 화려했고 아키에의 것도 멋스러웠다. 그래도 미사키의 파르페가 제일 대단했다.

파르페 유리그릇 안에 빈 공간이 있고 작은 장미꽃이 피어 있다. 그 위에 셔벗 층이 있고, 또 그 위에 오렌지색 과즙으로 만든 투명한 판 같은 것이 둥글게 말려서 올라가 있다. 그게 네이블오렌지 필름인 모양이다.

'음식이라기보다 완전히 미술작품이네.'

"이 꽃은 설탕으로 만든 거라 드실 수 있습니다. 전부 섞어서 드시는 편이 제일 맛있습니다."

미사키는 점원의 설명에 대답도 하지 않고 연신 사진을 찍고 있다.

"미사키, 어지간히 좀 해."

미사키의 엄마가 무심코 어색하게 웃으며 주의를 준 건, 미사키가 자기 것만이 아니라 쇼코와 엄마의 파르페도 카메라에 다 담을 때까지 먹지 못하게 했기 때문이다.

"쇼코 씨한테 실례야."

"전 괜찮아요."

한바탕 촬영이 끝나고서야(미사키는 세 개의 파르페와 본인이 함께 나오도록 사진을 찍어달라고도 했다) 간신히 먹을 수 있었다.

"맛있다."

방금 점원이 권했음에도 미사키는 "아까워서 못하겠어"라며 파르페를 뭉개지 않고 윗부분의 만다린오렌지 셔벗만 살짝 뜨면서 말했다.

"맛있네요."

셋이서 각자 아이스크림을 입에 넣고 고개를 주억거렸다.

솔직히 말하면 쇼코는 그 둘만큼 감동하진 않았다.

피스타치오 아이스크림도, 다양한 종류의 초콜릿 아이스크림도 쇼코가 좋아하는 것이었다. 하지만 그 맛이 어딘가 조금 아쉽고 전부 평범했다.

'아이스크림 하나하나의 개성이 뚜렷하게 드러나질 않네. 물론 맛있긴 하지만. 전부 똑같은 초콜릿의 단맛이랄까.'

미사키와 아키에의 파르페도 서로 조금씩 맛을 보았다.

그 셔벗과 아이스크림도 평범한 오렌지와 사과 맛이다. 특히 미사키의 파르페는 점원이 권해준 대로 아이스크림과 과일을 모두 섞어버리자 각각의 맛을 거의 가려낼 수 없을 정도였다.

하지만.

'이거면 충분하다.'

쇼코는 생각했다.

맛이 어떻다는 둥 하는 말보다, 밤의 파르페를 향해 보석처럼 반짝반짝 빛나는 미사키의 미소가 더 소중하다. 그런 것이 꼭 '필요'한 때가 있다.

'지금은 이런 가게가 필요해.'

너무 차갑고 달아서 아깝게도 반 정도밖에 먹지 못했지만.

쇼코는 카페 앞에서 모녀와 헤어졌다.

"또 연락드릴게요."

미사키의 엄마는 다시 스마트폰을 쳐다보는 딸과 함께 택시에 올라타며 미소를 지었다.

쇼코는 그 인사에 답하면서, 이제 저를 부르시지 않아도 괜찮아요, 하고 마음속으로 말했다.

부르지 않아도 된다. 나 같은 존재는 잊는 게 좋다. 다시 파르페 같은 생활로 돌아가기를 바란다.

그것이 그들의 행복이니까.

아슬아슬하게 막차를 탈 수 있는 시간이었다. 쇼코는 완만한 비탈길을 내려가 시부야역으로 향했다.

그러다 "아" 하고 작은 소리가 새어나왔다.

눈앞에 유명한 돈코쓰 라멘 체인점이 있었다.

'먹고 싶다…… 차갑고 달달해진 입안에 저 면을 흘려넣고 싶

다. 맥주랑 함께.'

하지만 막차 시간과 체중 문제를 고려해 포기했다.

결국 다음날 또 시부야로 오고 말았다.

돈코쓰 라멘의 흡인력은 세다. 너무 세다.

식당이 오전 11시에 문을 열기 때문에 아직 몇십 분 남았다. 시부야에 있는 백화점 지하 식품관에서 장이나 보며 시간을 보내야겠다 싶었는데 스마트폰이 울렸다.

마나부였다.

모토코의 병원에 같이 갔다가 집까지 데려다준 뒤로 연락이 없는 상태였다.

망설여지기도 했고 당황스럽기도 했다.

"여보세요."

쇼코는 조금 두근거리는 마음으로 전화를 받았다.

"오랜만이에요. 마나부입니다."

평소와 똑같이 차분한 목소리였다.

"네. 잘 지내셨어요?"

"네."

순간 정적이 흘렀다. 서로 무슨 말을 해야 좋을지 망설이는 듯했다.

"일 끝나고 주무시는 중이었던 건 아닌가요?"

"아, 괜찮습니다. 깨어 있어요."

"다행이네요. 쇼코 씨가 주무실 때는 전화기를 무음으로 해둔다고 해서 금방 안 받으시면 끊으려고 했거든요."

일이 끝나고 자는 동안에는 전화기를 무음으로 해둔다고 했던 말을 기억하고 있었구나. 그래서 이 시간이지만 전화를 건 것이다.

"지금 어디 계세요?"

쇼코는 잠깐 침묵한 뒤 그만 웃고 말았다.

"시부야예요."

"시부야……?"

"시부야에서 돈코쓰 라멘을 먹으려고 가게문 열기를 기다리고 있어요. 어제부터 계속 먹고 싶어서요."

먹는 일에 이토록 진심인 자신이 왠지 웃겨서 웃음이 났다.

"라멘이라, 좋은데요."

"후훗. 가느다란 면발의 돈코쓰랍니다. 500엔인데 맛있어요. 맥주도 마실 거예요. 적생강이랑 후추 가득 넣어서 먹으려고요."

"쇼코 씨는 후추 파군요……"

라멘, 좋은데요, 라고 또 중얼거리는 소리가 들려왔다.

"괜찮으시면 함께해도 될까요?"

"네?"

"실은 저도 지금 지유가오카의 작가님 댁에서 회의를 하고 돌아가는 길이거든요. 마침 가까우니까요."

"아, 그렇군요."

쇼코는 아주 잠깐 주저했지만 곧 그가 눈치채지 않게 "좋아요" 하고 큰 소리로 대답했다.

"고마워요. 그럼 바로 가겠습니다. 가게 앞에서 만날까요?"

"네. 가게 이름과 위치는 메신저로 보낼게요."

전화를 끊고 크게 심호흡을 했다. 안 그래도 마나부와 한번 제대로 얘기를 해야겠다 싶었다. 마침 좋은 기회라고 생각하기로 했다.

그는 거의 오전 11시 정각에 도착했다.

"안녕하세요."

마나부가 쇼코에게 손을 들어 인사했다.

아무리 시부야 변화가라지만 아주 인기 있지도 않은 가게에 문 열기 전부터 와 있는 사람은 둘뿐이었다.

마나부의 도착과 거의 동시에 점원이 미닫이문을 드르륵 열고 포렴을 내걸었다. 4인용 테이블로 안내받아 마주앉았다.

"여기, 처음 와봐요."

"그러세요?"

"신주쿠나 오차노미즈에도 지점이 있네요. 이름은 전부터 알아서 궁금했는데 들어가본 적은 없어요."

"뭐랄까, 평범한 가게인데 평범하게 맛있어서 좋아해요. 마음이 놓이는 맛이랄까."

쇼코는 보통 라멘과 맥주, 마나부는 차슈 라멘을 주문했다.

"싸네요. 게다가 라멘 사리도 한 덩이는 무료라니."

"네. 그래도 처음부터 양이 너무 많지 않아서 여자가 먹기에도 좋아요."

"그렇네요."

곧 둘의 라멘과 맥주가 나왔다. 작은 병맥주이지만 350엔이라는 부담 없는 가격이다.

마나부가 맥주를 작은 유리잔에 따라줬다. 쇼코는 라멘이 먼저 먹고 싶었지만 우선 맥주를 한 모금 마셨다.

"아아."

무심코 입에서 소리가 새어나온다.

"맛있게 드시네요."

살짝 부럽다는 듯 마나부가 말했다.

"어젯밤부터 쭉 여기 라멘과 맥주를 생각했거든요."

맥주 다음은 물론 라멘이다. 면을 약간 꼬들꼬들하게 해달라고 주문해놓은 라멘 그릇을 얼른 앞으로 끌어당긴다.

우선은 면. 너무 진하지 않으면서 돼지뼈를 충분히 우린 국물의 풍미가 가느다란 면에 잘 배었다. 그리고 맥주를 마신다. 역시 맛있다. "아" 하는 소리가 또 나왔다.

"이거면 됐지."

앞에 앉은 마나부가 저도 모르게 동조한다.

"아, 맞아요. 이거면 됐지, 싶은 그런 라멘이에요."

"확실히 평범하게 맛있네요. 돈코쓰 라멘은 유명하다는 곳에서 많이 먹어봤고 본고장 하카타에서도 먹어봤지만, 이 라멘이야말로 이 정도면 충분하다 싶어요. 맛이 부담스럽지 않고요. 쇼코 씨가 어젯밤부터 내내 생각했다는 것도 이해가 돼요."

"네. 저도 다양한 라멘을 먹어왔지만 몇 번씩 왔던 곳은 여기뿐인 것 같아요."

"그런데 후쿠오카의 거리명 두 개를 나열한 이 가게 이름은 무슨 의미일까요?"

마나부가 고개를 갸웃거린다.

"고향이 후쿠오카인 사람한테는 조금 이상하게 들릴 것 같아요."

"그렇겠죠? 마치 '시부야 신주쿠' 같은 셈이니까."

쇼코는 라멘을 먹으면서 미사키를 따라 이 근처 가게에서 '밤의 파르페'라는 것을 먹은 얘기를 했다.

"맛있긴 한데 너무 달고 차가워서 혀가 얼얼하더라고요. 카페를 나와 비탈길을 내려왔더니 이 집이 보이잖아요. 아, 너무 먹고 싶었어요."

"그럴 수 있죠."

"뭐랄까, 이제야 조금 마음이 놓인 기분이에요."

"그래서 문제는 해결됐습니까?"

"네, 뭐 어찌어찌. 아직 완전하진 않지만 실마리가 보인 정도랄까요?"

다행이네요, 하고 마나부가 눈을 마주치며 미소 짓는다.

'아, 이 시간도 소중해. 나한테 마나부 씨는 역시 소중한 사람이야. 하지만 그가 아이 아빠가 되어주면 좋겠다거나, 그와 연애를 하고 싶다는 건 아니야.'

그 마음을 똑바로 전해야 한다. 소중한 사람이기에.

"저기, 마나부 씨."

그가 조용히 라멘 그릇에서 고개를 들었다.

"저기."

쇼코가 말을 머뭇거리자 마나부가 살짝 고개를 끄덕였다.

이미 알고 있어요, 라고 말하는 듯한 표정이었다.

이런 면모만 봐도 그는 정말 좋은 사람이다. 담백한 돈코쓰 라멘처럼.

쇼코는 작은 목소리로 조금 빠르게 설명했다.

어젯밤 미사키 모녀와 함께 사진 유출 사건을 해결하려 했던 것, 그 과정에서 둘의 모습을 보며 딸이 아무리 성장하더라도 엄마는 역시 엄마구나 하는 생각이 들었던 것, 밤의 파르페 카페에서도 줄곧 딸을 바라보는 엄마를 보며 아이에게는 이런 시선이 필요함을 깨달았던 것……

한편으로는 자신의 딸 아카리를 생각하게 된 것.

"아이 입장에서 부모가 각자 다른 사람과 사귀는 것을, 전남편은 정식으로 재혼한 거지만 어쨌든 다른 사람과 연애를 하고 좋아한다는 걸 굳이 느끼게 할 필요가 있나 싶어요."

"아아, 맞아요."

마나부가 깊게 고개를 끄덕였다.

"그러실 수 있죠."

"물론 좀더 시간이 지나면 또다른 선택지가 생길지도 몰라요. 딸아이가 솔직히 어떻게 생각하고 있는지도 모르고요. 떨어져 살고 있기도 하고. 하지만 지금은……"

"괜찮아요, 무슨 말인지 이해했습니다."

마나부는 온화하게 웃었다. 그러고는 라멘 국물을 싹 비웠다.

"그래도 식사 정도는 또 하고 싶은데요."

"그럼요, 물론이죠."

쇼코가 고개를 끄덕였다.

정신을 차리고 보니 라멘을 다 먹었는데 맥주가 병에도 잔에도 아직 남아 있었다. 남은 걸 마저 마셔야겠다는 생각은 들지 않았다. 마나부도 맥주에 대해 아무 말 하지 않았고, 그렇게 둘은 자리에서 일어났다.

이렇게 술을 남기는 일은 전에도 없었고 앞으로도 없을 것 같다고 쇼코는 생각했다.

열번째 술

초밥

도요스

이른 아침, 쇼코는 유리카모메* 시장앞역에 있었다.

새로운 도요스 시장을 견학하기 위해서다.

"아무래도 히다 선생님은 못 가실 것 같아요."

담당 편집자 입장에서 마나부가 연락한 건 지난주였다.

"그렇게 기대하고 계셨는데 이달 들어 고열이 계속돼서 재입원하셨어요. 그래도 아직 희망을 버리지 않으셨고 저도 언젠가는 갈 테니, 그때를 위해 쇼코 씨가 먼저 사전 답사로 다녀와 얘기를 들려주면 좋겠다 싶어서요."

요전에 어려운 대화를 주고받았는데도 아무 일 없었던 듯 대

---

* 도쿄 신바시역에서 도요스역까지 무인 운전으로 운행하는 경전철.

해주는 게 마나부다웠다.

"제가 그래도 될까요? 편집자님이 더 정확하게 설명할 수 있을 것 같은데요."

"아뇨, 쇼코 씨가 좋겠다세요."

기쁘기는 했지만 어깨가 조금 무거웠다.

그 마음을 눈치챘는지 마나부가 금세 덧붙였다.

"아마…… 저희가 한다고 하면 선생님이 보수를 지급할 수 없잖아요. 출판사 직원인 저희도 받을 수 없고. 하지만 쇼코 씨가 한다면 당당하게 비용을 낼 수 있죠. 그 이유도 있을 거예요. 그런 점을 무척 신경쓰시는 분이라."

"그렇다면 저도 조금 마음 편하게 수락할 수 있겠네요. 꼭 가겠습니다."

사전에 일당과 식비를 건네받았다. 이걸로 시장을 둘러보고 뭐든 좋아하는 걸 먹고 오라는 뜻이다.

'감사한 제안이지만 책임감이 무겁다.'

오전 8시가 지나 역에 도착하자 관광객처럼 보이는 이들과 일하는 사람들이 오가고 있었다.

'지난번 쓰키지에서 만났던 아저씨들을 또 볼 수 있을까? 아무래도 어렵겠지?'

개찰구를 나오자 길고 거대한 통로가 눈앞에 펼쳐졌다. 잠시

길을 따라 가다보니 두 갈래로 나뉘었다. 청과동과 수산중간도
매동 중 일단 한쪽을 선택해야 한다.

'응? 이런 건 생각 못했는데. 어느 쪽으로 가야 하지.'

쇼코는 잠시 망설이다 '견학 코스'라고 적힌 수산중간도매동
을 선택했다. 물론 코스가 있어서였지만 왠지 수산물 쪽이 시장
다운 볼거리가 많을 것 같다.

단순한 편견일지도 모르지만. 그리고 청과물 쪽은 수산시장을
보고 나서 갈 수도 있으니까.

가다보니 시장으로 들어가기 전에 음식점들이 늘어선 구역이
있었다.

얼핏 들여다보니 찻집 두 군데가 나란히 있고 안쪽에는 난데
없이 초밥집이 즐비했다.

'견학을 먼저 하는 편이 좋겠지. 그래도 아주 살짝, 진짜 살짝
만 들여다보고 갈까? 너무 혼잡하면 음식점에 먼저 들르는 게 나
을지도 모르니까.'

식당가를 한 바퀴 빙 돌았다. 아무래도 사람이 꽉 찬 가게는
아직 별로 없다.

그래도 쓰키지 시장 시절에도 인기가 많아 줄이 길었던 '스시
다이'는 여기서도 큰 인기라 이미 외국인 관광객이 줄을 잔뜩 서
있었다.

이런 상황이라면 견학 후에도 충분히 가게에 들어갈 수 있을 듯해 쇼코는 먼저 견학 코스를 둘러보기로 했다.

수산중간도매동으로 들어가니 경비원이 참가자용 견학 카드를 건네준다. 그것을 목에 걸고 코스를 도는 모양이다.

안에는 도요스 시장의 파노라마 사진이 있고, 도쿄의 재래시장 역사를 되짚어보는 사진 패널이 붙어 있었다. 그것들을 보면서 안으로 더 들어가자 복도 양쪽으로 가늘고 긴 창문이 난 구역이 나온다. 아래층 중간도매시장을 볼 수 있는 장소였다. 그래봐야 몹시 가느다란 틈새로 엿봐야 하는 형국이다.

아무래도 일하는 사람들을 어항이나 수족관의 물고기를 보듯 감상하는 듯한 기분이 든다.

짓궂고 불쾌한 시선이라고 쇼코도 스스로 경계했지만, 가느다란 창문 옆에 계절별 생선의 설명이 적혀 있는 것이 영락없는 수족관 분위기를 자아냈다.

'부정적인 얘기는 하고 싶지 않지만, 빈말이라도 전보다 낫다고는 못하겠다……'

대신 일하는 시장 사람들을 방해하거나 터렛이나 트럭에 부딪힐 걱정은 없다. 또 일부에서 '도요스는 악취가 심하다'라는 보도가 있었는데 그런 냄새는 거의 없었다. 쓰키지 때가 훨씬 심했다.

그곳을 빠져나오자 '어시장 골목'이라는 상품·식품점이 늘어선 구역이 있었다. 식도 등의 주방용품이나 조미료, 해산물, 건어물, 육류, 달걀말이 등을 파는 다양한 가게가 즐비해 구경하는 것만으로도 재미있다. 더 앞쪽은 일반 손님에게 개방되지 않았고 터렛이 오가는 모습이 유리문 너머로 보였다.

"자, 그럼."

작은 목소리로 중얼거린다.

자, 그럼.

일단 수산시장 견학 코스는 끝났다.

'이제 기대하던 밥을 먹으러 가도 되겠지?'

물론 언제 가도 상관없지만 쇼코는 무심결에 속으로 물었다.

왔던 길을 돌아가 식당가로 들어간다.

수산중간도매동 3층에만 스무 군데 남짓한 음식점이 있었다.

'아, 어쩌지. 쓰키지에서 갔던 오야코동과 미즈타키 소바집에도 다시 가보고 싶고, 아무래도 시장에 왔으니 정석대로 초밥을 먹는 것도 좋겠다. 돈가스나 장어덮밥, 카레도 놓칠 수 없는데. 쓰키지에서 갔던 그 찻집은 어디에 있을까?'

쇼코는 우선 식당가를 한 바퀴 빙 둘러본다.

오야코동집은 여기에도 있었다. 그러나 놀랍게도 닭고기 국물로 만든 면 요리인 '미즈타키 소바'가 없어진 상태였다.

'오야코동이랑 오야코동에 카레를 얹은 덮밥, 미즈타키 정식은 있지만 소바가 없다니! 맙소사.'

스마트폰으로 검색하니 그 가게는 쓰키지 쪽에도 아직 있는 모양인데 그곳에서는 소바를 먹을 수 있는 것 같다. 하지만 여기에는 없는 듯했다.

'음, 그게 없으면 허전한데.'

유명한 '스시 다이'의 줄은 여전했고, 아까보다 더 길어진 것 같았다. 그래도 쓰키지 때에 비하면 조금 나은 듯하다.

''스시 다이'도 언젠가 먹어보고 싶지만 오늘은 아니야.'

장어덮밥 사진에 마음을 뺏겼다가, 카레 냄새에 휘청거렸다가, 쇼코는 역시 한 초밥집으로 부름을 받은 양 달려들었다. 바로 앉을 수 있을 것 같았고 바깥 간판에 붙어 있는 사진 속 '오마카세* 초밥'이 매우 맛있어 보였다.

'좋아, 여기로 정했어.'

왠지 이 가게라면 믿고 갈 수 있겠다는 확신이 들었다.

포렴을 열고 들어가자 곧바로 "어서 오세요" 하는 활기찬 목소리가 들리고, 카운터석 끝으로 안내해주었다. 그 자리가 비어

---

* '맡긴다'라는 뜻으로, 주문할 음식을 요리사에게 일임하는 것.

있는 건 가게 밖에서도 보였는데, 실은 이 가게를 선택한 결정적 이유 중 하나였다.

"메뉴입니다!"

쇼코 또래에 눈매가 야무진 요리사가 메뉴판과 물수건을 건네준다.

회전식이 아닌 초밥집 카운터석에 혼자 앉는 건 처음 해보는 경험이다. 히다 선생의 지령과 '만 엔 지폐'가 없었다면 하지 못했을 과감한 일이다.

주문할 메뉴는 '오마카세 초밥'으로 거의 굳혔지만 음료는 아직 고민이었다.

메뉴판을 신중하게 쳐다본다.

그렇다고 종류가 그리 많은 건 아니다.

병맥주와 무알코올 맥주, 청주는 기쿠히메* 찬술과 더운술과 상온술, 그리고 소프트드링크 몇 가지.

"오마카세 초밥이랑 상온 청주 주세요."

두근거리는 마음으로 주문하고, "감사합니다!" 하는 요리사의 힘찬 목소리에 마음이 놓였다.

조금 편해진 마음으로 주위를 둘러보았다. 카운터석에는 쇼코

---

* 풍미가 깊어 다양한 온도에서 즐길 수 있는 술로 인기가 있다.

말고도 두 명씩 온 여자 손님들이 두 팀, 반대쪽 끝에는 외국인 관광객으로 보이는 사람들이 두 팀 있었다. 여자들은 다들 발랄하게 아름답고 즐거워 보였다.

'좋다. 눈을 반짝이며 초밥을 먹는 여자들의 모습을 보는 게 그냥 좋아. 카운터석에 앉아 고급 초밥을 먹는 건 긴장되지만, 이렇게 시장 안에 있으면 조금은 마음이 편하니까. 여기서 처음 경험해보는 것도 괜찮은 것 같아.'

쇼코도 어깨에 들어간 힘을 살짝 뺐다.

여자들도 찬술이나 맥주를 마시고 있다. 외국인 관광객들은 술을 마시지 않는 듯하다. 앞으로 여러 곳을 다녀야 하니 아침부터 술을 마시긴 좀 그런 걸까. 아니면 식사와 함께 술을 마시는 문화가 없는 건가.

중화권 사람들은 식사중에 술을 잘 마시지 않는다는 얘기를 예전에 친구 사치에가 해준 적이 있다.

'사치에는 잘 지내려나? 요즘 일이 바쁜 것 같던데 다이치와는 잘돼가고 있는 건지.'

먼저 상온의 기쿠히메가 나왔다.

쇼코는 상온의 미지근한 술을 좋아한다. 입에 닿는 온도가 적정하고, 본연의 맛과 향을 잘 느낄 수 있어서다. 아니지, 물론 찬술도 좋아하고 더운술도 놓칠 수 없다.

'상온도 좋아한다고 해야겠네.'

그런데 이런 술이 세상에 얼마나 될까.

그대로 먹어도 맛있고, 차게 마시면 끝내주고, 따뜻하게 데워도 기분좋은 술이.

'다른 게 또 있을까? 고급 레드와인을 차갑게 하거나 뜨겁게 할 수 있느냔 말이지.'

검은색 도자기 술잔 세트. 젊은 수습생으로 보이는 직원은 뺨이 반들반들 윤이 났고 손도 예쁘다.

그 광경마저 몹시 초밥집다워 괜찮은 장소에 왔다는 생각이 들었다.

'그런데, 저런 데 눈이 가는 건 나도 나이를 먹었다는 증거인가?'

작은 사기잔에 직접 술을 따라 한 모금 마셨다. 산뜻하면서도 달콤함이 감돌아 초밥에 어울릴 법한 술이었다.

"이건 술 짝꿍입니다."

그 말과 함께 세트 안주가 나왔다.

생선 내장 조림 같다. 비린내도 없고 술과 아주 잘 어울린다.

"아, 맛있다."

작게 속삭이듯 목소리가 나와버렸다.

그사이 쇼코 앞에 초생강과 달걀말이가 올라간 직사각형 접시가 놓였다. 다테마키*식 달걀말이의 빛깔이 곱다. 그것만으로도 가슴이 설렌다.

첫번째 초밥이 요리사의 손바닥에서 마술처럼 나타났다.

"첫번째 생선은 나가사키의 다금바리입니다. 소금이 뿌려져 있으니 그대로 드세요."

매끈한 흰살 초밥이다. 젓가락으로 집어 입에 넣는다.

도미보다 부드럽다. 그러면서도 쫄깃한 식감. 은은하게 풍기는 짭조름함. 비린내라고는 전혀 없는 기름기.

"맛있어요."

작게 중얼거리자 카운터 너머의 요리사가 빙그레 웃었다.

가도야 씨.

지금 어떻게 지내고 있을까.

맛있는 걸 먹을 때 생각난다는 건, 어쩌면 좋아하는 마음일지도 모른다.

아니, 뭐라는 거야, 쇼코는 마음속으로 중얼거리고 생각을 고쳐먹었다.

아니다. 그 반대야.

음식을 먹고 어떤 남자가 생각났다면, 그 음식이 월등히 맛있

---

* 다진 생선살과 달걀을 섞어 두껍게 말아 부친 것.

다는 뜻이다.

당신을 늘 생각합니다.

편지가 도착한 건 지난주였다.

돌이켜 생각하니 정말 죄송한 마음뿐입니다. 당신을 진짜 위험한 일에 끌어들였구나 싶어 후회하며,

선이 가늘지만 단호함이 느껴지는 서체였다. 예전에 약속 장소를 적어 보낸 편지보다 글씨가 더 또박또박해 보였다.

그저 깊이 반성하고 있습니다.
사무실은 사직했습니다. 의원님과 다른 비서를 불미스러운 일에 끌어들인 것에 대해 많은 분께 사죄하기 위해서입니다.

그렇다면 그가 자의적으로 그런 일을 했다는 뜻일까. 전에 말한 것과는 다른데.
쇼코는 몇 번이고 되풀이 읽어 거의 외워버리다시피 한 글을

떠올리며 술을 마신다.

지난날의 세계와는 모든 인연을 끊고, 재판을 받고서 처음부터 다시 시작하기로 했습니다. 아직 어떤 판결이 나올지는 모르겠어요. 그래도 정하고 나니 마음이 조금 후련해졌습니다.

그렇게 혼자 죄를 뒤집어쓸 필요가 있을까?
그쪽 세계 물정에 어두운 쇼코는 알 수 없었다.
다이치한테 물어보고 싶다. 적절한 조언을 해줄지도 모른다. 그 세계의 원리를 설명해줄지도 모르고.
하지만 그럴 수 없는 이유가 다음 문장에 있었다.

정말 죄송하게 생각하지만, 그래도 다시 한번 당신을 보고 싶습니다. 다시 만나서 이번 일을 사과하고, 괜찮다면 어쩌다 일이 그렇게 됐는지 설명하고 싶습니다. 정말 뻔뻔한 부탁인 줄 압니다만.

갈 수 있을 리가 없잖아.
갈팡질팡한 기분과 상관없이, 이어서 나온 건 먹음직스러운 새우 초밥이었다.
새우에 양념간장이 발라져 있어 그대로 먹을 수 있다. 한입에

덥석 먹었다.

홋카이도에서 자란 쇼코에게 데친 새우란 어딘가 아쉬운 구석이 있다. 왜 날것으로 안 먹는 거지, 무심코 그런 생각이 들기 때문이다. 하지만 이곳의 새우는 도쿄에 와서 처음으로 맛있다는 생각이 들었다.

'데치는 방식이 남다른 걸까? 비리지 않고 달다.'

이어서 분홍빛 초밥이 나왔다.

"가다랑어입니다."

"예? 가다랑어요?"

"그렇습니다."

무심코 되물었던 건 생선 살에 새하얀 지방이 있었기 때문이다. 기름기가 오른 뱃살 부분일 것이다. 마치 참다랑어 대뱃살처럼 연한 분홍빛을 띠고 있다. 여기에도 양념간장이 발라져 있고 잘게 썬 쪽파가 올라가 있었다.

'이런 거 처음 먹어봐.'

입에 넣자 의외로 느끼하지 않았다. 참다랑어나 연어처럼 진한 느낌이 아니다. 하지만 평소에 먹는 가다랑어와는 전혀 다른 맛이다. 붉은 생선 특유의 비린내도 없다.

"히미에서 잡은 방어입니다."

'산지를 설명해주면 괜히 더 맛있게 느껴져.'

저는 다음주에 보석 석방될 예정입니다. 나가면 한번 만나 뵐수 없을까요? 그다음날 고텐바의 '도라야 공방'에 딸린 카페에서 기다리겠습니다. 시간은 언제라도 괜찮습니다. 기다릴게요. 체포되면서 스마트폰을 증거품으로 압수당했는데 언제 돌려받을지는 알 수 없습니다. 여기서 나가는 날 어디서 묵을지도 아직 안 정했습니다. 그러니 아마 쇼코 씨의 연락은 받지 못할 거예요. 그래서 이렇게 뻔뻔한 부탁도 할 수 있는 거겠죠. 서로 연락이 안 됐다는 핑계로 넘어갈 수 있을 테니까요.

이 편지는 그가 일하던 사무실과 가메야마 사무실을 거쳐 며칠 전 간신히 쇼코에게 도착했다. 다이치는 뭔가 하고 싶은 말이 있는 얼굴이었지만, 그랬다간 쇼코가 화를 내리라는 걸 아니까 말하지 않겠다는 표정으로 편지를 건네줬다.

그의 말대로 여러 핑계를 댈 수 있는 편지라고 생각했다. 가지 않더라도 '편지를 못 받았을지 몰라' '보석 석방일을 몰랐을지도 몰라' '편지가 늦게 도착했을지도 몰라' '편지는 받았지만 사정이 있어 못 왔는지도 몰라' '고텐바까지 오는 게 번거로웠을지도 몰라' 하며 피차 상처받지 않는 쪽으로 해석할 수 있다.

마냥 어리지만은 않은 남녀다운 방식이라고 생각했다. 이제 어린애가 아니다. 그렇다고 완전한 어른도 아니지만.

쇼코도 너무 죄책감을 느끼지 않고 무시할 수 있었다. 그런데 가도야가 오늘 보석으로 풀려날 예정이라는 얘기를 다이치가 어제 전해준 것이다.

편지 끝에는 "안 오신다면 저도 그대로 포기하겠습니다"라고 쓰여 있었다.

'고약해. 정말 고약한 사람이야. 나더러 어쩌라는 거야.'

처음부터 쇼코는 갈 생각이 없었다.

무엇보다 자신에게는 아카리가 있다. 아카리를 위해 마나부의 호의도 거절했는데 여기서 그를 받아들일 순 없다.

그런데 마음이 요동친다.

답장은 제대로 해야 하지 않을까.

그날 즐거운 시간을 보낸 건 분명한 사실인데, 없던 일로 만들고 싶지는 않았다.

하지만 그렇게 좋은 사람인 마나부를 아이 핑계로 거절했으면서 가도야를 받아들인다는 건 도저히 앞뒤가 맞지 않는다.

무엇보다 지금은 아직 그 정도의 감정이 없다.

게다가 고텐바까지 가는 일도 무겁다. 마음이 무겁고 책임이 무겁다. 그랬다간 가도야에게 괜한 기대를 안겨주지 않을까.

'아무튼 지금은 안 돼. 아카리를 최우선으로 생각하자고 마음 먹었으니까.'

"전복입니다."

"넵!"

갑자기 요리사가 말을 건네는 바람에 쇼코는 저도 모르게 기합이 들어간 대답을 하고 말았다.

"아, 죄송해요."

괜스레 얼굴을 붉히며 젓가락을 뻗었다.

전복이 신선한 건지 조리를 잘한 건지, 뽀드득하게 씹히면서도 부드럽다. 전복을 이처럼 제대로 먹는 건 처음인 것 같다.

'오늘 아침은 온통 처음인 것투성이다.'

"전갱이입니다."

생선 살에 격자무늬로 칼집을 내고 그 위에 생강을 갈아 올린 일품요리였다.

홋카이도, 특히 도토와 도호쿠 지역에서는 과거에 전갱이를 잘 먹지 않았다. 말린 전갱이를 먹을 바에야 임연수어를 먹는다. 기름기가 자르르하고 큼직한 임연수어를 쉽게 구할 수 있었기 때문이다. 쇼코는 도쿄에 온 지 얼마 안 됐을 무렵, 마트에서 손바닥만한 말린 전갱이가 제법 비싼 가격으로 팔리는 걸 보고 깜짝 놀랐었다. 이 조그만 생선을 왜 이 가격에 파는지 신기했다. 처음에는 그 맛을 잘 음미하지 못했다. 그러다 결혼 후 이혼 전까지 집에서 가끔씩 먹다보니 그 섬세한 맛을 마침내 이해하게 됐다.

'이렇게 회로 먹으니 전갱이가 정말 맛있는 생선이구나.'

"홍살치입니다. 표면을 불로 살짝 익히고 소금을 뿌렸어요. 그대로 드셔보세요."

불에 그을린 껍질이 선명한 색을 띠며 젖혀져 있다.

'아, 이렇게 불맛이 나는 생선은 고소해서 맛있어. 이게 제일 마음에 드는 것 같다.'

"성게알과 연어알 중에서 뭘 더 좋아하십니까?"

"……그럼, 성게알로 주세요."

요리사는 아무 말 하지 않았지만 홋카이도의 성게알 같았다. 당연히 쓰거나 비린 맛이 전혀 없어 호로록 목구멍을 타고 넘어간다.

'이 성게알은 구시로나 에리모미사키에서 먹었던 것과 비슷한 맛이 나.'

마지막으로 요리사는 참다랑어 뱃살과 붕장어를 앞에 놓고 동그란 김초밥을 만들어줬다.

네기토로*와 명란 김초밥이었는데, "네기토로는 간장을 찍어 드세요" 하고 여기 와서 처음으로 명확한 지시를 해주었다.

---

* 다진 참치살에 쪽파를 송송 썰어 섞거나 올린 것.

'초밥 요리사가 제대로 만들어준 김초밥은 특별하구나. 두툼한 김이 살포시 부드럽게 말려 있어. 마트나 편의점에서 파는 것과는 차원이 다른 음식이야. 물론 그건 그것대로 맛있지만.'

김초밥을 먹으면서 청주를 홀짝이니 유유자적한 기분이 들었다. 바다에 둥둥 떠 있는 듯한 충족감이다.

"저기, 밖에 자바리가 있다고 쓰여 있더라고요. 회로 먹어볼 수 있을까요?"

쇼코 옆으로 세 자리 건너에서 둘이 온 여자 손님 중 한 명이 주문했다.

"아, 오늘은 자바리가 다 떨어졌네요."

"어? 밖에 쓰여 있던데."

저는 먹었지요, 맛있었답니다. 쇼코는 속으로 중얼거렸다.

"죄송합니다. 오늘 남은 건 게르치밖에 없어요. 그것도 이제부터 해체해야 해서 시간이 조금 걸려요."

"괜찮아요, 그걸로 주세요."

순간 요리사들 사이에서 당혹감이라고 할지, 약간 주저하는 듯한 기색이 스쳤다.

그중 한 사람이 안에서 부스럭거리더니 생선 한 마리를 가지고 나왔다.

"이거거든요."

굉장한 대물이었다. 1미터는 족히 넘는 크기다. 덩치 큰 남자가 팔로 다 못 안을 정도였다.

"보시다시피 해체하는 데 적어도 이십 분은 걸릴 거예요."

그러자 쇼코 바로 옆에서 "그럼, 저희도 먹을게요!" 하는 기운 넘치는 목소리가 들렸다.

"그러니까, 또다른 두 여자 손님이 주문한 거죠?"

히다가 거친 숨을 쌕쌕거리며 말했다.

"네, 맞아요. 저 말고 두 팀이 더 있었으니까요."

"그렇군요."

"뭐랄까, 이렇게 된 이상 우리도 가세해야겠다, 하는 느낌이었어요. 카운터석에서 아침부터 술 마시는 여자들의 동지의식이랄까요."

"후후후."

히다가 낮게 웃었지만 이내 고통스러운 기침으로 바뀌었다.

"아, 죄송합니다."

"괜찮아요, 괜찮아."

쇼코가 침대 옆 선반에서 타월을 건네자 그녀는 입가를 닦았다.

"괜찮으니까 계속해요."

"그래서 아, 나도 가만히 있을 수 없지, 도와야겠다 싶어서 1인분 달라고 주문했어요."

"잘했네요."

"왠지 그래야 할 것 같은 분위기였어요."

그때 즐거웠지, 쇼코는 스스로도 자신의 말에 생기가 돈다는 걸 알았다.

"예전에는요."

히다가 말했다.

"여자들끼리 음식점에 가면 싫어하고 그랬어요. 술도 잘 안 마시고 많이 안 먹고, 죽치고 앉아서 하염없이 얘기만 하니까. 그런데 꼭 그 이유만이 아니라 남자들의 이기적인 생각도 있지 않았나 싶어요. 여자들 주제에 술집에 오지 마, 여긴 남자들의 공간이니까, 하고 세력 싸움 하듯이."

"거품경제기 전인가요?"

"아니, 그후까지도 꽤 그랬어요. 불황이 오니 여자한테도 기댈 수밖에 없게 됐는지도 모르죠."

"그렇군요."

"하지만 지금은 달라. 반대잖아요. 오히려 여자들이 더 잘 먹고 잘 마시죠. 가게들도 점점 여성 취향으로 바뀌고."

"맞아요. 레이디스 런치나 레이디스 데이가 생길 정도니까요."

"가게에서 여자 손님을 원하는 거죠. 내가 예전에 직장인 시

절 갔던 술집에는 여자 누드사진이 붙어 있었어요. 지금은 상상
도 안 되죠? 아예 남자들만 오라는 소리예요. 그런데 싸고 맛있
는 가게라서 내가 친구들 데리고 한참 다녔거든. 몇 달 지나니까
어느새 그 사진이 떼어져 있더라고요."

쇼코는 무심코 웃었다.

"강하게 주장하지 못해도 그런 식으로 실력행사를 하면 돼요."

"그렇네요."

"자, 그래서 그 게르치는 어땠어요?"

"최고였어요."

쇼코는 그 맛을 혀에서 다시 느낄 수 있게 기억을 떠올렸다.

"워낙 큰 생선이라 지방이 아주 실했어요. 까만 겉면을 살짝
불로 그을리면서 기름기가 골고루 퍼졌는데, 그런데도 느끼하지
않고 술에도 잘 어울렸어요."

"아, 맛있었겠다. 코스는 김초밥이 끝이었어요?"

"아뇨, 참다랑어 중뱃살이랑 붕장어가 더 나왔어요."

"아, 최고의 마무리네."

"네. 참다랑어 중뱃살은 기름기가 많지 않아 딱 좋았어요. 입
안에서 사르르 녹는 게 아니라 풍미가 확실히 남는 느낌. 그리고
붕장어. 역시 붕장어는 제대로 된 곳에서 먹으니 진짜 맛있더라
고요. 부드럽고, 너무 달지도 않고, 제 몸이 막 흐물흐물해지는

것 같았어요."

"도요스는 어땠어요? 수산물 쪽만 갔어요?"

"아뇨, 밥 먹고 나서 청과 쪽에도 갔어요."

쇼코는 어떻게 말해야 좋을지 잠시 망설였다.

"청과 쪽도 마찬가지로 위층에서 시장을 내려다보는 식으로
되어 있었어요. 그나마 창문이 큼직하게 나 있으니, 소위 말하는
경매 풍경을 보고 싶다면 청과 쪽이 좋을 것 같아요."

"그렇군요."

"제가 갔을 땐 이미 끝났지만요."

"그럼 지금은 어디서든 시장을 내려다볼 수밖에 없는 거네요."

"네."

쇼코는 어떻게 얘기해야 좋을지 망설였다.

"그것도 그것대로 괜찮다고 생각해요. 시장은 원래 일터이지
관광지도 아니고 놀이터도 아니니까요. 다만, 솔직히 저는 선생
님 덕분에 이전 전의 쓰키지 시장을 봐두길 정말 잘했다는 생각
이 들었어요."

그렇다고 지금의 도요스 시장을 부정하고 싶지는 않았다. 가
능한 한 원만한 표현을 고르고 싶었다.

"진심으로 감사드려요. 도요스도 많은 사람이 들어갈 수 있고
구경하기도 편해요. 하지만⋯⋯"

"어떤 것들은, 어느 날 갑자기 사라지기도 하죠."

"네. 그런 것 같아요."

그리고 한동안 히다는 침묵했다.

쇼코도 묵묵히 그녀의 다음 말을 기다렸다.

몇 분쯤 지났을까. 히다의 숨소리가 안 들리는 것 같은 기분에 쇼코는 벌떡 일어섰다.

"어?"

저도 모르게 그녀의 코와 입 위에 손바닥을 갖다댄다. 숨을…… 숨을 쉬지 않는다!

"어어?!"

"……나 안 죽었어요, 거참."

쇼코의 손바닥 아래서 히다가 눈을 번쩍 떴다.

"아, 놀래라."

사과의 말보다 안도의 한숨이 먼저 나왔다.

"잠깐 졸렸을 뿐이에요. 사람 그렇게 쉽게 안 죽어요."

"죄송해요. 하지만 진짜 깜짝 놀랐어요."

"거참."

둘이 동시에(히다는 역시 힘들어 보였지만) 웃음을 터뜨렸다.

"쇼코 씨랑 같이 있으면 웃을 수 있어 좋아요."

"그렇게 말씀해주셔서 감사합니다."

"하지만 나도 이제 다 된 것 같아요."

"네?"

"어느 순간, 여기서 불쑥 사라지겠지."

쇼코는 대꾸할 말이 떠오르지 않았다.

"모든 것은 이 세상에서 어느 날 갑자기 사라져요."

"그……렇죠."

"쓰키지, 도요스, 초밥, 라멘, 카레, 긴자, 니혼바시, 오므라이스, 청주, 맥주 거품, 빗방울, 도로, 지하철, 아이스크림, 구름, 솜사탕, 내 집, 내 신발……"

히다는 작디작은 소리로 띄엄띄엄 중얼거렸다.

"이제 내 신발을 신을 일이 없을 것 같아요."

그러고는 그대로 잠들어버렸다.

쇼코는 밤새 자리를 지키고 오전 7시에 병원을 나왔다.

어떡하지, 어떡해, 어떡하냐고.

쓰키지역으로 향하는 길, 한 걸음 한 걸음에, 뛰어대는 심장에 고민이 더 깊어진다.

어떡하지, 어떡하지.

히다가 말했던 그 단어들은 어느 날 문득 사라져버리는 것들의 예시였는지 모른다.

"쓰키지, 도요스, 초밥, 라멘······"

쇼코는 하나하나 떠올리며 자신도 소리 내어 되뇌면서 걸었다.

히다 선생이 얼마 전까지는 마음껏 누릴 수 있었지만 지금은 결코 손에 넣을 수 없게 되어버린 것들.

쇼코는 히다에게 한 가지 말하지 않은 것이 있었다.

예전에 쓰키지 시장에 갔을 때 단골손님으로 보이는 노인들과 즐겁게 대화했던 찻집, 그곳이 없어졌다는 사실이다. 이름은 그대로지만 튀김집으로 바뀌어 오전 시간에는 문을 열지 않았다.

어떡하지.

히다가 잠든 후, 쇼코는 어둠 속에서 골똘히 생각했다.

고텐바에서 기다리고 있을 가도야.

오늘 만나러 가지 않으면 분명 두 번 다시 볼 수 없으리라.

어떡하지.

지금 시간에 여기서 간다면, 신바시에서 도카이도선을 타는 것이 가장 빠를 듯하다.

'일단 신바시까지 간 다음에 생각해보자. 아니, 신바시까지 가는 동안 고민하자.'

결코 가도야와 교제하겠다는 생각은 아니다.

지금은 그럴 마음이 전혀 없다.

하지만 다시 한번 만나 얘기를 나누지 않으면 아무래도 후회

할 것 같다.

'그럼 아카리는?'

아카리와는 예전처럼 한 달에 한 번 만나는 안정적인 관계가 지속되고 있다.

"생일날 말이야."

지난달 아카리가 불쑥 말을 꺼냈다.

"내 생일날, 엄마도 같이 밥 먹자고 미나호 엄마가 말했어."

"어, 정말?"

"응. 엄마한테 얘기해두라고 했어."

기쁨에 가슴이 벅찼지만 쇼코는 잠시 생각한 뒤 말했다.

"……그런데 할머니 할아버지도 함께하는 걸까?"

"응? 아니지 않을까? 잘 모르겠어."

"그래? 그럼 일단은 할머니 할아버지랑 아카리네 식구들이 같이 먹는 걸로 하면 어떨까? 엄마는 다른 날에 아카리랑 밥 먹어도 괜찮으니까."

"으……응."

"할머니 할아버지도 분명 아카리의 생일을 축하해주고 싶으실 거야."

지나치게 모범생 같은 대답을 했는지도 모르겠다.

하지만 아카리의 첫번째 생일날, 아이의 조부모가 얼마나 기뻐했는지를 쇼코는 기억하고 있었다. 사진관에서 다 같이 기념사진을 찍고, '쇼코도 출산하느라 고생했으니 이날만은 집안일을 쉬라'며 한 레스토랑의 개인실을 예약해줬다. 시아버지는 비디오카메라를 새로 장만해 그날의 모든 순간을 촬영했다.

나는 그런 시간을 만들어줄 수 없다. 그날의 풍경을 유지하지 못한 채 내던지고 말았다. 그들도 그 순간의 사진과 동영상을 아무렇지 않은 마음으로 볼 수는 없을 테다. 내게는 그렇게 만들어버린 책임이 있는 것이다.

"그럼 미나호 엄마한테 물어볼게."

조금은 불만스러운 듯 말하고 헤어진 뒤 아카리한테 아직 연락은 없다.

'아카리와는…… 아카리네 식구들과는 조금씩 천천히 관계를 만회하고 싶어…… 나는 아직 정말로 가도야와 사귈 마음이 없지만 그래도 제대로 인사만은 하고 싶어. 그럼 안 되는 걸까.'

신바시에 도착하자 바로 도카이선이 출발한다는 걸 알았다. 한 번만 갈아타면 오전 10시쯤에는 고텐바에 도착할 수 있다.

'딱 한 번만. 일단 만나서 제대로 설명을 듣고 싶어. 지하철을 타고 가는 동안에라도 마음이 바뀌면 돌아오자.'

문득 스마트폰을 보니 미나호한테 오랜만에 메시지가 와 있었다.

오랜만이에요, 하는 인사로 시작했다.

아카리한테 생일 얘기를 들었어요. 제가 거기까지는 미처 생각하지 못했어요. 죄송합니다. 요시노리와 시부모님과 의논했는데, 쇼코 씨도 같이 와서 아카리의 생일을 축하해주면 좋겠다는 얘기가 나왔어요. 괜찮으실까요? 생각해봐주세요.

쇼코는 무심코 미소가 나왔다.

전남편의 부모님을 만나는 건 이혼 후 처음이다. 물론 여러 생각이 들고 성가신 마음이 없는 것도 아니지만, 지금은 아카리의 생일을 다 함께 축하해줄 수 있다는 기쁨이 더 컸다.

무엇보다 아카리가 얼마나 좋아할지.

고맙습니다, 꼭 갈게요, 하고 답장을 보냈다.

쇼코는 표를 사고 도카이선에 올라탔다.

처음에는 통근객들로 가득했다. 그러나 요코하마에서 한차례 내리고 나자 순간 지하철 안이 묘하게 느긋해졌다.

쇼코도 그제야 자리에 앉았다.

전에는 가자고 하지 못했는데, 도라야 공방의 카페는 제가 고텐바에서 가장 좋아하는 장소예요.

그곳도 보고 싶다. 쇼코는 이제야 솔직하게 생각할 수 있었다.

고텐바에 내려서 택시를 탔다.

인터넷으로 검색해보니 아웃렛행 버스를 타고 주차장에 내려 걸어가는 방법도 있는 듯하지만 초행길이라 조금 불안했다.

택시기사는 공방 주차장에 차를 세웠다.

"여기서부터 걸어갈 수 있어요."

차에서 내릴 때도 택시기사가 친절히 방향을 알려줬다.

대나무숲 오솔길에 들어서니 이미 몇 명의 노년 여성이 무리를 지어 나란히 걸어가고 있다. 다들 즐겁게 얘기하고 사진을 찍기도 했다.

'요즘 평일의 이런 장소는 대부분 건강한 노부인들의 차지인 것 같네.'

약속 장소는 현 총리의 조부가 살았던 저택에 인접한 모양이다. 절에 있을 법한 초가지붕 문을 통과하자 탁 트인 곳이 나오고 카페가 있는 건물과 연못이 보였다. 입구에 벌써 사람들이 줄을 서 있었는데, 실내에는 빈자리가 보이니 조금만 기다리면 금방 들어갈 수 있을 듯했다.

행렬 속에 가도야의 모습은 없었다. 쇼코는 맥이 빠지는 한편 안도하는 기분도 들었다.

'이미 도착했을까? 아니면 아직……?'

입구 쪽에 오늘의 메뉴가 쓰여 있었다.

이 카페의 명물인 듯한 도라야키*와 모나카, 찹쌀떡 등의 메뉴가 조르르 적혀 있었다.

그걸 보고 쇼코는 충격을 받았다.

'술은 없네……?'

모든 메뉴에 녹차가 세트로 구성되는 듯한데 주류는 하나도 없다.

'오랜만이다. 이런 가게에 오는 것도 오랜만이야.'

매장 옆이 공방이었는데, 유리창 너머로 흰옷을 입은 젊은이들이 화과자를 만드는 모습이 보였다. 바로 앞에 줄 서 있는 여자가 동판 위에 도라야키의 겉면을 굽는 모습을 집중해서 보고 있었다. 규칙적인 움직임이 아름답다.

쇼코는 살짝 반성했다.

'그래, 아침부터 무슨 술이야. 이게 건강한 생활이지.'

과자를 사고 녹차를 받고 카페에 들어가 정원이 보이는 자리

---

* 밀가루 반죽을 둥글납작하게 구워 두 쪽을 맞붙이고 틈새에 팥소를 넣은 것.

에 앉았다.

꽤 넓으면서도 마음이 평온해지는 정원이다. 느긋하게 시간이 흘러가는 속에 차를 마셨다.

연못 위로 새가 내려앉는 것이 보였다. 무슨 새지, 골똘히 집중해서 보는데 안쪽 샛길에 드리운 나뭇가지가 흔들리더니 한 남자가 걸어오는 모습이 보였다.

가도야였다.

전에 비해 약간 홀쭉해진 듯했지만 거의 변함없는 모습이었다. 얇은 코트 차림으로 미소를 짓고 있었다.

눈이 마주쳤는지 아닌지는 분명하지 않았다. 하지만 쇼코 눈에는 그가 자신을 발견하고 웃는 듯 보였다.

'와주셨군요.'

'네. 왔어요.'

눈으로 대화를 나눈 기분이었다.

그는 그대로 곧장 쇼코를 향해 걸어왔다.

그때까지 쇼코는 무슨 말을 할지 줄곧 고민했다. 뭐라고 설명하면 좋을지를.

그러나 그의 표정을 보니 그런 설명은 필요 없다는 걸 알았다.

그저 내가 여기 있다는 것으로 충분하지 않을까, 쇼코는 생각했다.

지은이 **하라다 히카**

1970년 일본 가나가와현 출생. 2006년 『리틀 프린세스 2호』로 제34회 NHK 창작 라
디오 드라마 각본 공모전에서 최우수작품상을 수상했다. 2007년 『시작되지 않는 티
타임』으로 제31회 스바루 문학상을 수상하고 소설가로서 본격적인 작품활동을 시작
했다. 지은 책으로 『낮술』(전3권) 『할머니와 나의 3천 엔』 『76세 기리코의 범죄일기』
등이 있다.

옮긴이 **김영주**

상명대학교 일어교육과를 졸업하고 한국외국어대학교 대학원에서 일본 근현대문학
으로 석사과정을 졸업했다. 옮긴 책으로 『탱고 인 더 다크』 『엄마가 했어』 『신을 기다
리고 있어』 『결국 왔구나』 등이 있다.

문학동네 세계문학
낮술 2 한 잔 더 생각나는 날

초판 인쇄 2022년 9월 20일 | 초판 발행 2022년 9월 30일

지은이 하라다 히카 | 옮긴이 김영주
기획·책임편집 고선향 | 편집 양수현
디자인 엄자영 유현아 | 저작권 박지영 형소진 이영은 김하림
마케팅 정민호 이숙재 박치우 한민아 이민경 안남영 김수현 정경주
브랜딩 함유지 함근아 김희숙 박민재 박진희 정승민
제작 강신은 김동욱 임현식 | 제작처 상지사

펴낸곳 (주)문학동네 | 펴낸이 김소영
출판등록 1993년 10월 22일 제2003-000045호
주소 10881 경기도 파주시 회동길 210
전자우편 editor@munhak.com | 대표전화 031) 955-8888 | 팩스 031) 955-8855
문의전화 031) 955-3578(마케팅) 031) 955-1917(편집)
문학동네카페 http://cafe.naver.com/mhdn
인스타그램 @munhakdongne | 트위터 @munhakdongne
북클럽문학동네 http://bookclubmunhak.com

ISBN 978-89-546-9978-5 03830

www.munhak.com